JN072436
MAD BULLET UNDERGROUND
マッド・バレット・アンダーグラウンド
III
野宮有
ILLUSTRATION マシマサキ

「俺たちがやるべきことはシンプルだ、
ハイル・メルヒオットを取っ捕まえて拷問すればいい」

ラルフ・グランウィード
賞金稼ぎの《銀使い》。
ウェイドの死から、シエナを救う決意を固めた。

リザ・バレルバルト
ラルフの相棒。音を操る《銀使い》。
普段は低血圧だが、戦闘になると活発になる。

「黙ってろ」
グレミー・スキッドロウ
フィルミナード・ファミリーに所属する《銀使い》。
シエナの監視を命じられている。
シエナ・フェリエール
元娼婦の少女。悪魔の気配を感じる力を持つため、
フィルミナード・ファミリーに囚われている。
「いい加減
この部屋から出てってよ。
別に逃げたりしないから」

ラーズ・スクワイア
ハイルの部下。政府直属の〈猟犬部隊〉の元分隊長。
「ハイル、この虫けらどもは
どうする？　ここで殺すか？」
「まあどっちでも
いいですが」
ハイル・メルヒオット
ロベルタ・ファミリーの最年少幹部。
魔女の関係者を知っている。

フィルミナード・ファミリーに所属する《銀使い》。
最高幹部ダレン・ベルフォイルの右腕。

「彼とは僕がやる」

カルディア・コートニー

ウェズリーと同じくダレンの部下。
ウェズリーに心酔している。

「ウォルハイト様、頑張ってください！」

「その感情は偽物だ。
お前は、銀の弾丸の悪魔に
操られているだけだ」
薄暗い部屋に、重い沈黙が降りてくる。
窓の外から漏れる車の走行音が、妙な存在感を放ち始める。
それでも、誰も何も言わなかった。
もはや、どんな台詞も等しく無価値だった。
言葉の消えた部屋で、リザは丸テーブルの上に置かれた
ホルスターを掴み、そこからコンバットナイフを引き抜いた。

凶器を手にしたリザが、
無表情のまま歩み寄ってくる。
「……ずっと邪魔だって思ってたんだ。
あんたも、あの少女娼婦も」

CONTENTS

Author : Yu Nomiya Illustration : Saki Mashima Design : Afterglow

1

Tragedy Behind The Alley

MAD BULLET UNDERGROUND

黒いスーツに身を包んだ一団が、酒場の分厚い扉を開けて外に出る。

男たちの、アルコールで火照(ほて)った身体(からだ)が夜風に撫(な)でつけられていく。先頭を歩く壮年の男が煙草(たばこ)を咥(くわ)えると、部下の一人がライターの火を差し出してきた。

吐き出された煙が、月の光を纏(まと)って幻想的に踊る。いい夜だ、と一言呟(つぶや)いたあと、ブライト・アロイージは後ろからついてくる部下たちを一瞥(いちべつ)した。

「何をそんなにビビってんだ、お前ら？」

死の宣告でも言い渡されたような表情の面々を見て、ブライトは思わず呆(あき)れてしまう。

フィルミナード・ファミリーの最高幹部に最も近いとまで言われている筆頭構成員(アンダーボス)の自分にとって、この程度の死線なら数え切れないほどに超えてきた。

つまり今回の一件も、ありふれた危機の中のひとつに過ぎない。

「お前らが怯(おび)えてる理由ぐらい解(わか)ってる。近々、ロベルタ・ファミリーとの全面戦争が起こるかもしれない……そう思ってるんだろ？」

部下たちは否定も肯定もせず、ただ辛気臭く俯(うつむ)いていた。

〈成れの果ての街〉を仕切る五大組織の一角であるロベルタ・ファミリーと自分たちフィルミナード・ファミリーは、お互いの持ち物を奪い取るために牽制(けんせい)しあっている。

フィルミナードが欲(ほっ)しているのは、悪魔を不完全ではあるが現世に呼び寄せることができる理論。媒体となる人間は誰でもよく、さらに召喚した悪魔のコントロールも容易という汎用性の高さは、実戦で使うには非常に都合がいい。

最高幹部どもの一部——特に腰抜けのダレン・ベルフォイルあたりは、この理論をボスのアントニオ・フィルミナードを救済するために使うつもりらしい。重病人にして銀(シロガネ)使いのアントニオが死んで魂を喰(く)われてしまう前に、奴を悪魔の媒体にする。そうすれば、死と引き換えに呪いから解放させることができるということだった。

一方のロベルタが欲(ほっ)しているフィルミナードの持ち物は、〈銀の弾丸〉の悪魔の気配を感じ取るという特異体質を持つ少女。その少女——シエナ・フェリエールを使えば、悪魔を完全に召喚することができるらしい。だが、制御の効かない生物兵器を呼び出すメリットが何処(どこ)にあるのかはブライトにはまるで解(わか)らなかった。

とにかく、確かなことが一つだけある。

お互いがお互いの持ち物を欲しがっている以上、全面戦争は避けられないということだ。

とはいえ、ここにいる部下たちの大半はそんな背景など知る由(よし)もない。九人いる最高幹部とその部下たち、さらに自分のような筆頭構成員の一部だけが、銀の弾丸と魔女にまつわるおとぎ話について聞かされているのだ。

それでも部下たちが全面戦争の予感を嗅ぎ取っているということは、開幕の刻がすぐそこまで迫ってきているという証明だろう。実際、ここ数ヶ月は両組織間の小競(こぜ)り合(あ)いも頻発している。

だからこそブライトには、部下たちの士気を高めてやる必要があった。

「いいか？　あんな成り上がりの連中を律儀に恐れてやることはねえ」

「しかし、腐っても五大組織のひとつです」

「奴らが今の地位にいるのは、ハイル・メルヒオットが周囲の弱小組織どもを武力で捩じ伏せて強引に併合してきたからだ。あんな若造に頼り切ってる時点で底が見えてるし、そもそもな、連中は五大組織の中でも末席でしかないんだ」

「しっ、しかし、奴らが召喚した悪魔の大群が襲ってきたら……」

「……何のことだ？」

「とぼけないでくださいよ、ブライトさん。末端の連中はともかく、ここにいる奴らはみんな知ってます。最高幹部のボルガノさんが触れ回ってますよ」

ボルガノといえば、最高幹部の中でも極端な過激派として知られている男だ。頭の中まで全部火薬でできているタイプの危険な男だが、決して馬鹿ではない。今回の情報漏洩も、戦争が始まる前に構成員たちを焚き付けておくという意図があってのことだろう。

つまり、そんな小細工をする必要があるほどに開戦が迫っているということだ。

アルコールがもたらす高揚感に身を委ねて、ブライトは陽気な声で言った。

「悪魔がいったい何だ、臆病者ども？　……報告を見る限り、アレはただ強大な力を持つだけの化け物に過ぎねえよ。まともに鍛えられた銀使いなら容易くブチ殺せる」

　ブライトは最も信頼を置く部下に笑みを向けた。

「そうだろ、ジルド？」

「ああ」怯えを隠せない他の部下たちとは対照的に、ジルドと呼ばれた銀使いは不敵な笑みで頷く。「心配には及ばないよ、ブライト」

「で、では……」部下のひとりが、ブライトとジルドを交互に見ながら呟いた。「ロベルタとの戦争など恐れる必要はないと？」

「だからそう言ってる」

　溜め息とともに肩を竦めて、ブライトは締めくくった。

「そもそも、俺たちと奴らでは保有してる〈銀の弾丸〉の数からして違うんだ。向こうが悪魔とやらを差し向けてきたら、こっちはそれ以上の数の銀使いで応戦すればいい」

　ブライトは最後のカードを切った。

「それに、他の五大組織は俺たちフィルミナードに付くよ。これは間違いない。全面戦争になれば、先に潰れるのは新参者の方だ」

　もちろん、ロベルタの襲撃によって組織にも大きな被害が出るだろう。部下たちの何人かは、不運にも犠牲になってしまうかもしれない。

　だが、そんなことはここで口に出す必要もない。恐怖を飼い慣らすことすらできない間抜けどもの運命など本心ではどうでもいいのだ。哀れにも救われた気でいる部下たちを、ブライトは内心で嘲笑した。

ブライトたちが連れ立って歩く薄暗い路地の先に、一人の女が立っていた。

白衣に身を包んだ、長身の美女。

学者風の丸眼鏡の奥に見える瑠璃色の瞳は涼しげで、夜風に靡く長い黒髪は幻のように美しい。蒼白い月明りに白衣が照らされ、幽玄な色香を周囲に振り撒いていた。

銀使いのジルドが口笛を吹く。ブライトも彼に倣い、無遠慮な視線を女に送ってやる。

「迷子にでもなったのか、お嬢さん。まあ、とにかくここは治安が悪い。安全なところまで案内してやるよ」

女は薄く微笑んでいるだけで、ブライトの問いに答える素振りはない。

一団の左胸にある薔薇の刺繍が見えていないのか、それとも単に怯えているだけなのか。

宵闇が女の表情を隠して、真意を探ることは叶わなかった。

「なあ、どうして白衣なんだ？　最近は娼婦にも個性が必要ということか？」

軽薄な笑みを顔面に貼り付けて挑発してみるが、女はまたしても無視。

部下たちの間に緊張が走る。ブライトは不愉快そうに鼻を鳴らした。

「これは忠告だが……俺たちが何者か察しているのなら、舐めた態度は取らない方がいい。それとも、かわいそうに口を利くことができない子なのかな？」

こちらの温情で生かされているだけであることを解らせるため、ブライトはあえて穏やかな口調で言い放った。

彼の中ではもう腹は決まっている。

女が態度を変えて謝罪してこようともう遅い。問答無用でひっ捕まえて、手足を縛ったまま地下室に監禁し、一週間かけてじっくりと薬漬けにする。それから最下層の娼館に堕としてやるつもりだった。

しかし女は、ブライトが放つ粘着いた圧力には屈しなかった。意に介す様子すらなく、眼鏡の奥の瞳を冷たく光らせている。

それがブライトをさらに苛つかせた。

「おい、俺にはお前の糞塗れの人生を終わらせることもできるんだぞ？　今すぐ、ここで」

「実現不可能なことで脅しても、意味なんてありませんよ」

「おい、どういう意味だ？」

「……ここで死ぬあなたたちが、どうやって私を手籠めにできるというのでしょう」

女は首を傾げて、妖艶に微笑んでいた。

胃の底で沸騰していく殺意に唆されて、ブライトは近くにいた部下に指示を出す。

一〇秒だ。一〇秒あればこの女を気絶させて、すぐ近くに停めてあるバンに押し込んでしまえる。この女をどの地獄に堕とすのかなど、バンを発進させてから考えればいい。

ブライトの脇から、部下の一人が飛び出していく。

スタンガンで女を気絶させて、流れるような動作で担ぎ上げる——たったそれだけの、あまりにも簡単な任務。

しかし男には、それを遂行することはできなかった。

視界の端から飛び出していったのは、男の首から上だけだったのだ。

「なっ……」

部下たちの悲鳴が背中越しに聞こえる。

心臓の鼓動が加速する。

背筋を冷気が駆け抜けていく。

まさしく非常事態。ブライトは焦燥に支配されたまま、懐から得物を抜いて後ろを振り向いた。

「初めまして、ブライト・アロイージ」漆黒の戦闘服に身を包んだ白髪頭の老兵が、短刀についた血糊を払いながら言い放った。「突然だが、世界とのお別れの時間だ」

ブライトは小さく悲鳴を上げる。彼が振り返るまでの一瞬のうちに、六人はいた部下たちが一様に、首を斬り落とされて絶命していたのだ。

唯一生き残っているのは自分と、銀使いであるジルドだけ。通り過ぎていく嵐のような理不尽さで、部下たちは為す術もなく殺されていった。

「ジルドっ、さっさとこいつを殺せ！」

強敵の出現に歓喜しながら、ジルドは能力を発動させた。

ジルドが突き出した両手の先から、一〇本の鋭い刃が凄まじい速度で伸びていく。

爪を鋼鉄の如く硬化させ、さらに自在に伸縮させて操る能力。今までの経験則に従うなら、あらゆる方向から同時に迫る刃によって、襲撃者は為す術もなく細切れにされるだろう。

煉瓦の外壁や街灯、さらには大気を切り刻みながら、刃の軌道は白髪頭の老兵へと収束していく。相手がどんな化け物であろうと、ここまで不意を突かれてしまえば即死は免れないだろう。勝利を確信した際の愉悦で、ジルドの瞳が残酷に歪む。

「なんだ、同類がいたのか」

一瞬のうちに肉塊になるべきだった老兵は、しかし何事もなく低い声で笑った。

老兵は腰からもう一本の短剣を抜き、不規則な動きで迫る刃の群を器用に捌いていく。二振りの刃を操る速度も、ひとつひとつの判断の的確さも、先の先を読んで立ち回る思考の深さも、もはや全てが神話の領域に達している。

老兵はついに全ての刃を弾き、無防備になったジルドの眼前まで踏み込んだ。

横薙ぎの斬撃によって首を斬り落とされるその瞬間まで、ジルドは目の前で起きた現実を処理することができなかった。自らを突然放り出した世界への純粋な疑問だけが、血飛沫を撒き散らしながら夜闇を舞う双眸に貼り付いている。

「まっ、待てっ！　よ、要求があるなら何でも聞いてやる。殺さないでくれっ！」

自らを守る兵隊の首が全て吹き飛んだところで、ブライトは質量を持った恐怖に押し潰されてしまった。唾を撒き散らして、ほとんど怒鳴りつけるように命乞いをする。血で汚れた地面に額を擦りつける男は、もう二度とギャング・スターとしての威厳を取り戻すことができないだろう。

もっともそれは、死を突き付けられた男にとっては些事でしかない。

心を圧し折られた哀れな男に、白衣の女が後方から言葉を投げた。

「私たちの要求は二つ」紺碧の夜を纏ったような笑みだった。「その悪臭を撒き散らす汚い口を早く閉じろ。そして、大人しく駆除されろ。このブタ野郎」

白衣の女の足元から、二つの黒い影が飛び出してくる。

衝撃で身体が浮き、血飛沫が宵闇を舞い、鋭い痛みが脳髄を融解させていく。

そのまま、世界が急速に遠退いていった。

ブライト・アロイージという男の生涯は、成れの果ての栄光とは無縁の薄汚れた路地裏で、ひっそりと幕を閉じた。自分がどのように殺されたのかすら解らないままに。

ふたりの襲撃者が、闇に溶けるように姿を消す。

後に残ったのは、月下で蒼白く輝く、咎人たちの屍だけだった。

◆

幾つもの燭台（しょくだい）から漏れる光が、古風な部屋を優しい色彩で染め上げていく。だが、部屋を満たす空気の重々しさを中和するには少しばかり足りなかった。

側近の化け物どもを付き従えて円卓を囲む、八人の男たち。

会議場に集ったフィルミナード・ファミリー最高幹部の面々は、いずれも歴戦の風格を漂わせる実力者だった。

ただ瞑目（めいもく）して会議の始まりを待つ者、他の幹部たちを威嚇するように舌打ちする者、周囲を気にも留（と）めず電話口に向けて怒鳴る者、余裕を示すためか薄ら笑いを顔に貼り付けている者。彼らの表情は様々だが、その立ち振る舞いには一様に確固たる自信が垣間見（かいまみ）えた。

「お集まりいただき感謝する。それでは、定例会議の時間だ」

遅れてやって来た壮年の男が、空席となっていた九番目の椅子に腰を下ろした。

頭領（ボス）のアントニオ・フィルミナードが病欠なのはいつものことだ。とはいえ、その右腕とされるダレン・ベルフォイルが当然のように場を仕切り始めたことに、他の幹部たちの表情が不満に染まった。

牙の抜けた飼い犬、アントニオ・フィルミナードの情夫、売女（ばいた）の息子、地下貧民街（スラム）出身の薄いなかった。

汚い鼠野郎――罵倒の文句が各々の脳裏に浮かぶが、それを口に出すような愚か者は流石に

計九人の最高幹部が側近の銀使いを連れているこの空間では、軽はずみな言動は即座に闘争を招く。それはすなわち組織の壊滅にも等しかった。ダレンの背後に控える赤髪の銀使いと、その内面に潜む狂気を警戒して、男たちは大人しく口を噤む。

「いつものように退屈な実績報告に入る前に、共有しておくべき事項がある」

全員の注目が自分に向いたのを確認した後、ダレンは切り出した。

「昨晩、ブライト・アロイージが殺された」

円卓を取り囲む男たちの瞳に、警戒の色が一斉に灯った。僅かに騒めき始めた面々に向けて、ダレンは更なる情報を追加していく。

「死体が発見されたのはネブル通りの一角、奴の行きつけの酒場近くの路地裏だ。ブライト本人と部下六名、ついでに奴が飼っていた銀使いのジルド・ラティーフが皆殺しにされていた」

「狙撃か？」

「……いや、もっと酷い殺され方だ。口で言うのが憚られるほどにな」

ダレンが円卓の中央に数枚の写真を投げる。

そこに写っていたのは、この世のあらゆる狂気を掻き集めて濃縮させたような光景だった。うず高く積まれた赤黒い塊と、それを円になって取り囲む七つの球体。

それが、切断された頭部が自らの胴体を見上げているという悪趣味な構図であることに気付いた者から、襲撃者への怒りを口々に表明した。

「これは死者への……そしてフィルミナード・ファミリーへの冒瀆だ」

「一刻も早く犯人を探し出して殺せ！　誰の差し金だ！」

「とにかく、こんなイカレた殺し方ができるのは銀使いだけです」

「ああ、それも護衛の銀使いを一方的に殺せるほどに強力な化け物ってことになる」

「単独でこれをやったのか？　目撃情報はどうなってる？」

「死体を見つけたのはどこのどいつだ？　さっさと連れてこい！」

殺されたブライトという男は、フィルミナードという大組織の中でも有力株のひとりと見做されていた。イレッダ地区内外にある三つの娼館の運営を主な事業として名を上げ、凄まじい速度で組織内での序列を上げていった才覚の持ち主。かつての最高幹部オルテガが抜けた後の、一〇番目の椅子に座る最有力候補とも言われていた。

そんな男を無残に殺すなど、もはやフィルミナード・ファミリーへの宣戦布告に等しい。

総力を上げて潰すべき宿敵の登場。

幹部の何名かは、闘争の予感に血を躍らせている気配すらあった。

「言うまでもないことだが」幹部たちの怒りの矛先を一つに集めるべく、ダレンは静かに告げた。「これをやったのはロベルタ・ファミリーで間違いないだろう」

幹部の中に、驚いた素振りを見せる者はいなかった。

もはや誰も、ロベルタ・ファミリーとの全面戦争が勃発することを疑っていない。今回の一件は、始まりの刻を少しばかり早めただけに過ぎないのだ。

「では一週間後の五大組織会談で、正式に宣戦布告する。それでいいな、ダレン？」

有無を言わせぬ圧力とともに言いながら、スキン・ヘッドの男が鋭い眼光を向けてきた。

ボルガノ・モルテーロ。フィルミナード・ファミリー最高幹部の中でも一番の戦争愛好家（バトル・マニア）で、全部で五匹とも六匹とも言われる銀（シロガネ）使いの部隊を抱える生粋の武闘派。敵対組織の壊滅や乗っ取りを始めとした荒事で名を馳（は）せてきたことからも解（わか）る通り、ギャングとしても極端な過激思想の持ち主だった。

全面戦争での指揮権を握ろうとしている不遜な男を、ダレンは厳しい口調で叱責した。

「宣戦布告するかどうかはアントニオさんが決めることだ。ここにいる人間に決定権はない。それはボルガノ、俺やお前も含めてだ」

「じゃあ、ボスはどうするつもりだと言ってる？」

「ブライトを殺したのがロベルタの仕業だという、決定的な証拠はまだない。有力な情報が見つかるか、でっち上げの材料が揃（そろ）うまでは慎重に動くべきだ、と」

「はっ」ボルガノは侮蔑の籠もった笑みを浮かべた。「死にかけの老人の意見なんざどうだっていい。いいか？　俺たちが背負っているのは由緒（ゆいしょ）正しいフィルミナード・ファミリーの看板なんだ。自分の足で歩けもしない要介護者なんかじゃない、断じて違う。宣戦布告するためには正当な理由が必要だと？　ならば、ロベルタのような新参者が我々に不愉快な思いをさせたこと自体が正当な理由になる」

「そんなふざけた理由じゃ、他の三つの組織の協力は仰げない」

「おい、腰抜け野郎。あんな弱小組織を潰すのに、なんで他の連中の助けが必要なんだ」

「たった数年で弱小組織から俺たちと肩を並べるほどの大組織になったロベルタを、あまり舐めない方がいいということだ。特にあの男……ハイル・メルヒオットが、何の勝算もなく喧嘩を売ってくるはずがない」

ダレンが警鐘を鳴らしても、同意を示す者は半数にも満たなかった。

イレッダ地区でも古参の組織の一つであるというプライドと、死期の近いアントニオの跡目を巡っての幹部同士の対立が、まともな協力関係の構築を阻害している。

そんなフィルミナードの内情を計算して喧嘩を売るタイミングを選んだのだとすれば、やはりハイル・メルヒオットという男は侮れない。

ボルガノを筆頭とする過激派の幹部たちは、「アントニオの意向に関わらず、一週間後の宣戦布告と同時に軍隊を差し向けてロベルタ・ファミリーを殲滅する」という方向で意見を勝手にまとめ始めていた。

烏合の衆という言葉を具現化したように愚かな連中を、ダレンは内心で笑わずにはいられなかった。本当に、どこまでもこちらの想定通りに動いてくれる。

盲目的な過激派どもがせっせと戦争の準備を進めている間に、こちらは当初の目的であるアントニオの救済計画に力を注ぐことができるのだ。ロベルタを壊滅させた功労者としてボルガノが次期頭領になったとしても、仮にフィルミナードが返り討ちにあって潰されたとしても、一向に構わない。

つまりこれは、絶好のチャンスだった。

戦争の気配を隠れ蓑にして、ハイルが抱えている理論を奪い取る。その理論に従ってアントニオを悪魔の媒体にして、死と引き換えに呪いから解放させる。戦争準備に勤しむ同胞たちに、ダレンの企みを邪魔できる者はいないだろう。

大恩あるアントニオを自らの手で安らかに殺すためなら、手段など選ばない。この使命に殉ずることこそが自らが生きてきた意味だと、ダレンは確信していた。

悲痛なまでの覚悟は、胸の奥に仕舞い込んで蓋をする。ダレンは毅然とした態度を再び纏い、背後に立つ部下に向けて呟いた。

「見ろ、グレミー。俺が言った通りの展開になった」

肉食獣の気配を漂わせる銀使い――グレミー・スキッドロウが、犬歯を覗かせて答える。

「俺からすれば、あの禿頭どもと一緒に戦争ごっこでもしてた方が楽しそうだけどな」

「それは見立てが甘いな。……これは俺の勘だが、ハイルはロベルタ・ファミリーそのものを囮にするつもりかもしれない。奴は恐らく、自分の組織を潰してでも俺たちの持ち物を手に入れたがっている」

「あの優男がまともな戦力を割いてくるのは、お姫様の誘拐任務ってわけか」

「そういうことだ。今回も俺に付いた方が楽しめるぞ」

「あの賞金稼ぎども……、印象が薄すぎて名前も思い出せねえが、あの不愉快な二人組も呼びつけるのか？　あんなもんが戦力になるかどうかはともかく」

「勿論そのつもりだが、どさくさに紛れて裏切らないように保険も掛けてある」

「保険？」

「ウェズリーとカルディアを、外国への出張から呼び戻す」含みを込めた笑みとともに、ダレンは締めくくった。「どうした？　随分と嬉しそうだな、グレミー？」

◆

背徳の街の夜が、少しずつ白けていく。

橙と青のグラデーションが印象的な朝焼けの空を背景に、イレッダ地区のシンボルとも呼ばれる建設途中の超高層ビルが聳え立っていた。近くで見れば廃墟に過ぎないはずのそれも、現実感を取っ払った光景の中にあれば芸術作品のように見えなくもない。

それらを無感動に眺めながら、助手席のリザが溜め息を吐いた。

「だから、何で私があんたの部屋に泊まってあげなきゃいけないの？」

整った顔に嵌っている紅い瞳は何処にも向けられておらず、声には一切の抑揚がない。相棒なりに不満を表明してくれているのだろうが、俺としても到底納得はできなかった。

「さっきから何度も言ってんだろ、簡単な二択だ。リザ、お前が自費でどこかのホテルに泊まって快適な夜を過ごすか、俺の部屋の隅の方で邪魔にならないように縮こまって眠るか。二つに一つだ。それ以外に選択肢はない」

「必死に下心を隠そうとしても無駄だから。いいから、今すぐ一室用意してこいよ。念のため一週間分くらい。別に同じとこに連泊じゃなくてもいいから」

こいつはどうも、俺のことを全自動で要求を叶えてくれる夢のマシンか何かだと思っている節がある。

人間としての尊厳を守るため、反論せずにはいられなかった。

「元はと言えば、お前が家に財布を忘れてきたのが悪いんだろうが。イレッダに長期滞在するってのに、よくそんなミスが犯せるな」

「しょうがないじゃん。何もかも完璧な人間なんていない」

「なあ、そもそも俺だって金欠なんだ。無料で部屋に泊めてやるだけ有難く思えよ」

「ふっざけんな。あんたの部屋になんかついていったら、何されるか解ったもんじゃない」

「何もしねぇよ。俺の審美眼を馬鹿にするな」

「いや、せめて両手くらいは斬り落としておかないと安心して眠れない」

「どう考えても俺の方が酷い目に遭ってるじゃねえか」

なおも不平不満を並べ立ててくるリザを無視して、携帯を起動させる。表示されている時刻を確認すると、張り込みを始めてから二時間が経とうとしているところだった。

「ターゲットが酒場から出てくる気配なんて全然ないんだけど。情報が間違ってるんじゃないの？」

「情報屋に払った金額をもう一度教えてやろうか？」

「いいよ、もう五回は聞いた」

贔屓の情報屋であるカイ・ラウドフィリップが言うには、ターゲットは毎週水曜日の午後五時から、毎回お決まりの安酒場で食事をする習慣があるとのことだった。

店で一番安い銘柄の麦酒が二杯と、ゴムの塊のような食感のステーキが一切れ、付け合わせのフライドオニオンが少々。ターゲットの月給にはおおよそ見合わないような粗末な食事を何年も続けているのは、危険な夜の商売に向けて縁起を担ぐためなのかもしれない。一種の宗教的儀式のようなものだ。

「もうそろそろ、食事も終わって出てくるはずだ」

「私らがガセを掴まされてたらどうする？」

「その時は、情報屋の死体がひとつ増えるだけだ」

「そっちじゃねえよ」リザは薄く笑った。「そもそも、魔女の関係者なんて本当に実在するのか、って話。銀の弾丸を創った魔女なんて存在自体がただのおとぎ話かもしれないのに、その関係者が今この街にいるなんて信じられる？　もし情報がガセだったら、ジェーンとの取引も、今ここで待ち伏せなんてしてる意味も、全部消えてなくなる」

　俺たちが見知らぬ男の食事が終わるのを車の中で待っているのは、フィルミナード・ファミリーが誇る伝説級の銀(シロガネ)使い、薔薇の女王(ジェーン・ドウ)との取引条件を満たすために外ならない。イレッダ地区のどこかに潜伏しているとされる〈魔女の関係者〉をジェーンの前に連れていくことで、交換条件としてフィルミナードに囚(とら)われているシエナの身柄が解放される。この取引を成立させることが、現時点では最も確実にシエナを地獄から救い出せる方法なのだ。

　この退屈な張り込みは、その第一歩ということになる。自らを奮い立たせる意味も兼ねて、リザの疑念を取り払うことにした。

「魔女の関係者とやらは間違いなく実在するよ。お前も自分の耳で聴いたはずだ」

　一ヶ月前の一件で、俺たちは〈施術士〉ドナート・セラーズを巡る事件に巻き込まれた。過去に呪われた銀(シロガネ)使いウェイド・レインによる復讐(ふくしゅう)は果たされることなく、ドナートは軍用ヘリに回収されていった。空を飛ぶ機体での出来事を盗聴して手に入れたのが、〈魔女の関係者〉というキーワードだったのだ。

「根拠は盗聴器が拾った音声だけでしょ？」

何度も聴いた音声を頭の中で反芻しながら、俺は反論する。

「ハイルが自ら漏らしたならともかく、その存在を口走ったのは拷問にかけられる直前のドナートだ。仕掛けられた盗聴器にも気付いてなかった奴が、どうやって俺たちを罠に嵌めようと思える？　殺されるしか先のないあの状況で、奴にいったいどんなメリットがある？」

「じゃあ、あの意味不明なヒントも真面目に考えた方がいいの？」リザはわざとらしいほど深い皺を眉間に作ってみせた。「何だっけ、イレッダの……」

「イ、イレッダ、の深淵、だろ」

「ああ、それそれ。どういう意味か解った？」

「何かの隠喩なんだろうけど、今は情報が少なすぎるな」

「私はくだらないブラック・ジョークだと受け取ったけど」

「へえ、どんな見解だ？」

「だってそれじゃ、この街の大部分はまだ深淵に呑み込まれてないことになる」

リザにしては、言い得て妙な表現だった。

人の世から遠ざけられた地獄の番外地、〈成れの果ての街〉とも呼ばれている肥溜めがエルレフ市イレッダ特別自治区だ。そもそも光の射し込まない深淵に位置するこの街で、さらに昏い淵を探し回るほど間抜けな行為はないだろう。

言葉遊びのような場所に、どんな愉快な光景が広がっているのかは想像もつかない。情報屋に聞いても有力な手掛かりは得られなかった。

そして、手札を持たない者の思考や行動には限界がある。地道にイレッダの深淵とやらを探しても意味はないだろう。

だが、探偵のように街を駆け回る必要はない。

「とにかく、俺たちがやるべきことはシンプルだ」煙草を取り出しながら締めくくる。「何処かに身を隠してる、ハイル・メルヒオットを取っ捕まえて拷問すればいい」

「わかりやすくていいね」

「ああ。たったこれだけで、全ての謎が自動的に解ける」

盗聴器が拾った会話を聞く限り、ロベルタ・ファミリーの最年少幹部は〈魔女の関係者〉と繋がっている可能性がある。

「でもさ、二時間も呑気に食事してるバカがハイルの居場所を知ってると思う?」

「同じロベルタ・ファミリーの幹部の一人だ。外部の情報屋よりは詳しいだろうさ」

「だったらいいけどね」

リザは嘲るような笑みを浮かべているが、ターゲットは腐っても人工島を仕切る大組織の幹部だ。かなりの危険を伴うことになるのは間違いない。

だが、この程度のリスクなどを恐れている場合ではない。

俺たちはこれから、イレッダで最も喧嘩を売ってはいけない男とまで言われているギャング・スターと対決するつもりなのだから。

緊張から来る幻痛を胃のあたりに感じていると、ついにターゲットが視界に現れた。

酒場の分厚い扉を開けて外に出てきた長身の男は、歩道に横付けしている俺たちを不審に思う様子もなくこちらへと歩いてきた。部下らしき人間を四人ほど引き連れている。

「やっとかよ。退屈すぎて暴発しちゃうところだった」

俺にとって極めて恐ろしい台詞を残して、リザが車から飛び出していった。

致命的な間合いに踏み込まれるまで、男たちはリザの存在に気付くことができなかった。

化け物じみた速度で薄暗闇を移動するリザを、ただのギャングどもが視認することは難しい。

それに、襲撃者の方向から物音が一切生じなかったことも、奴らが反応できなかった大きな原因として挙げられるだろう。

銀の弾丸に宿る特殊能力によって周囲の音を支配できるリザは、奇襲戦における圧倒的な優位性を備えているのだ。

事態の深刻さをまだ嚥下できていない男たちの顎を、リザの蹴りや掌底が次々に捉えた。

一撃一撃が脳髄を的確に振動させ、反撃する間もなく意識を刈り取っていく。これもまた、振動を操ることができるリザの常套手段だった。

一瞬で夢の世界に引きずり込まれた部下たちに恐怖心を煽られて、ターゲットは懐の得物に手を伸ばそうとした。

「やめとけよ」背後から近付いていた俺は、男の頭に手早く麻袋を被(かぶ)せながら続けた。「大人しく指示に従えば、別に殺しはしない」

「なっ、何が望みだ貴様らっ！」

「ちょっとお近付きになりたい色男がいてね」

周囲一〇メートルで発生する音はリザが消してくれている。見渡す限り目撃者はおらず、酒場から他の客が出てくる気配もない。それだけ確認して、俺は男の背中に銃口を突き付けて車へと誘導した。

後部座席に男を投げ入れると、いつの間にかナイフを抜いていたリザがそれに続く。俺は運転席に向かい、周囲に気絶した部下ども以外誰もいないことを再確認してからボロ車を発進させる。さっきまで美しかったはずの世界は完全に闇に染まり、道沿いの街灯の列だけが控えめに輝いていた。

「あんたはロイド・ランベールで間違いないな？」

バックミラー越しに確認すると、麻袋を被(かぶ)った男が何度も首を縦に振っていた。

ロベルタ・ファミリーの最高幹部の中で最も臆病で、そのくせ脇が甘く、つまりは誘拐と尋問に最適な男という情報は正しかったわけだ。カイが請求してきた高額な情報料(ギャラ)にも大人しく納得してやろう。

「ロイド、あんたが生きてこの車から出るには、いくつかの簡単なルールを守る必要がある。一、俺たちの正体を詮索しないこと。二、逃げようなんて無駄な希望は抱かないこと。三、質問には嘘偽りなく答えること。……どうだ、簡単だろ？」

「わ、わわ解った！　俺はどうすればいい？」

「なに勝手に喋ってんの？」

リザが容赦のない拳を鳩尾に叩き込むと、ロイドは身体を折って激しく咳き込んだ。俺は同情を込めて呟く。

「悪いな、突然だがルール追加だ。俺から質問されるまで一切喋らないこと」

「私の機嫌を損ねないこと、も付け加えてよ」

「……だそうだ、ロイド。ルールが五つもあって覚えるのが大変だな？」

ロイドは身体を大きく揺らしながら、何度も頷いてみせた。麻袋の下の表情は俺には見えないが、降伏の姿勢を過剰に示してくるくらいには怯えているらしい。

「手早く済ませよう。最初の質問だ」俺は後部座席に優しく問い掛ける。「お前はこの車に乗せられるまで、俺たちの顔を一瞬でも見たか？」

「みっ、見てないっ！　その、銀使いの女が速すぎて顔なんか見えなかったんだ！　信じてくれ！」

心音から嘘の気配を嗅ぎ取れるリザは特に反応していない。俺たちの正体は悟られていないということだ。つまり、この男を後で処理する必要もなくなった。

「次の質問。俺たちはとある事情から、あんたのとこの最年少幹部に会いたいと思ってる。それなのに奴はここ数週間姿を消してて困ってるんだ。聞いた話じゃ、ロベルタ・ファミリーの会合にも顔を出してないらしいじゃねえか」

「……お前ら、ハイルを探してるのか」

「いいから質問に答えろよ。ハイル・メルヒオットは今どこで何をしてる？」

「……しっ、知らない！　俺は何も知らないんだ」

「はい、嘘」冷酷な指摘とともに、リザはナイフの側面で男の喉元を優しく撫でてやった。

「もうルール忘れちゃった？」

視界を遮られていても、銀使いが放つ殺意は充分に伝わっていることだろう。それでもロイドは答えなかった。

何かの理由が、奴の回答を喉元で堰き止めているとしか思えない。

「口止めされてるのか？　ここで俺たちに殺されるよりは、答えた方がマシだと思うけど」

「……な、なあ勘弁してくれよ。それ以外の情報なら何でも話すからっ！」

「ふざけるな、ロイド・ランベール。てめえもハイルと同じ、最高幹部のひとりだろうが。あんな若造の何をそんなに恐れてる？」

「とっ、とにかく俺は答えられない。……お前らが誰に雇われてんのか知らねえが、ハイルには関わらない方が身のためだ。奴の居場所を知ったところで何になる？　もしかして会いに行くつもりなのか？　奴がどんな化け物どもを従えてるのかも知らねえくせに」

「ルールは守りましょう、って最低限のことすら親から教わってないのか？　言っとくが、俺たちはお前の家庭環境に同情してやるほどお人好しじゃねえぞ」

車は当初の取り決め通り、人気のない小さな橋の近くに辿り着いていた。ここら一帯を下見した際に見つけた、人目を忍ぶ拷問に最適な場所。周囲には街灯もないため、誰かの目に触れることはないだろう。

俺は車を停めて運転席を降り、後部座席のドアを開ける。

「降りろ。続きはもっと広い場所でやろう」

ロイドの腕を掴んで車から引き摺り出そうとしたが、奴は微動だにしない。何か固い意志のようなものを感じて、俺は警戒心を強める。空いた方の手に拳銃を召喚した瞬間、ロイドが勢いよく腕を伸ばした。

スーツの裾の先から、銀色に光る物体が飛び出してきた。衣服の中に隠されていた仕込み銃。臆病な男が最後まで残していた、起死回生の切り札。

だがそいつは、俺やリザに向けられたものではなかった。

ロイドは麻袋に包まれた自らの顔面を手で覆い、何らかの操作によって銃弾を放ったのだ。

乾いた音が車内に反響し、麻袋の内部で赤黒い爆発が起きる。何らかの液体が麻袋を急速に満たしていき、銃弾によって開けられた穴からも零れ出してくる。シートが汚れて嫌だなと一瞬思ったが、俺はすぐに我に返った。

ハイル・メルヒオットの情報を聞き出す前に、俺たちはターゲットに自害されてしまったのだ。これを気の緩みと言わずに何と言うのだろう。

自分たちの失態を責めるのは後だ。こいつはなぜ死を選んだ？

「私らに拷問されるのがそんなに怖かったの？」

「馬鹿言え。部下どもも殺してねえし、ロイドにもなるべく優しく接したはずだ。こんな事態だけは避けたかったからな」

「ハイルを売った後が怖かったってこと？　ロベルタ・ファミリーじゃ、裏切り者は自動的に惨殺される仕組みになってるとか」

「目の前に死を突き付けられてんのに、律儀に掟を守るバカがいると思うか？」

考えても出ない答えを探し求めるよりも先に、この状況をどうにかする必要がある。最高幹部の死体と一緒にドライブしてるところを誰かに見られてしまえば、その瞬間に俺たちはハイルを探し出すことができなくなるだろう。

つまり魔女の関係者とやらの手掛かりにも辿り着けなくなり、シエナを解放するための取引が無効になってしまうのだ。それだけは避けなければならない。

「リザ、麻袋を取ってそいつを川に投げ棄てろ。酔ってうっかり自殺しちまった風に見せかけるんだ」

「は？　あんたがやればいいじゃん。手とか汚れるの嫌いなんだけど」

「ナイフで人を殺しまくってるお前が潔癖症だと？　ジョークにしても最低の部類だな」

どちらにせよ、くだらない口論をしている余裕はない。俺はロイドの死体を担ぎ上げ、麻袋を外してから水路へと投げ飛ばした。顔面を吹き飛ばされた死体とともに、この件のために支払った情報料までもがドブに捨てられていく幻覚が見えた。

テイクアウト店で買ったミートパイを持って、廃車寸前のグリムス三〇二Aに乗り込む。太陽はとっくに沈んでいるというのに、車内にはまだ熱が籠もっていた。効きの悪いエアコンが、耳障りな作動音とともに無駄な抵抗を試みる。いつまで待っても冷気が流れてこないので、俺は大人しく窓を開けた。やり場のない苛立ちを抱え込んだまま、車は熱帯夜を駆けていく。

狭い車内に苛立ちが伝染していく。薄っぺらなパイを不味そうに齧りながら、助手席のリザが言った。

「あークソっ。まだ匂うじゃん」

「これでも頑張って掃除したんだよ、お前が助手席で優雅にも昼寝してる間にな」

「なんか蠅も飛んでるんだけど。本当にちゃんと掃除した？」

「不愉快な口を閉じてろ、お姫様。……てか、後部座席に血がこびりついてんのによくミートパイなんて食えるな」

「まあ、腹減ってたし」

洗剤を染み込ませた布で、シートに付着した血液やら肉片やら脳漿やらを拭き取ったときの映像が、リザの手の中にあるミートパイに重なる。この状況で食欲があることもそうだが、ミートパイなんてもんをチョイスした相棒の神経が到底信じられなかった。

次の予定まではまだ少し余裕がある。同じ店でテイクアウトしたコーヒーを啜りながら、リザに話しかけてみることにした。

「そういえば、お前が殺しの絡まない仕事に協力してくれるなんて珍しいな」

「結局、ロイドは仕込み銃で自殺したじゃん」

「結果的にはな。……それでもお前は、今回誰も殺さなかった」

頬杖をついて窓の外を眺めているリザの表情を、こちらから窺うことはできない。見えない力にでも唆されたのか、もう少し意地の悪い質問をしてみたくなった。

「何か、心境の変化でもあったのか？」

「どういう意味？」

「いや、俺の勘違いならそれでいいんだけど」

血生臭い闘争への、果てのない渇き。

その渇きに殉じて、笑いながら殺し合いに興じる破綻者。

それが、今までリザに感じてきた印象の全てだった。

だが、もしかするとリザの内面には何らかの変化が生じてきているのかもしれない。そしてその変化は、シエナとの出会いを経て形成されたものなのかもしれない。

俺は、爆音に浸されたライブ・ハウスで、少女のようにはしゃぐ二人の姿を思い出した。

窓の外を向いたままのリザが、冷たい声色で呟く。

「悪いけど、期待しても無駄だから」

「期待？　何にだよ」

「あんたと私は別の生き物だってこと」相棒の紅い瞳に、薄っすらと陰が差した気がした。

「誰とも真剣に殺し合えない退屈な日々なんて、別に望んでない」

銀の弾丸を心臓に埋め込まれた銀使いは罪悪感を覚える機能を喪失し、血生臭い殺戮に愉悦を感じるようになるという。正規の手順で化け物になったわけではない俺には、銀使いどもの精神性は全く理解できない。

だが、彼ら彼女らは初めからそうだったわけではない。自らの判断で、あるいは誰かに強制されて、精神の化け物へと変貌していったのだ。

ならば、かつてのリザはなぜ銀使いになる道を選んだのか。

そろそろ、答え合わせをしてもいい時期に来ているのかもしれない。

「……リザ、お前はグラノフの口利き（くちき）で銀（シロガネ）使いになったって聞いた」

ナイフや刀で敵を切り刻むことに生き甲斐（いがい）を感じるタイプの戦闘狂も、最初から今のような異常者だったわけではない。二年前に何らかの事情か取引があった結果、外科手術によって心臓に銀の弾丸を埋め込んだのだ。

「いったいどんな理由があって、お前は銀（シロガネ）使いになったんだ？」

銀（シロガネ）使いが銀（シロガネ）使いになる理由なんて様々だが、当時のリザは一七歳の少女に過ぎなかったはずだ。地獄に足を踏み入れたのには、いったいどんな背景があるのだろう。これまで何度か考えてみたが、納得のいく答えは見つからなかった。

リザは露骨な舌打ちとともに振り向いてきた。

「余計な詮索はしない、ってルールじゃなかったっけ」

「不可抗力だけど、俺の方の過去はもう知られてしまってるからな。あの取り決めは白紙だ」

「勝手に決めんなよ」

「じゃあアレだ」妙案を思いついた。「何か賭けをして俺が勝ったら、お前は銀（シロガネ）使いになった経緯を話す」

「あんたが負けたら？　眼球は流石（さすが）にアレだから、まあ鼓膜くらいにしとく？」

「お前の頭の中の天秤（てんびん）はぶっ壊れてんのか？　ホテル代を貸してやるから、それで勘弁してくれよ。部屋も俺が探してやる」

「……いいよ、乗ってやる」リザは呆れ切った声で呟いた。「それで？　どんな賭けなの」

「結果がすぐに解るやつにしよう。俺たちが今から行く場所で会う銀使いは何匹なのか当てるなんてのはどうだ？　もちろん、数には俺たちも含まれる」

「六匹。数が近い方が勝ちってことでいい？」

「ああそうしよう。じゃあ俺は四匹でいく」

これで賭けが成立した。ただの戯れでしかないが、たまにはこういうのもいいだろう。

今から向かうフィルミナード・ファミリーの本社には、両手では数え切れないほどの化け物が蠢いているはずだ。だが、最高幹部のダレン・ベルフォイルに「依頼がある」として呼び出された俺たちが会う可能性がある相手となると限られてくる。

俺とリザで二匹。ダレンの護衛をやっている赤髪のチンピラで三匹目。あと一匹くらいは護衛が追加されている可能性も考慮した結果が、四匹という回答だ。我ながら妥当な数字だと思う。何も考えずに勘だけで答えた相棒に勝機はない。

リザはくだらないやり取りに飽きたのか、欠伸を噛み殺しながら夜の街に目を転じた。

非合法の店々を照らす淫靡な灯りが、極彩色の流星となって後方に流れていく。おとぎ話のように美しい光景。灯りに吸い寄せられた蟲どもが翅を焼かれて墜ちていく有様を、街が強烈に皮肉っているようにも見えた。

だとすれば俺たちも、脆い翅で夜を舞う哀れな羽虫でしかないのかもしれない。

遙か先に見える輝きを追い求め、近付くほどに命を焦がしていく弱い生き物。弱く、愚かで、地の底を這い回っているのがお似合いの化け物たちは、無謀にも燦々と輝く希望を摑み取ろうとしている。何者にも害されることのない自由を、爆薬入りの首輪を外す鍵を、汚れた手で摑み取ろうとしているのだ。

希望へと続く道の途上で、俺たちは何かを失うのかもしれない。

強き者たちの踵によって、容易く磨り潰されてしまうかもしれない。

だがそれでも、平穏な日々への渇望がある限り、前に進む足が止まることはないだろう。

煙草でも吸おうとポケットをまさぐると、硬質の物体が指先に触れた。先月の一件で、恐ろしき復讐者のウェイド・レインから投げ渡されたガラス玉だ。

俺は取り出したガラス玉を握り締め、心の中で呟いた。

そうだ。リスクを背負う覚悟など、とっくに決まっている。

「リザ、解ってるな？」フィルミナード・ファミリーの本社、煉瓦造りの八階建てビルが眼前に迫ってきた。「俺たちはこれから、フィルミナードの指示に従うしかない哀れな子羊を演じるんだ。組織を出し抜こうとしてるなんて、絶対に悟られるんじゃねえぞ」

「魔女の関係者の情報を聞き出すためにハイルを捕まえようとしてる？　そんなイカレた目的が悟られるはずがない」

「取引相手のジェーンがもし本社にいても、過度な反応は絶対にするな」

「しつこい。だから解ってるって」

俺たちはあのフィルミナード・ファミリーを出し抜いて、シエナ・フェリエールを奪還しようとしているのだ。まだ取引条件である魔女の関係者とやらの情報が集まっていない今、不穏な気配を悟られて計画が水の泡になることだけは絶対に避けなければならない。

車道に立っていた構成員に誘導されるまま、車を路肩に止める。極めて心臓に悪い会合へと臨むため、俺たちは同時にドアを開け放った。

正面玄関へ向かう構成員に大人しくついていく。

合金製の扉はどうやら生体認証で開く仕組みのようで、構成員が自らの目を大きく開いて壁に埋まったカメラに向けていた。煉瓦造りの古風な外観とは裏腹に、随分と機械化が進んでいるらしい。最新技術を駆使して開門された本社ビルに、少しばかりの緊張を携えて乗り込んでいく。

足を踏み入れた瞬間、リザはゴキブリの死骸でも見つけたかのような顔になった。

「どうした？」

「すぐに解る」

紅い瞳は一点を睨みつけていた。

その先を追うと、赤いスーツに身を包んだ金髪碧眼の美女がロビーの奥から歩いてくるのが見えた。大理石の床をハイヒールで叩く軽快な音。嫌味なほど優雅な動作で近付いてきたジェーン・ドゥは、含みを持たせた笑みを浮かべていた。

「久しぶり。例の件は順調に進んでる？」

慌ててリザを見ると、露骨な舌打ちとともに頷いてきた。ジェーンが確信犯的に余計なことを喋るのを予測して、俺たちの声が周囲に聞こえないようにしてくれていたのだ。

会話が誰にも聞かれていないことが確認できたので、俺は遠慮なく回答する。

「たまらなく順調だよ。ジェーン、お前こそあの取引は忘れてねえだろうな」

「当たり前でしょ？　私は嘘が大嫌いなの」

魔女の関係者と呼ばれる人物をジェーンの前に連れてくることで、フィルミナード・ファミリーからシエナを解放するというのが、俺たちの間に横たわる取引の概要だった。

薔薇の女王として恐れられるほどの重要人物であるにもかかわらず、この女には組織に対する忠誠心などはない。だからこそこの取引は成立しているのだ。

白々しく微笑んだあと、ジェーンは俺たちを先導するように歩き始めた。

「そういえば」背中越しに、ジェーンが何の気なしに訊いてきた。「ハイル・メルヒオットの行方はまだ掴めてないの？」

「……何の話だよ」

「ああ、とぼけなくていいから。あなたたちの思考なんて読めてる。広大な上に犯罪組織による縄張り争いが蔓延してるイレッダ地区を、隅から隅まで探し回るなんて賞金稼ぎ二人組には不可能。だったら、確実に〈魔女の関係者〉と繋がっているハイルの身柄を押さえた方がいい」

「なるほど、そんな考え方もあるんだな」

「そしてあなたはこうも考えている。私たちフィルミナードもまた、ハイルの身柄を狙っているんじゃないかって。気になってるんでしょ？　私たちが今、どこまで計画を進めているのか」

指摘された通り、その点については俺も懸念していた。

フィルミナード・ファミリーの最高幹部であるダレン・ベルフォイルは、ハイルが握っている理論を欲している。

銀使いは死んだあと、銀の弾丸の悪魔に魂を喰われるとされている。化け物どもにとっての死は救いなどではない。この世界よりもさらに下層の地獄へと堕とされ、永遠に続く責め苦を味わうのだ。死病に冒されているアントニオはまさに、そう遠くない未来に救いのない結末を辿ることになる。

しかし、ハイルの理論を使ってアントニオを悪魔の媒体にしてしまえば破滅の未来を覆すことができるのだ。

媒体となったアントニオはもちろんくたばるが、銀の弾丸から悪魔の痕跡は消える。全ての罪を贖い、犯罪組織のボスは安らかな眠りに包まれるのだ。どんな理由があるのかは解らないが、ダレンはこの願いを成就させるために使命の炎を燃やしている。

つまり、俺たちはダレンよりも先にハイル・メルヒオットを捕まえなければならない。でなければ、魔女の関係者についての情報を訊き出すことができなくなるだろう。

「ハッキリ言うけど、ダレンはこのレースであなたたちの遥か先を行っている。もちろん、あなたたちもハイルを狙っていることなんて彼は知らないだろうけど」

「情報提供に感謝するよ。それで？　何故俺たちにそんなことを教える？」

「哀しい人。人の好意を疑うことしかできないなんて」大袈裟に肩を竦めたあと、ジェーンは振り返って言った。「私はあなたたちの味方なのに」

「くだらねえ嘘は吐くなよ」俺は吐き捨てた。「俺たちはただ、利害関係の一致によって繋がっているだけだ」

俺たちを何度も騙し続けてきたこの女を、全面的に信用することなどできるはずがない。だが、魔女の関係者に会いたいジェーンと、シエナを助け出したい俺たちの利害は一致していることだけは覆しようのない事実だ。

いつかシエナと約束した、白い砂浜で過ごすひとときを夢想する。

この美しい退屈を手に入れるためなら、利用できるものは全て利用してやる。

「問答はこのくらいでいいだろ。早くダレンの元に案内してくれ」

無言のままフィルミナード・ファミリーの本社を奥へ奥へ進んでいく。ジェーンはおよそ客人をエスコートしているとは思えないほど優雅な歩行姿勢で通路(ランウェイ)を抜け、階段を下り、扉を開いてはまた新しい通路を歩いていった。

設計者の良識を疑うほど入り組んだ構造だが、フィルミナード・ファミリーの最高幹部ほどの嫌われ者ともなれば、襲撃者が簡単には辿(たど)り着(つ)けない場所に隠れているしかないのも頷ける。

一五分ほど歩き回っていると、ようやくダレン・ベルフォイルが待っているという部屋が見えてきた。

品のいい装飾があしらわれた木製の扉と、その両脇を固めるように立つ護衛の男たち。どこからどう見ても、この中にいるのが極悪人であることが解(わか)る。

「入れ」

護衛どもは俺たちを一通り品定めしたあと、木製扉を開け放った。

主役のように歩いていくジェーンに追随する形で、俺たちも部屋の中に足を踏み入れる。

「ようこそ。お前らを本社に招くのは初めてだな」

赤絨毯(あかじゅうたん)が敷かれた豪奢(ごうしゃ)な部屋の中央には、古めかしい椅子が置かれていた。そこに座ってるのが、フィルミナード・ファミリーの最高幹部のひとり、ダレン・ベルフォイルだった。

何人かの部下を背後に従える男は、もはや王の品格さえ漂わせている。

だとすれば奴が腰を下ろしているのは玉座で、俺たちは勅命を受けて馳せ参じた騎士ということになるのだろう。我ながら癪に障る想像だ。

「仕事の依頼なら電話でいいはずだ。わざわざ俺たちをここまで呼び出した理由は何だ？　たまには声だけじゃなく顔も見たくなったのか？」

「一度虚勢を張ってからじゃないと会話を始められないのは、何かの病気なのか？」

ダレンは余裕の笑みを携えたまま鼻で嗤った。数々の修羅場を潜ってきた男の前では、俺の挑発など小鳥の囀りに等しいのだろう。

俺が黙ってしまったのを確認して、ダレンは立ち上がった。

「お前らに仕事をくれてやる前に、会わせておくべき人がいる」

部下どもから離れて歩き始めたダレンは、壁面に沿って置かれた巨大な本棚の前で立ち止まった。最高幹部の岩のような手が棚に触れると、何かが外れるような音が響き、本棚が壁の奥に沈んでいく。今度はモーターの作動音がして、本棚はゆっくりと回転を始めた。

「なるほど、隠し扉ってわけね」

「中学生のガキが設計したみたいだな」

逃げ道を塞ぐように後ろからついてくるジェーンに殺意を放出しつつ、隠し扉の奥に消えたダレンに続く。

内部は先程の部屋と同じくらいの広さだが、一台のベッドといくつかの椅子、そして移動式のテーブル以外には何も置かれていなかった。面積の殆どを無駄にしているといっていい。

絶海に浮かぶ岩礁のごとく孤独なベッドの上には、清潔なシーツにくるまれて眠る一人の老人がいた。

老人は点滴に繋がれており、頬は痩せこけ、顔は土気色に染まっていた。医学的知識のない俺ですら、この老人が治る見込みのない大病を患っていることくらいは解る。

病人になってからの姿を見るのは初めてだが、状況から判断するに、この老人こそがアントニオ・フィルミナードで間違いないのだろう。

イレッダ地区を牛耳る五大組織の一つ、フィルミナード・ファミリーの三代目頭領にして、自身も銀使い。アントニオはその極悪非道な振る舞いで、世界中に悪名を轟かせていた。

敵対組織の幹部全員を家族も含めて皆殺しにした〈リドリー・ポート事件〉は記憶に新しい。不義理を働いた傘下の組織を事務所ごと海に沈めて潰した噂が流れたときは悪党どもが震え上がったらしいし、手練手管を使って当時のエルレフ市長を丸め込み、服役中の構成員どもを百人単位で釈放させた伝説は最近になって教科書にも載った。

世界で最も喧嘩を売ってはいけない人間の一人、政府も認めたバレシア皇国の汚点、〈成れの果ての覇王〉――アントニオ・フィルミナードという男は、まさに伝説級の大罪人だった。

しかし、当時の面影を、今の痩せ細った姿から探し出すことは極めて難しい。

「見ての通り、アントニオはいま死の淵にいる。薬の副作用で、一日の大半はこうして眠っているような有様だ」

「だからどうした？」俺は努めて冷静に言った。「かわいそうなお年寄りの姿を見せて同情を引こうって算段なら、無意味だと初めに言っておく。アントニオが地獄に墜ちるべき悪党だってことは世界中の人間が知ってるし、逆に、報酬面での折り合いさえつけば俺たちは問題なく仕事を受ける。全くもってこの時間は無駄だ」

「ラルフ。お前にはこういう手が一番効くと思ったんだけどな」

「道徳の授業なら教壇でやってくれ」

「随分と手痛いな」

「あんたらのような極悪人に同情するほど、俺も愚かじゃないってことだよ」

アントニオが犯してきた罪、そして闇に葬ってきた人間の数を想像する。

自業自得。因果応報。この老人が病で衰え、魂を悪魔に捧げるという結末は、世界にとって正しいことであるように思えた。

「まあ確かに、どう考えてもアントニオは地獄に墜ちるべきだ。そんな大罪人を悪魔の呪縛から解き放って、安らかに殺そうというのは俺のエゴでしかないよ。そして、お前らをここに呼び出したのも同じだ。……まあ別に、理解してくれる必要もない」

ダレンの巌のような表情には、強い覚悟と、一抹の寂寥があった。

自らを悪と認め、世界を敵に回してでも大切な誰かを救おうとする者の、誰とも分かち合えない種類の孤独。

何故(なぜ)か、俺は唐突に理解した。

ダレンは、自らの罪を決して許さないために俺たちを病室に呼び寄せたのだ。

自らのエゴのために他者の命を盤上に載せる業の深さを、守りたい人間が背負っている罪の重さを、己の臓腑(ぞうふ)に刻み込むために。

それは善意から来るものでもなく、まして何かからの逃避でもない。荒野に立ち向かうための、一種の儀式のようなものに過ぎないのだろう。

直視できないほどに人間らしい行為だ。

そして同時に、卑怯(ひきょう)な行為だとも思った。

リザには、ダレンの行動の意図を理解できたわけではないだろう。進まない話に痺(しび)れを切らした様子の相棒は、鋭い口調で切り込んだ。

「これ以上茶番が続くならもう帰るけど。いい加減本題に入れば？」

「そうだな、お前の言う通りだ」

ダレンは僅かに浮き出ていた感情を、表情から完全に消した。

「まず前提として、俺たちに残された時間はあと五日間しかない」

「……五大組織会談か」

「そう。五日後に開かれるお茶会で、イレッダを取り巻く状況は一変するだろう」

「ロベルタとの戦争が始まるってこと?」

口の端を吊り上げて笑うリザに、ダレンは空虚な拍手を送った。

「先日開かれた臨時会議で決まったことだ。フィルミナード・ファミリーは、五日後の五大組織会談にて正式に宣戦布告を行なう。そうなれば……」

「あんたもあんたの部下もロベルタ・ファミリーの駆除活動に参加せざるを得なくなり、ハイルを生け捕りにすることが難しくなるってことか」

「そういうことだ。それに場が混乱すれば、ハイルが抱えている理論を他の幹部どもが奪おうとする可能性もある」

ダレンの、次に続く言葉はだいたい想像がつく。他の構成員たちを病室に入れなかったことなどを考慮に入れると、想像はほとんど確信に変わったようなものだ。

つまりこの男は、アントニオという老人を救うためだけに、フィルミナード・ファミリーを出し抜くつもりなのだ。次期頭領と呼ばれる男がここまでのリスクを背負う理由は、俺にはまるで解らない。

「戦争が始まり、この人工島が業火に灼かれる前に」ダレンは毅然とした態度で言った。「ハイル・メルヒオットを俺の前に連れてこい」

俺たちは、ここで覚悟を決めなければならない。

フィルミナードからシエナを解放させるためには、ハイルと繋がっている〈魔女の関係者〉

とやらを捕まえてジェーン・ドゥに差し出すしかない。しかし、もしダレンが先にハイルを捕まえるような事態になれば、キスをした相手の記憶を盗むことができるジェーンが勝手に目的を果たしてしまうだろう。ジェーンはハイルの記憶を辿って、魔女の関係者とやらをひとりで探し出してしまうだろう。そうなればもう、彼女がシエナを解放する理由など消え失せる。

つまり、ハイルを先に捕まえるのは俺たちでなければならないのだ。

優しく尋問して情報を訊き出し、〈魔女の関係者〉とシエナを交換してからでなければ、ダレンをハイルに会わせてはならない。フィルミナード・ファミリーを敵に回すことも覚悟しつつ、ダレンをうまく出し抜かなければならないのだ。

こちらの意図を悟られないように、俺は努めて冷静に質問を投げた。

「……簡単に言うが、俺たちはハイルがいまどこで何をしているのか全く知らない。そのくらいの情報は摑んでるのか？」

「当たり前だ」

「どんな手を使った？」

「なに、ロベルタ・ファミリーに変装が得意な化け物を潜入させたまでだ」ダレンの視線はジェーンを経由して、俺たちで止まった。「では、依頼を受けるということでいいんだな？」

どちらにせよ、フィルミナードの腹の中にいる俺たちに依頼を断るという選択肢はない。意地の悪い問い掛けは一切無視して、更に確認事項を潰していく。

「そもそも、ハイルが握っている理論を欲しがってるのは本当にあんただけなのか？　横槍が入らないという確証は？」

ハイル・メルヒオットが狂気の施術士ドナート・セラーズから奪った理論は、軍事利用するにはもってこいの代物だ。

適当に見繕った被験者を媒体にして、不完全ではあるが制御可能な悪魔を現世に呼び寄せる理論。成れの果ての街のパワーバランスを一変させる可能性は充分すぎるほどにある。フィルミナードの過激派連中が、そいつを欲しがらないはずがない。

しばらく静観を決め込んでいたジェーンが、皮肉を隠そうともせず言った。

「フィルミナードの上層部たちは、くだらない格式に縛られた間抜けの集会なの。理論を奪い取るのは堂々と宣戦布告した後で。それも、ロベルタ・ファミリーを全員灰にしてから焼け跡を探すというやり方でね。要するに彼らには、秘密裏に動いて目的を速やかに遂行するという発想がない」

「悪党どもにも作法はある。それがどんなにくだらないものだとしてもな」ダレンが結論を引き継いだ。「ただ、そいつに従ってきたからこそ、フィルミナードが巨大組織になれたという側面もある」

組織が守り抜いてきた誇りを踏み躙ろうとしている男の表情に、迷いなど一切ない。そんな脆い感情は、とっくに何処かに置いてきてしまったのだろう。

ダレンは懐から一枚の紙を取り出した。

そこには作戦決行の日時や場所と、ハイルの直近の予定などが事細かに記載されている。

「そこに作戦の詳細が書いてある。友人も恋人もいなさそうなお前らには無用な心配だが、決行日までは誰にも漏らすな。この場で全て覚えて、紙は燃やせ」

「ちょっと待て。報酬額が何処にも書いてない」

「ああ、それなら言い値でいい」ダレンは小切手を差し出してきた。映画の中でしか見たことがない代物を目の当たりにして、俺は生唾を呑み込む。「常識の範囲内でな」

「あんま気が乗らない。武装もしてない一般人をコソコソと誘拐するだけの仕事でしょ？」

「ハイルほどの男が、護衛も連れずに歩いてると思うか？」リザの問いに、ダレンは予め用意していた返答をする。「間違いなく戦闘になる。危険な仕事だ」

まともな倫理観を持ち合わせていない化け物二匹を、ダレンは流れるような話術で一気に掌握してしまった。歓喜に震える手で数字を書き連ねつつ、フィルミナード・ファミリー最高幹部とやらの実力を思い知る。

ただ、一つだけ疑問が残った。

この条件では、俺たちにとってあまりにも都合が良すぎるのだ。ダレンほどの男が、一介の賞金稼ぎをここまで無条件に信頼してくれるはずがない。

「なあ、一つ訊いていいか？」俺は指示書を指で叩きながら言った。「作戦に参加する銀使いは俺たちだけなのか？」

「いつ裏切るかも解らない賞金稼ぎどもに全てを任せるわけがないだろう。お前らの仕事はあくまでも後方支援で、実行役は俺の部下が担う」

淡い期待はいとも簡単に打ち砕かれた。やはり、油断のならない化け物の目を掻い潜ってハイルをひっ捕まえなければいけないらしい。

落胆を隠して、一応の質問を投げた。

「この資料には肝心な部分が書かれていない。俺たちが何をやればいいのかは解ったが……実行役はいったいどうやってハイルを捕まえるつもりだ？　ジェーンの能力を使って接近するのか？」

「ジェーンはアントニオの護衛から離れられない。別の人員が向かうことになる」

「グレミー……あのチンピラに、誘拐なんて繊細な仕事が務まるとは思えないけど」

「奴でもない。既に別の重要な仕事を任せてあるからな」

「他にもまだ化け物を飼育してるってことか？」

「これでも大組織の幹部だ、そのくらい当然だろう？　……ああ、もう着いたようだ」

病室の扉が勢いよく開かれ、一組の男女が黒服どもの制止を振り切って闖入してきた。

整えられた黒髪と品のいいスーツが清潔感を漂わせている、ビジネスマン風の長身の男。

心配になるほど蒼白い肌に、喪服のようなドレス、夜の底を髣髴とさせるアイシャドウ、漆黒に塗られた爪という、旧時代の魔術師のような風貌の女。

対照的な二人。正体はまだよく解らないが、部屋に入ってきただけで体感温度が少しばかり下がったような錯覚がしたことだけは確かだった。

「ウェズリー・ウォルハイトだ。以後よろしく」

ウェズリーと名乗った長身の男が、見た目通りの爽やかさで握手を求めてきた。俺とリザは握手という文化を始めて知った未開人のように、差し出された掌をただじっと眺めている。

こういう、嘘が全身に染み付いたような気取った人種は嫌いだ。そもそも、心を喪った銀使いが爽やかな男に見えるという時点で信用ならない。

ウェズリーは困ったように眉を顰めたあと、俯いたまま一言も喋らない陰気な女を指し示した。

「彼女はカルディア・コートニー。何故か俺以外とはまともに喋らないんだが、まあ悪い奴じゃないから仲良くしてやってくれ」

およそ、化け物が化け物を紹介しているようには見えない朗らかさだ。ウェズリーにとっての悪い奴の基準が何処にあるのかは全く解らないが、犯罪組織に所属して虐殺を繰り返してきたくらいでは該当しないということだろう。どう考えてもふざけている。

狭い病室に、悪魔に魂を売った銀使いが六人も顔を突き合わせている。

薬の副作用で眠っているアントニオは除外するにしても、これだけの数の化け物がいて事が

平穏に運ぶはずがない。これなら、ガソリンが撒き散らされた火薬庫で煙草でも吹かしていた方がよっぽど安全だ。

案の定、膨張する空気に唆された馬鹿がいた。

「で、こいつらはあんたの作戦を実行できるだけの能力があんの？」

「リザ、やめろ」

「ちょっと質問してるだけじゃん。自分より弱い連中と組まされるなんて屈辱だし」

「なあ、持病の殺戮衝動に同情してほしいのか？」

「だから、別に他意はないって」

火薬庫で火遊びを始めようとしている相棒を、必死で宥める。

フィルミナード・ファミリーの本社で、しかも手の内の解らない化け物どもに囲まれて不遜な態度を取ることができる精神性は全く理解できない。多分バカなんだろうと思う。

「少なくとも、ダレンさんからはそう思われているはずだよ」

「あ？」

「今の質問への答えだよ。俺たちの実力についての心配はご無用だ」

ウェズリーは営業担当者じみた笑顔を向けてきた。そこに威圧や敵意といったものは全く感じられない。臨戦態勢になった猛獣を前にしても困ったように肩を竦めるだけで、まともに取り合おうとはしなかった。

たった二人で成れの果ての街を這(は)い回(まわ)っているだけの存在とはいえ、リザは銀使い(シロガネ)どもとの戦いを幾度も潜(くぐ)り抜(ぬ)けてきた手練(てだ)れだ。それこそ、悪魔に身体(からだ)を乗っ取られたウェイド・レインを倒した情報はこの男にも伝わっているはずだろう。

そんな化け物を、親戚の子供でもあやすかのようにあしらうこの男はどう甘く見積もってもまともではない。恐らくウェズリー・ウォルハイトという男こそが、ダレンの側近中の側近ということなのだろう。

部下たちの微笑(ほほえ)ましいやり取りを一通り眺めたあと、ダレンは淡々と締めくくった。

「決行は明日の夜だ。健闘を祈る」

最高幹部の宣言が狭い部屋に溶けていく。悲壮なまでの覚悟を、薄い膜で隠したような声色だった。

それが解散の合図となり、化け物どもは目も合わせずにそれぞれの帰路についていく。これから出し抜かなければならない化け物どもの背中を睨(にら)みつけていると、隣のリザが嬉(うれ)しそうに声を掛けてきた。

「化け物は全部で六匹だから、賭けは私の勝ちでいい？」

「何の話だ？」

「都合よく記憶喪失になってんじゃねぇよ」リザは舌打ちとともに続けた。「ここを出たら、さっさとホテルを探せよ」

こういう時だけは、リザの無神経っぷりが羨ましい。この頼もしい相棒には、目の前に立ち塞がる巨大な壁など見えてはいないのだ。

本音を金庫に入れて厳重に隠しながら、俺は気の抜けた声で答えてやった。

「解ったよ、大人しく探してやる。最低限、屋根と壁だけあれば満足だよな？」

隠れ家へと続く路地裏を進んでいると、違法賭博の客引きが手を挙げて挨拶してきた。この辺りに住んで二年も経てば、連中ともほとんど顔馴染みのようなものだ。ノルマの未達か何かで上司にこっ酷く絞られていたのか、客引きの顔面には青痣が見受けられた。

いつものように無視していると、ケツに火が点いている男は俺を呼び止めてくる。

「なああんた、一回くらい遊びに来てみたらどうだ？　その辛気臭い顔もちょっとはマシになるぜ」

「余計なお世話だよ。こっちはそんなに暇じゃない」

そう、俺にはやるべきことがあった。

路地裏を奥へと進むと目的地に着いた。周囲に人の気配がないことを確認して、錆び付いた非常扉を解錠する。この二階建ての廃ビルが、当面の俺の隠れ家ということになる。

弱小組織同士の抗争か何かで空き物件になっていたのを勝手に使っているわけだが、贔屓の情報屋カイ・ラウドフィリップによる情報操作のおかげで電気や水道は今も引かれている。

偽装のため瓦礫が散乱するままにしてある一階を抜け、螺旋階段を昇って二階の自室へと進む。室内は黴臭く、照明をつけてもまだ薄暗かった。安全のため隠れ家は複数所持しているが、ここは生活環境からすれば最悪の場所になる。

まあ、寝るためだけに帰ってくるような場所なので文句もない。棚から酒瓶とグラスを取り出して、破れかけのソファーまで進む。グラスに注いだ酒を呷りながら、俺はメモ用紙とペンをテーブルの上に広げた。

一晩でアイデアを捻出しなければならない。

明日決行される誘拐作戦にて、フィルミナード・ファミリーよりも先にハイルを捕まえて姿を消す冴えたアイデアを。会場の見取り図とダレンが指示した作戦、そして俺が持っている手札を重ね合わせ、思考を巡らせていく。

長針が二周する頃には、ある程度の流れは出来上がっていた。

唯一読めないのが、一緒に作戦に参加するウェズリーとカルディアという銀使いたちの能力だ。もしどちらか一方がリザのように感知を得意とする能力を持っていた場合、この策は不発に終わる。もっと慎重を期す必要があるだろう。

白けていく夜の底で計画を練りながら、俺は頭の片隅に黒い靄が掛かっているのを自覚した。そいつの正体は解っている。俺はこの期に及んで、フィルミナード・ファミリーを敵に回してしまうことを恐れているのだ。

恐怖心を麻痺させるために、俺は何処かの地下室に囚われているシエナのことを想像する。両親を殺され、少女娼婦に堕とされ、悪魔を呼び寄せる媒体として犯罪組織に囚われた哀れな少女。彼女を地獄から救い出すためには、ハイルから魔女の関係者の手掛かりを訊き出さなけれぱならない。

テーブル上の小物入れの中に投げ込まれている、一粒のガラス玉が目に入った。

恐るべき復讐者だったウェイド・レインに託されたものだが、奴の真意は最後まで解らなかった。だから俺はこいつを、希望の象徴だと思い込むことにしている。

ここでフィルミナードを出し抜くというリスクを冒せば、シエナを幽閉する檻の鍵が手に入るかもしれない。そのままフィルミナードとロベルタが戦争を始めれば、ジェーンとの取引のあとに、混乱に乗じてシエナを人工島から連れ出せるかもしれない。全ての目的を果たしてからハイルを差し出せば、ダレンは俺たちを追ってはこないかもしれない。

シエナと約束した、白い砂浜での退屈が手に入るかもしれないのだ。

ならば、己の渇きに従えばいい。

平穏な日々への渇望に殉じて、地獄へと進む覚悟を決めろ。

一つの儀式として、俺はグラスに半分ほど残っていた酒を一気に飲み干した。

You Talkin' to Me? 2

初めは、そうだ。

途方もない退屈への、反抗からだった。

過干渉で教育熱心、それでいて愛情表現が希薄だった両親の影響が大きいのかもしれない。スケジュール帳を侵食してくるピアノ・レッスン、外国語の個人授業、ダンス・スクールや水泳教室を少女は心から嫌悪し、途方もない退屈を覚え、次第に遠ざかっていった。

娘の教育に、両親は決して安くはない金額を費やしてきたはずだ。それでも両親は、習い事をさぼって遊びまわっていた少女を咎めることはなかった。それどころか、彼らは意味を失った月謝を延々と払い続けたのだ。それがどれほど馬鹿馬鹿しく、虚空に金をバラ撒くのに等しい行為だとしても。

少女が習い事に行かなかったのは、もしかすると、両親の反応を試してみたかったからという側面もあるのかもしれない。もし愛というものが架空の概念ではないとするならば、自分の行為は両親にとって許し難いものになるはずだ、と。

だが彼女は、結果として全てを悟ることになる。

両親が求めているのは教養を身に付けた娘の輝かしい未来などではなく、『娘の教育のためにはお金を惜しまない、教育熱心な保護者』という他者からの評価だけだったのだ。

彼らの世界に自分はいない。少女はそのように考えた。

彼らは娘という機能を持つ肉の塊が欲しいだけであって、それが別に彼女でなくても何の問題もないのだと。

それを自覚してからは、少女の心は飢餓状態に陥った。

自分自身でも原因が解らない、果てのない渇き。

とにかく、両親が押し付けてくる退屈な日々に身を浸していても、渇きを癒すことはできないだろう。それだけは確かだった。

少女は渇きを癒やすために、両親の教えとは真逆の道を進むことにした。

両親から「あんな曲は聴くな」と言われていたラウド・ロックばかりを聴き漁るようになり、両親から「あんな子とは関わるな」と言われていた問題児をわざわざ選んでは遊び回るようになった。イヤホンから流れてくる爆音のロックンロールで脳髄を満たしながら、大人たちから禁止されている危険な遊びを繰り返す日々。

ただそれが、思春期特有の万能感からくる衝動というわけではないことに、少女は早い段階から気付いていていた。

彼女はきっと、渇きによって形成されていたのだ。

普通の人々の、普通の幸福を手に入れることは自分にはきっとできない。攻撃的な音楽に世界を浸して、ただ純粋にスリルを追い求める日々こそが、彼女の内側を満たしていた。それが破滅でしかないことにもまた気付いていていたが、彼女にとってはさしたる問題ではなかった。

小さな街で度の超えた非行を繰り返していれば、悪名は自ずと通りを渡っていく。

だから、世間体を気にする両親が事業に失敗して多額の借金を背負った際、少女だけを置き去りにして姿を消したのは仕方のないことだった。

そして、その街で次の仕事の下見をしていた強盗団のリーダーに偶然声を掛けられても、なんらおかしいことではなかったのだろう。

行く当てもなく夜の街を彷徨っていた少女に声をかけたのは、南方からの移民と思しき、褐色の肌をした中年男だった。

彼はシャッターの下りた商店の前の路上に立ち、酒瓶とライムを交互に口に運んでいた。深い瞳は周囲の薄闇よりもなお暗く、シャッターに描かれた粗末なグラフィティから色彩を奪い取っているようにも見えた。

男から感じる非合法の気配に呼び止められて、少女は足を止めてしまった。

「この街で暴れ回ってる、やたら威勢のいいガキってのはお前のことだろ」

「……さあ？　人違いでしょ」

面倒ごとは避けるべきだ、という忠告が頭の中で響いていた。幻聴は何故か両親の声に似ており、だから少女は苦々しく舌打ちをする。

「親に棄てられて路頭に迷ってるとも聞いた」

「……だったら何？」

動揺を隠して男を睨みつけるが、彼から敵意のようなものは特に感じなかった。いや、それどころか、少女の全てを許して受け入れるような表情をしているようにも見えた。

「お前はきっと、俺たちの同類だよ。常に心が渇ききっていて、空洞を満たしてくれる何かを延々と探してる。これはもう先天的な才能みたいなもんなんだ。病気、と言い換えられるかもしれないけどな」

「あのさ、さっきから何が言いたいの？」

男は数年前からファビオと名乗っていること、強盗団のリーダーをやっていること、近々イレッダ地区に拠点を移そうと考えていることを淡々と説明したあと、ようやく本題に入った。

「俺のチームに入れ、リザ・バレルバルト。この仕事ならきっと、お前の渇きを癒やすことができるはずだ」

その時にどんな感情を覚えたのかは、今となってはもう思い出せない。

それでも、一つだけ確かに言えることがあった。

ここでファビオの提案を受け入れたから、全ての歯車が嚙み合ってしまった。

だから、悪い運命が廻り始めてしまったのだ。

◆

「……リザ。起きろ、リザ」

　助手席で眠っていたリザは、隠すつもりなど一切ない欠伸で不満を表明してきた。助手席に座る者の務めなどは元から期待してないが、どう考えても納得のいく態度ではない。

「一〇分以上車に乗ると絶対に熟睡するのはどうしてだ？　やっぱりアレか？　起きてる間に脳を使いすぎてんのか？」

　俺の嫌味にも、リザがダメージを受けた様子は一切なかった。

「だって、寝てる間は不愉快な気持ちにさせられなくて済むからね」

「どういう意味だ？」

「嘘でしょ、自覚がないの？」

「俺が原因とでも言いたいのかよ」

　長時間運転している仕事仲間の隣ですやすやと寝息を立てているバカよりも人を不快にさせる存在などこの世にいないはずだが、指摘するのはやめにした。どう考えても、くだらないことで言い争っている時間などはない。

　舌打ちと罵声の応酬を連れて、俺たちは車を出る。

　海に近い立地にある巨大な倉庫の前に到着する。重厚な金属扉の前には、二メートル近くある黒服の男と目付きの悪い女性スタッフが一人ずつ、警戒心を携えて立ちはだかっていた。

　倉庫を改造したナイト・クラブへの入場料である五〇〇〇エルを支払う。連中は入念なボディチェックによって武器の有無を確認したあと、渋々金属扉を開いてくれた。

軽快なダンス・ミュージックに合わせて、若い男女が広大なフロアで踊り狂っている。

金色のスーツに身を包んだ胡散臭いDJがブースから観客を煽り続け、天井からぶら下がった巨大なミラーボールやレーザー光線が暗闇を極彩色に染め上げていく。

俺は安物のバッグを二つ召喚し、喧騒から離れた壁際に置く。既にクラブに入っているウェズリーとカルディアが、後でこれらを回収しにくるはずだ。

入り口のボディチェックを正々堂々と潜り抜けて荷物を運んでくれば、俺たちの役目は半分以上終わったようなものだった。

喧噪から離れたバーカウンターに向かい、蒸留酒の炭酸水割りを注文する。リザのオーダーはいつも通りのオレンジジュース。二人分の飲み物が揃ったところで、何かを言いたげなリザに問い掛けてやった。

「どうした？　さっきから何でそんなに不機嫌なんだよ」

「は？　言わなきゃ解んない？」

「面倒臭い絡み方だな」こちらも少し苛ついてきた。「何かあるならハッキリ言えよ」

「あんたが昨日用意したホテル、何アレ？　シャワーの水圧は弱いし、壁が薄すぎて隣のカップルがヤッてる音が丸聞こえだし、空調の音もうるさすぎ」

「当日にいきなり用意しろって言われてもな、いいホテルなんて残ってるわけねえだろうが。これでもなるべくまともなところを探してやったんだ。次からはもっと劣悪な所にした方がいいのか？　宿泊者が謎の伝染病に罹ってしまうようなホテルとか、一年中雨風に晒されてる段ボール製のホテルとか」

「言ったじゃん。最低でも一泊五万エル以上のとこ限定だって」

「聞いてねえよ、何だそれ。……お前さてはアレだな。自分が快適に過ごせるかどうかより、俺の預金残高をいかに減らすかだけを考えてるだろ」

「当たり前でしょ、あんたは賭けに負けたんだから。あ、それと前日より安いホテルは禁止だから」

「勝ったあとにルールをどんどん追加していくのはやめろ！　卑怯だぞ」

「あーもううるさい。次に文句言ったら、内臓売ってホテル代の足しにさせる」

「もう金輪際お前と賭けはしない。絶対にしない」

話の通じない暴君から逃げるように、俺は周囲を見渡した。

かつて貿易関連企業の倉庫だった場所を改造した超有名ナイト・クラブ〈ステージ・オブ・マーキー〉の一番の見どころは、中央のステージに設置された円柱状の水槽だろう。

色とりどりの光が混ざり合う水槽の中で、一糸纏わぬ姿の美女が熱帯魚たちとともに優雅な舞いを披露していた。ショー・ビジネスの世界に疎い俺ですら、このクラブで毎晩とてつもない額が動いていることくらいは解る。それほどの熱狂っぷりだった。

「ステージ・オブ・マーキーと言えば、イレッダ地区でも有数の観光スポットだけど」煙草を咥えながら続ける。「運営権を握ってるのがロベルタ・ファミリーってことを知ってる奴はどれくらいいるんだろうな」

「一ヶ月に一度、ハイルがステージに立って客どもに挨拶するんでしょ？　オーナーとして」

「だとしても、あのイカレ野郎の正体を知らずに歓声を上げているバカがほとんどだろうさ。自分が落とした金が、罪もないギャングどもを殺す軍資金になってるとも知らずに」

「はっ、それじゃただの社会貢献じゃん」

リザの言うようにクズがクズを殺すだけならただの因果応報、もっと冷静に言えば自浄作用が働いただけだと片付けることもできる。

だがこのクラブには観光客にクスリを売りつける輩が大量にいるだろうし、酔い潰れた女子大生が身ぐるみを剝がされて人間オークションに出品されたなんて事例もよく聞く。

本来、光と闇は交わってはならないものなのだ。

互いに互いの領分を守り、決して踏み込まないことで世界の秩序は保たれる。

煌びやかなショーでその垣根を取り払い、善良な人々をこちら側に引き摺り込むやり方には憎悪すら抱いた。

フロアを満たしていた曲が切り替わり、怒り狂ったように激しいラウド・ロックが鳴り響く。客の熱狂も音楽に合わせて加速し、ナイト・クラブは混沌の様相を呈してきた。

そういえば、この曲には聞き覚えがある。

「これは確か、お前がいっつも車で流してる曲だな」

「ディジーズの〈マーダー・インク〉。かなり初期の曲なのに、ここのＤＪはセンスがいい」

「成れの果てにはお似合いの、野蛮極まりない曲だ」

「確か、シエナもこの曲が好きだって言ってた」

静かにグラスを傾けるリザの横顔を見ていると、くだらない問いが一つ思い浮かんだ。

「なあリザ。殺し合いを愉しんでるときのお前と、シエナと好きなバンドの話をしてる時のお前」ほとんど無意識に呟いていた。「どっちが本来の姿ってやつなんだ？」

「何が言いたいの？」

「別に他意はないよ」

「質問の意味が解んないけど」リザはオレンジジュースを飲み干して続けた。「一つだけ言えるのは、私は銀使いだってこと」

「銀使いとしての、殺戮衝動だけがお前の全てだってことか？」

「……今まで何を見てきたんだよ」

銀使いは、ＳＦじみた特殊能力と常人を遥かに超える身体能力と引き換えに、心を喪った怪物になるとされている。本人が言う通り、リザも人間らしい罪悪感や幸福への希求などを過去に置き去りにしてきたのだろうか。

そこに一抹の寂寥を感じている自分に気付いた。

もしかすると俺は、白い砂浜での退屈を望んでいるのはリザも同じだと、どこかで信じていたいのかもしれない。リザの横顔に一瞬だけ見えた陰影が、照明の影響だけではないことを願っていたいのかもしれない。

「で、目立ちたがりのオーナー様がステージに現れるのはいつだったたっけ？」

リザが実務的な問いを投げてきたので、俺も慌てて思考を入れ替える。

腕時計を確認して、努めて冷静に回答した。

「あと二〇分くらいだな」

月に一度の代表挨拶のため、ハイルはこのクラブのステージ上に現れる。

これはロベルタが大手イベント会社からクラブの支配権を奪い取って以来、一度も欠かすことなく行なわれている定例行事だった。ジェーンが連中から抜き取った情報によると、今日この場所で、ハイルが久しぶりに姿を現す。

そこを襲うのが、ダレンから与えられた作戦だった。

ハイルがステージで演説している最中に、バックヤードに忍び込んだカルディアが照明を落とす。フロアが暗闇に覆われ、混乱が巻き起こった一瞬のうちに、ウェズリーと俺たちがハイルを捕える。それから皆で仲良く逃亡するというのがダレンから知らされた全てだった。

「ラルフ、こんな作戦が本当に成功すると思ってる？」

「……いや。俺は、割と成功率が高いと見てる」

一見するとあまりにも安易で、穴が多いように思える策だ。しかしダレンは周到な準備を重ねることで、シミュレーション上の成功率を一〇〇パーセント近くまで引き上げた。

犯罪組織の幹部が数分とはいえ表舞台に出るとなると、当然ながら様々な勢力に狙われる可能性が想定できる。刃物を持った暴徒による襲撃、暗殺者による狙撃、恨みを持つ誰かによる自爆テロ、とにかく様々な危機的要因を孕むことになるだろう。

当然ながら、ハイルの警備は厳重に行なわれる。護衛のうち何人かはステージにまで上がってくるだろうし、その中に銀使いが紛れていても不思議ではない。出入り口で執り行われる厳重なボディチェックでは武器の持ち込みは不可能に近いし、そもそも、あれだけの衆人環視の場で凶行に及ぶ馬鹿がそういるとも思えない。

裏を返せば、ステージの上には心理的な檻ができあがっているとも言えるのだ。まさか誰も襲ってくるはずがないという油断こそが、連中の対応を遅れさせるかもしれない。

「このクラブのセキュリティは万全……というか、むしろ過剰と言ってもいいくらいだ。だがそれでも、銀使いの襲撃までは流石に想定できていない」

「私らの能力ありきの、この場限りの策ってわけね。確かにそれは防ぎようがない」

自分で買った武器や道具を自由に出し入れできる俺の能力によって、銃器や刃物、暗視ゴーグルなどは簡単に持ち込むことができた。今頃はウェズリーとカルディアが荷物を受け取り、準備を整えていることだろう。

銀使い(シロガネ)のカルディアならバックヤードに乗り込んでコントロールルームのスタッフどもを鎮圧するくらい訳はないし、ハイルを捕えることについても、俺たちとウェズリーの三人で手を組めば確実に遂行できるだろう。

その後の逃走経路などはもっと綿密に練られている。指示書通りに全てが進めば、俺たちはただの一人の目にも晒(さら)されることなく、地下に隠された拷問部屋に到達することができる運びになっているのだ。

カウンターに背中を預けるリザの口許(くちもと)に、悪意を凝縮したような笑みが一瞬だけ浮かんだ。

「……かわいそうに」

「ああ、かわいそうだな」

「必死になって考えた作戦が無駄になってしまうなんて」

俺は左胸の〈銃創(スティグマ)〉に干渉し、能力を発動。靴箱ほどの大きさの紙袋をカウンターテーブルの下に置いて、早足にその場から立ち去った。

「ああ、これで思う存分暴れられる」

「覚悟はできたみたいだな、リザ」

「今更でしょ。足だけは引っ張んなよ」

響き渡る爆音が、ダンス・フロアの空気を一変させる。

女たちが悲鳴を上げ、男たちが同伴者の名前を叫び、水槽で踊っていた美女が陸に上がり、派手な格好のＤＪが頭を抱えてしゃがみ込んだ。

　爆発したのは、紙袋いっぱいに詰め込んだ爆竹の山だった。殺傷能力は皆無だが、爆音で客どもを恐怖の底に叩き落とし、ナイト・クラブに混沌をもたらすには充分な威力。

　フロアの地図は頭に入っている。

　でたらめな方向に逃げ回る客どもを器用に躱して、打ち合わせで決めていた地点に向かって走った。

「これで俺たちは、フィルミナードと正式に決裂した」

「私らが爆発を起こしたとまではバレてないかもよ？」

「珍しく楽観的だな。俺もそう思うことにするよ」

　リザは気楽に言うが、そんなものは希望的観測でしかない。今の爆発が俺たちの仕業であることくらい、ウェズリーには気付かれているはずだ。

　連中に見つかる前に、ハイルの身柄を確保してクラブから消える必要がある。念のため言い訳は用意しているが、きっと気休めにしかならないだろう。

　それでも、俺はもうリスクを取ることを恐れてはいなかった。

　過去の呪いに運命を縛られたが故に死んでいったウェイド・レインが、奴が俺に投げ渡してきたガラス玉が、決意には制限時間があることを気付かせてくれたからだ。自由を手に入れるためなら、地雷原を直進する覚悟を決めろ。

異常事態に困惑しながらも、黒人の大男がバックヤードに続く扉を警護していた。しかし、軽々と空中に飛び上がったリザの側頭蹴りが男を無力化。脳震盪を起こして倒れていく男を踏み越えて、「関係者以外立入禁止」という無力な懇願があしらわれた金属扉を開ける。

「リザ」

「解ってる」

従業員通路に誰もいないのを確認すると、リザは目を閉じた。

今、リザの聴覚は極限まで研ぎ澄まされている。バックヤードで発生するあらゆる音も拾い上げ、さらに超音波を発生させて内部の構造や護衛の配置を一瞬で把握しているのだ。

「……見つけた」

底冷えのする笑みとともに、リザが駆け出した。

猫の速度で走る相棒に必死に追随しながら、俺は声を上げる。

「リザ！　念のため俺たちの音を消せ！」

「もうやってる！」

「カルディアは今何処にいる？　あの陰気な女はバックヤード担当だったはずだ！」

「いったい何処見てたの？　まだダンスフロアにいたじゃん。ウェズリーに背後から近付いてたでしょ」

「なら問題ない。このまま進むぞ！」

　あんな薄暗い人混みから連中の位置を探し当てるなんて芸当は、リザのような化け物にしかできないだろう。もしカルディアがまだバックヤードにいるなら無線でフロアに誘導してハイルから遠ざけるつもりだったが、ここでも手間が省けたわけだ。

　通路を走り抜けて曲がり角までやって来たところで、リザが手を掲げた。

「あの部屋の中にハイルがいる。盗聴器から聴こえた声と同じだし、間違いない」

「あんな分厚そうな金属扉の中の声が聴こえんのかよ。いよいよ化け物じみてきたな」

「こんなに近付いてるんだから、よっぽど防音機能が高い部屋じゃなけりゃ余裕だけど」

「なるほど頼もしいよ。それで、奴のお喋（しゃべ）りの議題は？」

「商談から帰ってきたばかりで疲れてるとか、フロアで爆発が起きたせいで代表挨拶（グリーティング）が中止になったとか、そんなくだらない話」

「護衛は何人だ？」

「あんま正確じゃないけど……、多分五人はいると思う」

「なら問題ないな。……あとは手筈（てはず）通りに」

「了解」

　俺は両手に呼び出した手榴弾（しゅりゅうだん）のピンを抜き、扉に向けて放り投げる。

　爆音が轟（とどろ）き、粉塵（ふんじん）が舞い、コンクリートやリノリウムの破片が撒（ま）き散（ち）らかされていく。

　部屋の内部にいたロベルタの構成員たちが、白煙の立ち昇る従業員通路に飛び出してきた。

銃撃を警戒してか、各々が合金製のライオットシールドを構えている。

「モブどもがわらわらと」リザが弾けるような笑みとともに飛び出した。「いきなりで悪いけど、さっさと死んでくれる？」

襲撃者に気付いた男たちが発砲するも、壁や天井を蹴りつけて立体的に迫るリザを捉えることなどできない。蛍光灯の明かりを反射して鋭く光る刃が流星となり、男たちの喉元を次々に切り裂いていった。

「こいつは銀使いだ！　気をつけっ」

仲間たちへの警告が、そいつの最期の言葉だった。投擲されたナイフで眼窩を貫かれた優しき男が後ろ向きに倒れていく。

盾を背負って戦場から逃げ出そうとした男の足首を、俺が放った九ミリパラベラム弾が吹き飛ばす。リザは無様に床を転がる男へと緩慢に近付き、冷酷に宣言した。

「ダメダメ、こんなんじゃ満足できないから。来世はもっと強くなって生まれてきてね」

「だっ、誰か助けてくれ！　まだっ、まだ死にたくないっ！」

「あはは、周りちゃんと見て？　生き残ってんのあんただけだよ」

無慈悲に振り下ろされた刃が、男に終焉をもたらした。

リザの能力で音を消しているので、戦闘の様子は部屋の中までは伝わっていないだろう。飛び出していった斥候部隊の帰還を待ちながら、ハイルは中で待機しているはずだ。

中の様子を窺(うかが)おうと壁に背をつけた俺の脇を、リザが散歩でもするかのような気軽さで抜けていく。

慌てて制止したところでもう遅かった。リザはあまりにも堂々とした態度で言い放つ。

「あんたが、ハイル・メルヒオットで間違いないわけ？」

もうこうなったら、成り行きに身を任せるしかない。俺も自動式拳銃(バラックM31)を構えてリザの横に並ぶ。

革張りのソファとガラス製のテーブルが置かれただけの、シンプルな部屋だった。ちょっとしたパーティーなら開けそうな広さだが、中にいたのはライト・グレーのスーツを羽織った細身の男が一人だけ。

そいつが脚を組んで革張りのソファに座っていた。

眉目秀麗(びもくしゅうれい)、という言葉を絵に描いたような中性的な顔立ちは、どう見ても犯罪組織の幹部には見えなかった。ダレンからは二〇代後半だと聞いていたが、実際はそれよりも若く見えるし、それでいて老獪(ろうかい)な雰囲気も感じさせる。不安定で摑(つか)みどころがなく、何を考えているのかが全く読めない男だ。

長い黒髪の間から覗(のぞ)く檸檬色(れもんいろ)の瞳を愉(たの)しそうに細めながら、ハイルは言った。

「こんなに早く会えるとは思いませんでしたよ。ラルフ・グランウィードさんに、リザ・バレルバルトさん？」

俺たちの名前を知っていることについての驚きはない。わざわざフルネームで呼んでくるあたり、牽制のつもりなのだろう。だが前回の一件を経て、ある程度の情報くらいは調べていない方がおかしい。

「いまお前とお喋りをするつもりはない」

「まあまあ、せっかくこうして会えたんだから。少しくらい付き合ってくれてもいいでしょう」

「時間を稼いで増援を待とうとしても無駄だ。とある事情で、この部屋で発生する音は外部に漏れないようになってる」

「ああ、外の音が突然聴こえなくなったのもそのせいですか。飛び出していった彼らが元気にしていればいいんですが」

部屋の外にいる部下が全員死体になっていることくらい、この男は察しているはずだ。白々しい発言にどういう意図があるのかは解らない。

いや、もしかするとこいつは、意味のない戯言を会話に混ぜて相手を攪乱するタイプの人間なのかもしれない。

「ラルフ」リザが眉間に皺を寄せて言う。「こいつちょっとうるさいからさ、手足の一本でも斬り落として黙ってもらわない？」

リザは凶悪な形状のナイフをハイルに向ける。優男は恐怖に駆られる様子もなく、微笑みながら肩を竦めてみせた。

「ちょっと、怖いこと言わないでくださいよ。そんなことしたら死んじゃいます」

「だったら何？　目障りなゴキブリがくたばったところで、私の心は痛まない」

「ゴキブリ呼ばわりですか。傷つくなあ」

ハイルはわざとらしく溜め息を吐きながら立ち上がった。俺もバラックの銃口を向け、歩み寄って来る男の動きを追う。

「とにかく、思ってもないことを言うのはやめましょう。時間の無駄だ」

「どういう意味だ？」

「だって、あなたたちは別に僕を殺したいわけじゃない。探し物のヒントを教えて欲しいだけなんでしょう？」

不意打ちのような問いを受けて、掌に汗が滲む。

こいつは俺たちの目的を知っているのか？

俺たちが〈魔女の関係者〉を探っていることを？

落ち着いて考えろ。状況を分析し、相手の手札を推測しろ。

確かに、ドナートが口走った〈魔女の関係者〉という言葉を盗聴されたことくらい、ハイルは気付いているだろう。だが普通に考えて、このタイミングで襲撃してくる連中の目的はそんな不確定なものではない。

俺たちが求めているのは、ハイルがドナートから奪った悪魔の実体化の理論。それもフィルミナード・ファミリーからの指示に嫌々従っているだけ。奴は内心ではそう思っているはずだ。

こいつは目的語を限定しないことで、カマをかけてきているだけに違いない。

俺は努めて冷静に答える。

「この場で、お前が全てを正直に話してくれるとは思えない。それに、悪魔を呼び寄せる理論なんて俺たちが聞いたところで理解できねえからな」

「もっと信用してくれてもいいのに」

「黙れ。お前は連れていく」

ハイルの口許が一瞬だけ歪んだように見えた。

「どうせ乱暴するつもりなくせに。……じゃあ、そうだ。ひとつ取引でもしませんか？」

「取引？」

「ええ。あなたたちは本来、フィルミナード・ファミリーとは無関係な人間でしょう？　だったら馬鹿正直に彼らの言うことを聞いてやる義理はない。だから取引をしましょう」

「勝手に喋るな、状況が解って……」

「簡潔に言いますね。……あの少女娼婦を僕に差し出してくれませんか？　対価として、二億エルまでならお支払いしましょう」

「……少女娼婦？　何の話だ」

「ああ、とぼけたフリはいらないです。ウチの諜報員は優秀でね、もう色々と情報は挙がってるんですよ。……シエナ・フェリエール。イーロカット州出身の十七歳で、元少女娼婦。現在はフィルミナード・ファミリーによって厳重な警護を受けている」

　ハイルはどうでもいいニュースを読み上げるレポーターのように、淡々と続ける。

「特別扱いの理由はシエナさんの特異体質だ。彼女は銀の弾丸の悪魔の気配を察知する能力を持っていますよね？　しかも悪魔を召喚する際の媒体になった実績もある。何故彼女が生き残ったのかまでは解りませんけどね」

　シエナの特異体質がハイルに伝わったところまでは、俺も把握している。そしてオルテガが悪魔を完全に召喚しようとしたことに気付いているのであれば、そこにシエナを結び付けるのは別に難しくはないだろう。

　ハイルは俺たちを揺さぶり、追加の情報を引き出そうとしているだけだ。

　この男の言葉など、一切真に受けてはならない。

「はは、何をそんなに怖い顔してるんです？　ラルフさん、別にあなたにとってシエナ・フェリエールなんてどうでもいい存在でしょう。赤の他人を売り払うだけで、一人一億エルもの大金を手にできるんだ。……ああ、もしかしてフィルミナードからの報復を恐れてます？　なら心配はいらない。悪魔を完全に召喚してしまいさえすれば、彼らは簡単に壊滅させられます。ほら、断る理由が無くなってきた」

　焦る必要などどこにもない。落ち着け、動揺を悟られるな。

「……ふざけるな」意思に反して、泥のような怒りが言葉に変換されていく。「そんな要求には絶対に応じられない」

ハイルは心の底から残念そうな顔をした。しかしそれは、初めからこうなることが解っていたような、あまりにも見え透いた演技にしか見えなかった。

「随分とおかしなことを言いますね。銀使いが、ただの少女娼婦なんかに執着するなんて」

俺は何も言わない。リザも口を固く結んでいた。

この男の挑発に乗ってはならない。

「交渉決裂、ということですね。……じゃあしょうがない、皆殺しにしましょう」

ハイルは左手を掲げ、極めて穏やかな笑みとともに指を鳴らす。それを合図にして、頭上から二つの影が飛び出してきた。

とにかく、状況を把握するのは後だ。

俺たちは目線だけで合図を交わし、二手に分かれて飛び跳ねた。襲撃者たちの攻撃は空を切る。地面を転がって衝撃を殺しながら、ようやく敵の姿を確認した。

襲撃者は二体。それらの正体は、大型犬のような形をした、何やら黒い生物だった。

断言できない理由は、奴らの奇怪な姿にある。

本来牙が並んでいるべき場所からは、刃渡り一メートルほどの長大な刃が地面と水平に生えていた。上下の顎は刃の根元と溶け合うように融合しており、生涯開くことはないようにも見える。眼窩には上部が赤く点滅する信管が突き刺さっており、背中の肉を突き破って自動小銃の銃身がいくつか生えていた。

この状態で生きているのが不思議なほどに全身を弄り回された、哀れな獣たち。

悪趣味な改造手術を受けた箇所からは、常時赤黒い液体が滲んでいる。大型犬たちが苦痛に喉を鳴らしているのは、決して気のせいではないだろう。

「こんな芸当が出来るのは……こんな非道を平然とやってしまえるのは、銀使い以外に有り得ない」

「秘密の護衛がいるなんて、最初から想定してたことでしょ」

「ああそうだ、覚悟はできてたよ」

哀しき実験動物たちが膝をたわめた。冷気が背筋を通り抜けていくよりも早く、俺は短機関銃〈クリックガン〉を召喚する。

野生の速度で飛び掛かってくる異形の獣どもに向けて、毎分五〇〇発の鉛玉の奔流を放つ。

しかし連中は不規則な脚運びで俺の予測を掻き乱し、紙一重で射線から逃れていった。リザへの被弾を恐れて銃撃を放てない角度まで把握しているのは、どう考えてもただの獣の動きではない。

これ以上の接近は難しいと判断したのか、犬どもは背中から生えた自動小銃をこちらに向けてきた。

反射的に召喚したライオットシールドの陰に隠れながら、乱射される銃弾をやり過ごす。リザの方も、通常では有り得ない敏捷性を持つ怪物の動きを捉えきれていないようだった。

「ああ、やっぱりいいですね、銀使いが戦っている姿を見るのは。あなたたちは死んでしまったら悪魔に魂を連れていかれてしまうんでしたよね？　それは大変だ。絶対に死なないように、もっと頑張って抵抗しなきゃ」

「後で相手してやるから黙ってろ！」

ハイルは微笑を浮かべながら、後ろ手を組んで俺たちの死闘を見物していた。遙か下等の存在が地獄を這い回る様を、極上の娯楽として愉しんでいるような笑み。全てを超越した者だけに許される、残酷極まりない表情だった。

今すぐ奴の薄ら笑いを消してやりたいが、そんな余裕は全くない。

リザと戦っていた方の一匹が、急激に方向転換。虚を突かれて反応が遅れたリザを置き去りにして、銃撃で釘付けにされている俺へと向かってきたのだ。

獣自身の血で汚れた刃が、無防備な脇腹を狙って突き出される。

引き延ばされた一瞬の中で、俺は自分の準備不足を呪った。ライオットシールドの予備はもうない。刃はどうにかして回避するしかないが、少しでも隙ができれば正面からの銃撃によって蜂の巣にされてしまうだろう。かといって、心臓を一突きにされてもまだ息をしていられる自信は俺にはなかった。

猶予はあと僅かしかない。覚悟を決めろ。俺は左手にクリックガンを召喚。高速で迫る大型犬を片手で迎撃するという、分の悪い賭けに出るしかない。

「ラルフ。それはただの自殺行為だ」

凛とした声とともに、一陣の風が吹き抜けていく。

突然視界に現れた男は無駄のない動きで大型犬に迫り、顎に融合した刃を真上から踏みつけた。まずは改造犬の後ろ足が宙に浮き、続いて前足も地面から離れていく。慣性の法則に従って、大型犬の身体が空中に投げ出された。

「俺たちがたまたま駆けつけなかったら、危ないところだったね」

ウェズリー・ウォルハイトは涼しい顔で言いながら、突き出した人差し指で虚空を十字に引き裂いた。

俺は最初、目の前で何が起きたのか解らなかった。

気が付けば大量の血液が空中にブチ撒けられていて、異形の怪物の身体が四等分にされていたのだ。肉塊が嫌な音を立てて床に叩き付けられる。終焉の光景を無感動に眺めながら、ウェズリーは冷静に言った。

「カルディア、そっちの敵は君に任せた」

合金盾を叩き続けていた銃撃が止んだ。

砲台となっていた大型犬の喉元には、長い釘が打ち付けられていた。釘に麻痺毒でも塗られていたのか、犬は四肢を動かすこともできずにその場で痙攣している。続けて投擲された釘が改造の施された頭部を撃ち抜いたことで、永遠の沈黙が訪れた。

両手に幾つもの釘を握り込んでいる喪服姿の女――カルディア・コートニーが、恍惚の表情を浮かべていた。

「ウォルハイト様、ちゃんと見ててくれました？　この駄犬がウォルハイト様に襲い掛かろうとしたから、私、夢中で殺してやりました！　怪我はないですか？　私、心配で……！」

「ああ、問題ないよ。でも今は抱き着いてくるのはやめてくれるかな」

エリートという言葉を具現化したようないけ好かない男と、そいつに陶酔するストーカー気質の女。フィルミナード・ファミリーが誇る精鋭たちの人間性はハッキリ言って終わっているが、その実力は確かに本物だった。

あれだけの人波の中で爆発が起きれば、ウェズリーたちはしばらく身動きが取れなくなるというのが俺たちの予測だった。そうでなくても、リザが音を消している状況でこの場所を嗅ぎ付けるのは容易ではない。

この二人に追い付かれる前にハイルを連れ出せなかった俺たちのミスとはいえ、この対応力は驚異的というしかなかった。

とにかく、まずは弁明から入らなければならないだろう。

「……すまない、ウェズリー。突然の爆発で気が動転してしまったんだ。計画を放棄してしまったのは素直に謝るよ」

「ラルフ、君たちの裏切りの理由を訊くのは後だ。協力してくれれば、今回の件を不問にすることも検討してやろう。結果として、ハイル・メルヒオットを捕らえるチャンスが巡ってきたわけだからね」

全てお見通しだ、とでも言わんばかりに片目を閉じてみせたウェズリーに、心の中で中指を立てる。

この男は本当に抜け目がない。今この状況から、ウェズリーを出し抜いてハイルを連れ去るのは不可能に近いだろう。俺たちの企みはいとも簡単に泡と消えた。

牽制し合う化け物どもを愉しそうに眺めて、ハイルは白々しい台詞を吐いた。

「ちょっと、僕はただの人間なんですよ？　いくらなんでも、四人の銀使いが寄って集って襲ってくるのは卑怯だ」

「どこかに隠れてる仲間がいるんでしょ？」上手くいかない展開に苛立ちを募らせたリザが、冷ややかな指摘を浴びせる。「この獣どもを操ってる奴とかね」

それでもハイルは、中身の伴わない笑みを浮かべたままだった。

「皆さん、冷静になりましょう。僕はこう見えてロベルタ・ファミリーの幹部の端くれなんです。そんな僕を、こんなに堂々と襲ってしまったら……」

「戦争が起きるだろうね」ウェズリーが毅然とした態度で答える。「元からそのつもりだよ」

「はは、違います。ひとつ、忠告をしたかっただけですよ」ハイルの、檸檬色の瞳が妖しく光った。「……僕を襲えば、あなたたちは神の、怒りに触れてしまう」

黒い影が、天井から舞い降りてくる。

まともに認識できたのはそこまでだった。

ライオットシールドを呼び出すために左手を掲げる、その簡単な動作を実行するよりも早く、俺は正面からの衝撃を受けて吹き飛ばされる。

黒い影は俺を突き飛ばしたあと、間髪入れずにリザの元に向かった。回避するため相棒が地面を蹴った瞬間に、急加速してリザの肩口を斬り裂いていく。襲撃者はそのままカルディアを狙うが、唯一まともに反応できていたウェズリーが女を横から突き飛ばして退避させた。

今頃になって、俺はようやく自分が壁面に叩き付けられていることに気付いた。盛大に咳き込みながら、何とか状況を把握する。

たった一瞬のうちに状況をひっくり返してしまった化け物の正体は、二振りの短剣を構える白髪頭の老兵だった。

黒い戦闘服の上からでも解るほど鍛え抜かれた身体に、底が見えないほどに深い眼差し。顔に刻まれた皺やその所作のひとつひとつから、歴戦の気配を漂わせている。恐らく五〇はとうに超えているのだろうが、その肉体に衰えなどは微塵も感じられなかった。永く地獄を歩んできた者だけに与えられる、形容しがたい凄みを全身に纏っている。

ハイルの言った言葉が決して大袈裟ではないと、この一瞬で気付いてしまった。

怒れる軍神。

この男はそれほどに超越的な存在なのだ。

傷は別に深くない。それでも立ち上がれないのは、決して埋めることのできない実力差を自覚してしまったからだ。

「ハイル、この虫けらどもはどうする？　ここで殺すか？」

「まあどっちでもいいんですが……」ハイルは場違いなほどに明るい声色で続けた。「見逃してあげましょう。ここで彼らを殺してしまうと、この先が楽しくなくなってしまう」

「計画の障害にはならないのか？」

「さすが、ラーズさんは用心深いですね。でも大丈夫ですよ、彼らが生きていたところで何の問題もありません。……むしろ、殺すならもっと相応しい盤面がある」

ラーズと呼ばれた老兵は、敗北者たちを蔑むように見渡してきた。深い瞳からは興味が完全に消え失せている。俺たちでは、奴の盤面には役者不足ということだろう。

しかし、ラーズの視線はある一点で停止した。

眩しそうに、あるいは何かを懐かしむように目を細め、老兵は口の端を吊り上げる。

奴の視線の先には、目を大きく見開いて驚愕しているリザの姿があった。

「何か見覚えがあると思えば……お前は確か、リザ・バレルバルトだったか」老兵の深い瞳には、昏い焔が灯っていた。「……そうか。俺の言う通り、銀使いになったのか」

「はは、まさか」ハイルは新しい玩具を見つけたときの表情を作った。「ラーズさんとリザさんが知り合いだったとは」

「昔蒔いた種が発芽しただけのことだ。別に珍しいことじゃない」

「それでも奇跡ですよ。ああ、これで俄然楽しくなってきた。彼も喜んでくれるでしょう」

状況がまるで呑み込めない。

一つだけ解っているのは、リザの様子が明らかにおかしいということだけだった。

大して負傷しているわけでもないのに呼吸は浅く、顔面は蒼白で、痛みを必死に堪えるような表情が横顔に滲んでいる。強敵との戦いを何よりも待ち望んでいるはずのリザが、あの老兵を前にして明らかに動揺しているのだ。

紅い瞳に、何らかの感情が薄い霧となって漂っているように見えた。その理由が解らず往生している俺を尻目に、ウェズリーが老兵へと突撃していく。

「彼とは僕がやる。君たちはサポートを頼む！」

ウェズリーは武器も抜かずにラーズの間合いへと踏み込み、手刀を垂直に振り下ろした。長軀から繰り出される攻撃を、ラーズは身を捩って回避。そのまま後方へと宙返りして、ウェズリーの間合いから退いた。

「なんだ、意外と警戒心が強いみたいだね」

「自分の経験を過信していないだけだ」

素手での攻撃を危険だと判断した、ラーズは正しかった。

振り下ろされた手の先にあったソファや蛍光灯、簡易テーブルなどが、悉く綺麗に両断されていたのだ。よく見ると、壁や天井にまで切り傷のようなものが走っている。あの一瞬で何が起きたのかは全く解らないが、ウェズリーの攻撃を正面から受けてしまえば全てが終わることは明らかだった。

人外どもによる壮絶な戦闘が繰り広げられる。

短剣や手刀が乱れ飛び、連中の周辺にある家具が触れられてもないのにズタズタにされていく。ウェズリーはああ言ったが、どう考えても俺たちがサポートできるレベルの戦いではない。

とはいえ、実力差を噛み締めて悲哀に暮れている場合ではない。

この状況は間違いなくチャンスなのだ。

「ボケっとすんな」リザにしか聞こえない声量で指示を出す。「この隙にハイルを捕まえて脱出するぞ」

ラーズとかいう化け物は、ウェズリーが辛うじて抑えてくれている。もう一人の銀使いであるカルディアは、死闘を繰り広げるウェズリーを恋する乙女の眼差しで見つめているだけなので無害。

となると、ソファの前で無防備に佇むハイルを捕まえて逃走するなら今しかない。

「逃走経路は覚えてるな？　実行は五秒後だ」

リザからは一切の反応がない。俺の言葉は虚空を素通りしていくだけだ。

「リザ、聞いてんのか？　作戦の進行が第一だ」

「……うるっせえよ」

相棒の意味不明な言動に困惑していると、視界の端を人影が飛んでいくのが見えた。

一瞬後には、ウェズリーが壁面に叩きつけられて苦悶の声を上げていた。ラーズの攻撃によってここまで吹き飛ばされてきたのだろう。衝撃でひび割れた壁面がその速度を雄弁に物語っている。カルディアが悲痛な顔で駆け寄っていった。

一瞬の沈黙を突き破るように、ラーズが低い声で告げた。

「久々に骨のある相手だ。もっと遊んでいてもいいが」ラーズは短剣を翻し、切っ先をリザの方へと向けた。「……問題は貴様だ、リザ。さっきからいったい何のつもりだ？」

説法を解く老師のように、よく通る声が俺たちの内部へと浸透してくる。

「よく見ろ、闘争は目の前にある。お前が待ち望んでいたはずの闘争だ。それなのになぜお前は立ち向かってこない？　なぜお前はそんなところで、逃亡の算段を整えている？」

リザはまともな答えを返すこともできずに、ナイフの柄を固く握り締めている。

「……リザ・バレルバルト。そんな紛い物を引き連れていったい何のつもりだ？　お前が人間を辞めた理由を思い出せ」

リザがこちらを一瞬だけ振り向く。その表情に一切の感情が宿っていないことに、俺は全身を氷漬けにされた。

「……おい、リザ？　いったいどうしたんだよ」

くだらない挑発に乗せられてラーズに立ち向かったところで、勝機など万に一つもない。本来の目的であるハイルにはまんまと逃げられ、魔女の関係者の手掛かりを掴めないままジェーンとの取引が解消される。

そうなれば、シエナはいつまでも檻の中から抜け出せないままだ。

いや、それは最悪の数歩手前でしかない。

無謀な戦いに臨んだ時点で、俺とリザは殺されて悪魔とやらの餌にされるだろう。

「過去に何があったかは知らねえが、奴の言葉に耳を貸すな」

「うるせえよ」

「意味のない戦いの先に、いったい何がある？　リザ、目的はどこにいった！」

「だから、それがうるせえっつってんだよ」

リザの興味は既に俺から移っていて、目の前に横たわる闘争への期待と興奮を全身で浴びているようだった。

人と怪物とを隔てる境界線。

個人的な価値観などよりも遥かに決定的な、生物としての機能の差異。相棒の紅い瞳に、俺は途方もない恐怖と隔たりを感じてしまった。

「ようやく目が覚めたか？　リザ・バレルバルト」

「……ラーズっ！　ずっと、あんたと戦いたかった！」

張り詰めた空気を引き裂く喊声。獣じみた殺意を引き連れて、リザが老兵へと低空姿勢で突進していった。

水平に振り抜かれた刀を、老兵の短剣が迎え撃った。耳を劈く金属音の連鎖。弾け飛ぶ火花たちの乱舞。超越者たちの殺意の衝突が、神話めいた光景を創り上げていく。

金属質の悲鳴が響き渡る。

残響に浸された室内で、リザの瞳が驚愕に見開かれていた。

相棒が握る刀は根元から砕け散り、無防備な喉元に短剣が突き出されていたのだ。刃の先端は薄皮に触れており、少しでも動かせば喉笛を切り裂いてしまえるだろう。

「この二年でどれほど成長したかと思えば」ラーズはあまりにも無感動に呟いた。「失望したよ」

「気が早えんだよっ！」

リザは心から楽しそうに笑いながら、突き付けられている短剣を真下から蹴り上げた。そのまま宙に飛び上がり、後方に回転する勢いを利用して数本のナイフを投擲。それをラーズが二

振りの刃で弾いている間に、相棒は着地して体勢を立て直していた。

——ラーズの気まぐれがなければ、リザは間違いなく首を斬り飛ばされていた。

それでも、青ざめた死に足首を摑まれていながらも、目を輝かせて闘争の愉悦に浸っていられるこの女はどう考えても壊れている。

まともな人間は、そんな表情を作れない。

「ラルフ、あんたに付いてきて正解だった！　このジジイとまた戦えるなんてさ！」

淫靡な光に照らされて踊り狂う相棒を、月明かりすら届かない夜の淵から眺める感覚。

たった一つの問いを口にするのがこの上なく恐ろしかった。

リザ、シエナとの約束はいったい何処に消えたんだ？

全身を血で染め上げながら勝ち目のない戦いに挑むリザを、恨めしく見つめているしかない自分を呪う。長いこと仕事仲間をやっていても、俺は彼女の理由を創ることはできなかった。

結局のところ、リザは銀の弾丸を心臓に埋め込んだ銀使いでしかないのかもしれない。もはや、俺の言葉はリザには届かないのかもしれない。悪魔に操られた羊の存在理由は、血生臭い闘争の中にしかないのかもしれない。

「少しは思い出してきたか？　お前がかつて感じていた渇きを。お前が、何に従うべきかを」

「もちろん！　あはっ、最初からこうすればよかったんだ！」

思春期の少女のように快活に頷いたリザを深い瞳で見つめ、ラーズは二振りの短剣を腰鞘に戻した。非難の眼差(まなざ)しを送る相棒に、ラーズは肩を竦(すく)めてみせた。

「少しは楽しくなってきたが、もう時間だ。続きはまたいずれやろう」

老兵は完全に殺意を消失させ、堂々とした足取りでハイルの元へと近付いていく。

「あれ、もういいんですかラーズさん？　僕ならいつまで待たせててもいいのに」

「まだ奴らを殺すなと言ったのはお前だ、ハイル。余計な縛りがあるせいで、今は純粋に楽しめそうにない」

「そんなに睨(にら)まないでくださいよ。どうせまた戦えますから」

不穏な台詞(せりふ)を残して、ハイルと老兵は忽然(こつぜん)と姿を消した。

比喩ではなく、本当に消えたのだ。

連中の姿は突然見えなくなり、一切の音が消失し、気配も完全に途絶えた。まるでさっきまでの全てが、やけにリアルな幻影か何かだったかのように。

体勢を立て直したウェズリーが動けない俺の横に並び、さっきまでハイルの脚があった場所を銃撃した。一発では手ごたえがなかったのか、弾倉(マガジン)を使い果たすまで何度も銃弾を放ち続ける。しかし銃声は虚(むな)しく響き渡るだけで、何もない壁面に空虚な弾痕を形成していくことしかできなかった。

3

Out Of The Depths

MAD BULLET UNDERGROUND

爆発騒ぎが起きたクラブから、混乱に心臓を握られた人々がまだ吐き出され続けていた。

避難者たちが作り出す混沌(こんとん)を路地裏から遠巻きに眺めながら、俺とリザは銀(シロガネ)使いどもに尋問されている。

「ラルフ、君の口から説明してくれ」ウェズリー・ウォルハイトは、怒りを巧妙に隠して続けた。「どうして作戦を無視したんだ?」

ダレンが渡してきた計画書では、ハイルを襲うのはクラブの客どもへの代表挨拶(グリーティング)のために奴がステージに上がってきてから、となっていたはずだ。爆発騒ぎを起こしてウェズリーたちを出し抜いたのだから、銃口を突き付けられながら説明を求められるのは当然の成り行きと言えるだろう。

リザは無関心に爪を眺めているので、俺が対応するしかないようだ。両手を挙げた降伏のポーズのまま、万が一のために用意していた言い訳を連ねる。

「……すまない、素直に謝るよ。到底許されることじゃないとは解(わか)ってるけど、最近はちょっと金欠でね。あんたらよりも先にハイルを捕まえれば、報酬が上乗せされるんじゃないかと期待したんだ」

まさか、ハイルに〈魔女の関係者〉の情報を訊(き)き出(だ)そうとしたなどと言えるはずもない。この情報は世界で俺たちとジェーンだけが知っていればいい。

「最近君たちは、フィルミナードからの仕事を頻繁に引き受けていると聞いた。報酬は充分に支払われてると思うけどね」

「俺の能力を誰かから聞いてないのか？　俺が呼び出せる武器や道具は、全部自分の金で買ったものなんだ。今の報酬じゃ収支が合わない」

「嘘だな」ウェズリーは断言した。「金額に不満があるなら、事前の打ち合わせの時点でダレンに取り合っておくべきだ。いや、少なくとも君ならそうする。俺が聞いた評判の通りの君ならね。きっと、何か別の理由があるはずだ」

「ウォルハイト様、こんなクズどもに訊き出すべき情報なんてないですよ！　さっさと殺しましょう。こいつらがいなければウォルハイト様は目的を達成できたのに！」

静観を決め込んでいたストーカー女が、ウェズリーの袖を引っ張りながら捲し立てる。

「落ち着くんだ、カルディア。まだ彼らを殺せという指示は出ていない。それに、理由を訊き出す前に殺すなんてリスクが大きすぎる」

崇拝する人物に窘められて、カルディアは頬を紅潮させながら押し黙ってしまった。潤んだ瞳は、教祖の言葉を待つ殉教者のようにも見える。ウェズリーに「焼身自殺しろ」とでも言われれば、この女は喜んでガソリンを頭から被るだろう。

絡みついてくる女を紳士的にどかしながら、ウェズリーは更に追及してくる。

「それで、作戦を無視した理由はなんだ？　正直に答えれば、解放してあげるよ」

「……あんたらと足並みを揃えておままごとをやってても、私は満たされない」

「どういうことかな、リザ？」

「退屈だった、って言ってんの」リザは普遍的な価値観について述べる時と同じような、平淡な口調で言った。「ああでもしなきゃ、私らはハイルの護衛どもと戦えなかったでしょ？」

「……銀（シロガネ）使いの闘争本能か。それは否定しないが、君たちのせいでハイルを取り逃すことになったのも事実だ」

「計画通りに進んでれば、あのジジイに勝てたみたいな言い方じゃん？」

リザの指摘に、ウェズリーは一転して神妙な顔になった。

確かに、当初の計画はあそこまで規格外の化け物が登場することを予期したものではなかった。いくらウェズリーでも、問題なく誘拐を成功させられたとは言い切れないだろう。

「その件についてここで弁明しても、言い訳にしかならないかもな。……いいだろう、今回は不問にしてもいい。もちろんダレンさんには報告を上げさせてもらうけど」

「ウォルハイト様？　本当にいいんですか!?」

「……一部は彼らの言う通りでもある。それに、今ここで彼らと戦って消耗するよりも、早くハイルたちの逃亡先を探した方が合理的だ」

俺たちと殺し合ったところで消耗するはずもないウェズリーからすれば、これは一種の温情ということだろう。同時に、「次に不穏な行動を取れば殺す」と釘を刺したつもりなのだ。

私刑を免れたことに安堵しつつ、遠ざかっていく二人組の背中を睨みつける。嘘臭さがこびりついた爽やかスマイル野郎と根暗なストーカー女は、路上を行き交う避難者たちの中に紛れ込み、一瞬後には完全に姿を晦ませた。

疲労が波濤のように押し寄せてきた。

実力差を測れないほどの化け物であるラーズと、最高幹部の右腕であるウェズリー。二匹の超越者どもとぶっ続けで対峙したのだ。立っていられなくなるのも無理はない。

俺は地面に腰を下ろし、壁に凭れながら煙草に火を点けた。

「助かったよ、リザ。上手い手だ」

銀使いとしての異常性を吐露することで、交渉するだけ馬鹿馬鹿しいと相手に思わせる。相手が俺たちの目的を知らなかったから成立したとはいえ、あの場面を切り抜けるにはこうするしかなかったのかもしれない。

「むしろ失敗だけどね。私の想定じゃ、あそこからあの二人との戦闘が始まってた」

「それは冗談で言ってるんだよな？」

「さあね」

打ち棄てられていた木箱の上に座り、リザは脚を組んで俺を見下ろしている。街の明かりから見放された路地裏では、紅い瞳にどんな感情が宿っているのかまでは解らない。

「リザ。あの化け物……ラーズとの間に、いったい何があった」

「何の話？」

「とぼけんなよ。あいつが現れてから、お前の様子は明らかにおかしくなった」

「ねえ」リザは底冷えのする声で言った。「私とあんたは、いつからお友達になったの？」

「別に詮索するつもりはない」声に熱が籠もっていくのが、自分でも解る。「だけどな、お前が暴走した原因が何処かにあるなら、今ここで吐きだしてくれ」

「だから、話したくないんだって」

「なあリザ。お前が大人しく指示に従ってりゃ、どさくさに紛れてハイルを捕まえられたかもしれないんだぞ」

「だから？」リザは明らかに苛立っていた。「あんたの指示なんか守ってたら、ラーズとは戦えなかった」

「目的を忘れてんのか？　俺たちはシエナを解放するために〈魔女の関係者〉とやらを探さなきゃいけないんだ。……ハイルが消えた今、どうやってそいつを探すんだ？　この広い人工島を虱潰しにか？　三日後の五大組織会談までに見つかる保証は？」

「知らねえよ。そんなのあんたが考えりゃいい」

沸騰しそうになる頭を、強引に冷却させる。

ここで感情的になっても意味がない。落ち着け、落ち着け、落ち着け。

煙草の煙を吸って吐くという動作を三度繰り返してから、俺は穏やかに言った。

「……なあ、俺たちは同じ方向を向いてるんだよな？」

「今更そんな質問？」薄暗闇の中で、リザが静かに立ち上がった。「あんたはそっち側を選んだ。でも私の居場所は、銀(シロガネ)使いになった瞬間からこっち側にしかない」

解(わか)りやすいほどの拒絶が、リザの凍えきった瞳に宿っていた。

この状態でもなお、語られぬ過去に土足で踏み込もうとすれば、そこでリザとの関係性は終わる。決定的に終わる。

荒野に引かれた一本の白線。

人間と怪物とを隔てる境界線が、俺たちの間に横たわっている。どう足掻(あが)いても解(わか)りあうことなどできないと、遠ざかっていく背中が語っているように見えた。

伏せたカードをひっくり返し、そこに描かれた真実を明らかにするのが怖い。

そいつに手を伸ばした瞬間、白い砂浜の約束が消し飛んでしまうかもしれないのだ。

俺は煙草(たばこ)の火を地面に押し付けて消し、リザの後ろ姿を追いかけて路地裏を出る。夜の街の淫靡(いんび)な光が一斉に襲い掛かり、俺は反射的に目を細めた。

決定的な軋轢(あつれき)の気配が、人工的な華やかさの中に閉じ込められていく。

◆

大袈裟(おおげさ)なシャンデリアが天井からぶら下がる、おとぎ話の世界にあるような部屋。

豪華な地下室の一角に置かれた猫脚の椅子に座りながら、シエナ・フェリエールは居心地の悪さを感じていた。手元の文庫本に目線を落としてみても、書かれている内容を掬い取ることはできそうにない。

意を決して、シエナは居心地の悪さの根源に語り掛けた。

「ねえ、いい加減この部屋から出てってよ。別に逃げたりしないから」

部屋にはシエナの他に、ひとりの銀使いがいた。

剃り込みの入った赤い短髪に、飢えた獣を彷彿とさせる鋭い眼光。グレミー・スキッドロウと名乗る銀使いは、シエナの目の前の椅子に座りながら愛銃の整備に勤しんでいた。大理石製のテーブルに散らばっている銃の部品や、整備用の油の臭気などの生々しさが、シエナの警戒心を引き上げさせていく。

「黙ってろ」グレミーは彼女の方を少しも見ずに続けた。「いいか、てめぇはただの撒き餌なんだ。獲物が食いついてくるまで、余計な発言はするんじゃねぇ」

シエナは、悪魔を完全に召喚するための媒体として、ハイル・メルヒオットに狙われている。そこで護衛に任命されたのが目の前の男なのだと、薔薇の女王からは聞いている。

その発言を額面通りに受け取るなら、グレミーは彼女にとっての生命線とも言える。

だが、〈銀の弾丸〉から発せられる悪魔の気配を、それと密接に結びついた銀使いの精神の波を敏感に読み取ることができるシエナにとって、グレミーに自分を守るつもりなど毛頭ないことは目に見えていた。

撒き餌（まえ）――シエナは心の中で男の言葉を反芻（はんすう）する。

確かに、今の自分にはそれ以外の価値などないのかもしれない。

さらに付け加えるならば、自分が地下室に閉じ込められているという状況は、ラルフとリザを縛り付ける鎖になってしまっているのだ。

自分が人質に取られている限り、彼らはフィルミナードの奴隷にならざるを得なくなる。死の匂いが漂う荒野へと進み続けなければならなくなる。シエナにとって、その事実が何よりも許（ゆる）し難（がた）かった。

とにかく、いつまでも檻（おり）の中の安寧に身を委ねているわけにはいかない。シエナは慎重に活路を探った。

「見張るにしても、もう少し離れてくれてもいいでしょ？　そんな目と鼻の先にいたんじゃ、安心して本も読めないし」

「何で俺が、てめえの精神状態にまで気を配らなきゃならねえんだ？」

一瞬だけ放出された殺気に竦（すく）んでしまいそうになるが、シエナは拳を固く握り締めて注意深くグレミーの内側を観察していた。

焦（あせ）り、苛立（いらだ）ち、渇き、理性への反抗――浮かんでは消える抽象的なイメージを上手（うま）く整理して、シエナは最適な言葉を装填していく。

「……私をもう少し信頼して、って言ってるの」

「目を離した隙に逃げるつもりだろ」グレミーは整備の終わった拳銃をこれ見よがしにチラつかせてきた。「そんな甘い願望が実現できるかどうかはさておき」

「でもあなたは、私が逃げたところで何とも思わないでしょ？」

グレミーが初めてこちらを見た。

好機と感じたシエナは、矢継ぎ早に次のカードを切る。

「あなたの望みはきっと、これから始まる大規模な抗争の中心で暴れ回ること。違う？」

「だったら何だ？」

「でもこんな地下室にいたんじゃ、大きな流れに乗り遅れてしまう。あなたはそれに焦りを感じている」

「話には聞いてたが、なるほど薄気味悪い女だな。それで、必死に覚えた芸を見せつけてどうするつもりだ？　頭でも撫でてもらいたいのか？　それ以上のご褒美でも欲しいのか？」

嘲弄的な言葉を吐きながらも、グレミーの意識は間違いなくシエナの言葉を追っている。

ここで彼女は確信した。

銀使いは己の執着にのみ従って動く。社会の慣習や、普遍的な倫理観などには縛られない。

もし化け物相手に交渉をしたければ、相手が何に執着しているのか——その渇きの根源を見極めればいい。

「あなたと私の利害は一致してる。あなたは今すぐにでもここから出て戦場に行きたいし、私もこんな地下室に閉じ込められるのは嫌。だから……」

「だからワタシをここから出して、とでも言うつもりか？」

　視界が反転し、背中に鈍い痛みが広がっていく。

　額に銃口を向けられて初めて、自分が後ろ向きに押し倒され、馬乗りになられているのだと気付いた。

「俺が暴れられれば満足の間抜けだとでも思ったか？　何も考えず、お前のアホな要求に乗ってやるとでも思ったか？　見当が外れて残念だったな」

　頭上から降って来る圧力の凄まじさに、シエナは呼吸すら満足にできなくなる。

「いいか？　有象無象の雑魚どもを何匹殺したところで、俺はもう満足できねえんだ。そんな身体になっちまったんだよ。くだらねえ抗争に参加するより、お前を狙って敵地に攻め込んでくるイカレ野郎を待ってた方がよっぽどいい」

「……私を連れ出せば、あなたが望むような相手にも簡単に出会えるかも」

「はっ。もし仮にこの地下室で何も起きなくても、俺にとっちゃ何の問題もねえんだよ。今回はご褒美が用意されてるからな」

　銀の弾丸の悪魔の気配を感じ取れるから何だというのだろう。

　シエナは自分の甘さを、思慮の浅さを心から呪う。その程度の芸ができたところで、目の前の人間の全てを見透かすことなどできはしないのだ。

結局シエナは、急所を外れた問いを投げることしかできなかった。

「ご褒美、って……？」

「ウェズリー・ウォルハイト。仮にもフィルミナードの娼館にいたなら名前くらいは知ってんだろ？　ファミリーで最も有名な銀使いのひとりだ」

グレミーは銃を引き、シエナから身体をどかした。

「しばらくダレンの指示に従ってやるだけで、そいつと殺し合えることになってる。どっちかが確実にくたばるまで延々とな。そんなご褒美が待ってるなら、ロベルタ・ファミリーとの戦争なんざどうだっていい。喜んでてめえのお守りをしてやるよ」

ひとしきり言い終わると、グレミーは何事もなかったかのように椅子に座り、もう一丁の拳銃の整備を始めた。

「同じ組織の人間同士なのに……殺し合う理由なんて」

言いながら、シエナは目の前が絶望に塗り潰されていくのを感じた。

グレミーが言っていることは間違いなく真実なのだ。嘘偽りなく、グレミーは同じ組織の仲間と殺し合いたいと思っているし、シエナの護衛を放棄するつもりはない。彼の心臓に埋められた銀の弾丸から発せられる気配が、確かにそう言っている。

床に転がされたまま、シエナは拳をきつく握りしめる。

銀の弾丸に支配され、闘争の中でしか快感を得られなくなった化け物。そんな存在に、ただの少女娼婦の打算などが通用するはずがない。

奇妙な賞金稼ぎ二人組と過ごした時間が、彼女の感覚を麻痺させていたのだ。人間と怪物との間には、途方もない隔たりが横たわっているというのに。

自らの力で檻から抜け出すことなどできはしない。おとぎ話のような部屋に閉じ込められたまま、ラルフたちの身の安全を願って、価値のない祈りを捧げているしかない。

それはあまりにも無力で、脆い祈りだ。

自分が彼らの枷になっている現実に目を背けるためだけの、身勝手な行為でしかない。

「……ねえ」

悔し紛れのような言葉が、喉から溢れ出てくる。

誰も聞いていないと解っていながらも、シエナは続けた。

「あなたのその感情は、本当にあなた自身のものだと言えるの？」

あなたの内側にある渇望も、快楽も、血の滾りも。

どれもこれも、悪魔がもたらした幻でしかないのかもしれないのに。

◆

「なんで私の分のドリンクがねーんだよ。ふざけんな」

煙草（たばこ）とアルコールが混ざり合った不道徳な匂いに満ちた安酒場を、リザ・バレルバルトの苛立（いらだ）った声が渡っていった。黒髪の女から発せられるただならぬ気配に、シェイカーを振るう若いバーテンの手が止まる。近くにいる客どもの視線も一斉に集まってきた。

好奇の目を向けてくる犯罪者どもを無視して、冷静に答えてやることにした。

「俺が出してやるのはホテル代とメシ代だけ。財布を家に置き忘れるようなバカは、大人しく水でも飲んでればいいんだよ」

「人工島（イレッダ）の水道水が薬品塗れなのは知ってるでしょ？　こんな身体（からだ）に悪いもんを私に飲ませて、あんたの良心は痛まないの？」

「野菜もロクに食えない偏食女が、健康について語るな」

「心の健康が害されたから、ちょっと原因を取り除いてみてもいい？」

「奇遇だな。俺も、隣のバカの頭を吹き飛ばせば胃のムカつきが消えるって聞いたところだ」

不満を表明したいのはどう考えても俺の方だ。

リザの戦闘狂っぷりが発症したせいで、俺たちはハイル・メルヒオットを取り逃がしてしまった。奴に情報を訊き出すことができなくなったということは、俺たちはこれから〈魔女の関係者〉の行方を自力で探さなければならない。

一方で、五大組織会談はあと三日後に迫っている。

ダレンが言った通りになれば、フィルミナードとロベルタの戦争は正式に開始され、イレッダ地区は混沌に包まれる。そうなってしまえば、もう魔女の関係者を探すどころではなくなってしまう。

事の重大さも、自らが犯したミスのデカさも、リザは全く自覚していないのだろう。薬品の匂いに顔をしかめながらも、呑気に水道水を呷ってやがる。

「やろうとしてることの難易度を本当に解ってんのかよ。制限時間内に魔女の関係者を見つけ出せるかどうかも怪しいのに、誰にも見つからないよう慎重に進めねえといけないんだぞ」

「え、なんでコソコソしなきゃいけないの？」

「決まってんだろ。ハイルが子飼いの化け物どもを差し向けてくるかもしれないからだ」

「何か問題ある？」

「は？」

「襲撃者を半殺しにして尋問すれば、ハイルの居場所を聞き出せるかもしれないでしょ？」

「……簡単に言うなよ」

「見込みのない探偵ごっこを続けるより、だいぶマシだと思うけど」

リザは明らかに嘘を吐いている。過去に何か因縁があるらしい、ラーズという男を誘き寄せて戦おうとでも考えているのかもしれない。

悪い想像だと否定することはどうしてもできなかった。

相棒の言動が信頼できないとなると、一瞬でも気を抜くことが許されなくなる。

「……お前らから呼び出してくるとは、どういう風の吹き回しだ？」

突然の低い声に振り向くと、砂色の髭を生やした大男——グラノフ・ギルヴィッチが手を挙げて近付いてきていた。イレッダ署の課長を務める公務員は歯を見せて笑いながら、俺の左隣に腰を下ろす。

「どうした、お前ら。いつにも増して仲が悪いな」

「絡んできてんじゃねえよ、税金泥棒」

「リザ、お前は税金なんて払ってないだろうが」

グラノフの真っ当な反論に、リザは無言で中指を立てて応戦した。俺とグラノフは顔を見合わせる。まともな挨拶など生涯でしたこともないだろうが、それにしても今のは酷すぎる。

リザはグラノフの口利きで銀使いになったらしい、という噂を思い出す。今までは気にも留めなかったが、相棒なりにグラノフに対しては何か思うところがあるのかもしれない。

怪訝な表情の俺の肩を叩き、グラノフが悪戯めいた声で言った。

「それで、呼び出した理由は何だ？　警察専属の正義の味方になる決心でもついたのか？」

「主な仕事が悪党どもの虐殺業務で、何が正義の味方だよ。しかも警官の初任給程度の報酬しかくれないって聞いたぞ」

「でも残業代はちゃんとつくぜ」

「死ね。そんなくだらねえ提案は二度としてくるな」

俺から放出される殺意を気にも留めず、グラノフは呑気に酒を注文している。苛立った様子のリザが指でテーブルを叩いて急かしてくれた。

「茶番はもういい。ねえ、アレはちゃんと持ってきたの？」

グラノフは肩を竦めながら、革製のくたびれた手帳を渡してきた。奴の分厚い掌からひったくって、一通りめくってみる。前半の方の数ページにだけ、ペンで走り書きした人名や目撃情報の羅列があった。

「イレッダ地区への潜伏が確実視されている〈施術士〉やレイルロッジ協会の元職員は大体そのくらいだ。この中の何人かはもう殺されてるかもしれないけど」

ざっと数えてみると、一八人がこの人工島に潜んでいるらしかった。ただ、ここに記されているのはあくまで警察が把握している連中だけ。

「実際はこの三倍はいるんだろ？」

「そうとも言われてるな。この程度の情報量じゃ不満か？」

「いや、俺たちにはまともな伝手すらなかったからな。助かるよ」

俺たちはジェーンとの取引を成立させてシエナを解放するために、魔女の関係者とやらを探さなければならない。ならば、魔女や銀の弾丸、それらにまつわるおとぎ話に精通した人間から当たってみようというのが、俺とリザが出した結論だった。

血生臭い事件に事欠かないイレッダ地区では、〈銀の弾丸〉のことを熟知した人間の希少価値は極めて高い。特に銀の弾丸を心臓に埋め込んで化け物を生産できる〈施術士〉などは奪い合いになる。巨大組織に囲われていたり、何処かに身を隠していたりする連中がほとんどなので、こうして一部でも情報を手に入れることができたのは幸運と言える。

「ところで、この手帳はいくらで売ってくれる？」

「一万エルでいい。もちろん、情報料込みでな」

「わかった、契約成立だ」

掌の先から放出される紅い文字列の帯に、手帳が絡め取られていく。続けて黒い霧のようなものが掌の周囲に発生し、手帳をここではない何処かに連れ去ってしまった。

「しかし、そんなリストを手に入れてどうするつもりだ？」

「ただの腐れ仕事だよ。依頼人保護の観点から、詳細は教えられない」

「貧乏性のお前が、わざわざ手帳を買って能力で格納するなんて普通じゃない。何かヤバい事件にでも巻き込まれてるのか？」

「いつものことだろ。殺しの依頼を回してくるお前が何言ってんだ？」

誤魔化すように笑ってみせても、グラノフは疑念に満ちた視線を逸らしてはくれない。とはいえ、グラノフに俺たちの目的を話すわけにはいかなかった。薔薇の女王との取引は、誰の目も届かない闇の中で完結させる必要がある。

押し黙るしかない俺に呆れた様子で、リザが適当にはぐらかした。

「自分の心臓に埋まってる弾丸について、少しくらい知ってみたくなっただけ」

「お前ら銀使いは、そいつをただの便利アイテムくらいにしか考えてないんじゃなかったか？　自分に埋まってる銀の弾丸の悪魔が、どんな名前かすら知らないバカもいるくらいだからな」

「心境の変化ってやつ。そんなこともあるでしょ？」

リザは強引に締めくくると、立ち上がって酒場の出口へと歩いていった。遠ざかっていく背中を呼び止めようとした手が、途中で止まる。

俺の表情がよほど冴えなかったのか、グラノフはますます訝しげに俺を睨んできた。砂色の髭をさすりながら、悪徳警官は意地の悪い表情で微笑んできた。

「随分と焦ってるみたいだな、ラルフ」

「別に、俺はいつもと同じだよ」

「……まあ、大体の予想はついてる」深い瞳が、俺を正面から捉えていた。「シエナ・フェリエールが——あの少女が絡んでるんだろ？」

「……相変わらず、想像力豊かなおっさんだな」

「別に茶化してるわけじゃない。ただ、そうだな……、俺はきっと嬉しいんだろう」

「何がだよ」

「お前がどちら側に進むのかを、自分の意思で決められたことがだ」

銀の弾丸の奴隷として、殺戮という愉悦に身を委ねていく狂気の世界。

人間兵器としての葛藤に苛まれ、酷く苦しみながらも前に進み続ける正気の世界。

思えば俺は、どちらに進むべきか逡巡しながら白線を眺めているだけの臆病者だった。

シエナ・フェリエールとの出会いが、彼女の絶望に正面から向き合うことになったあの戦いが、俺を変えてくれたのだ。

グラノフは、酒杯の中で溶けていく氷を見つめたまま呟いてきた。

「お前らが何をしようとしてるかは解らないが、最近のイレッダはどうも焦げ付いてる。五大組織の動きも慌ただしくなってきた。これだけきな臭い状況なのに、政府が〈猟犬部隊〉を派遣してくる気配がないのも奇妙だしな」

「心配事が尽きないな」

「しかも最近じゃ、異動願いを出して本土に逃げたクズが多くてね。世界一暇なはずのイレッダ署も、今や立派な人手不足だ」

「間抜け面で酒場にやってくる不良警官が言っても、説得力がねえんだよ」

「そうでもないさ。今じゃ、業務時間中の昼寝もたった一時間しかできないからな。……まあ、そんな話はどうでもいい。俺が心配してるのは、お前ら二人のことだ」

「今更だな。本当に心配なら、危険な仕事なんて持ち込んでくるんじゃねえ」

「違うよ、ラルフ。俺が言いたいのはお前とリザの関係についてだ。昔忠告した言葉を覚えてるか？」

「中年男の酒臭い言葉なんて、店を出た瞬間に忘れることにしてる」

「いいか？　リザの変化には常に気を配っておけ。しっかり手綱を握っとかないと、飼い犬に手を嚙まれる程度じゃ済まなくなる」

　俺は言葉を失ってしまう。

　犯罪組織からの賄賂集めに必死な悪徳警官としては不自然なほど、グラノフの観察眼は冴えているようだ。

　以前の俺は確か、同じ忠告を笑って受け流してみせたはずだった。

　だが今はどうか。

　ラーズとの邂逅によって生じた歪みが、いつも以上に嚙み合わない会話が、リザの背中が語る凍てついた拒絶が、グラノフの忠告に纏わりついて離れてくれない。

　俺とリザは境界線を挟んだ別の世界に立っている。だがそれでも、お互いの姿を視認することはできるし、罵声を浴びせながらも協力し続けられる。

　そう信じていた。

いや、信じていたかっただけなのかもしれない。

哀しいことに、答えのない問いについて思索を巡らせる時間など微塵も残されていない。苦し紛れであることを痛いほど自覚しつつも、俺は精一杯の虚勢を張ることにした。

「一丁前に心配かよ、気色悪いな」去り際に、ライターの火を差し出してやった。「別に俺はあんたの部下じゃない」

「それに友人でもないな」咥えた煙草を火に近付ける男の口許は笑っていた。「ただな、俺はお前のことを家に住み着いて害虫を食べてくれる蜘蛛と同じくらいには気に入ってるんだ。俺がくれてやった仕事以外で、勝手にくたばられるのは本意じゃない。まして、お前が仕事仲間に殺されるような間抜けな結末は望んでいない」

いつもなら、一つか二つのくだらないジョークで切り抜けていたところなのだろう。

だがこの脳内には思考を妨げる何者かが居座っていて、紡ぐべき言葉など少しも見つからなかった。


路傍に停めた車から降り、俺たちは大通り沿いを歩き始めた。

ネブル通りには、安っぽいネオン灯によって彩られた非合法の店々が軒を連ねている。イレツダ地区有数の観光スポットというだけあって、通りには背徳に酔いしれた人々が溢れかえっていた。足を踏み入れるのは以前警察からの仕事を受けたとき以来だが、相変わらず混沌とした有様だった。

人混みをすり抜けながら、少し先を歩くリザに声をかける。

「リザ、もう少しゆっくり歩いてくれ」

同じ銀使いであるとはいえ、俺とリザの身体能力はまるで違う。向こうは少し早歩きをしているくらいのつもりでも、こちらは小走りをしなければ追い付けない速度だった。

「これまで三人の施術士に話を聞いて、何の情報も得られなかったわけでしょ？　急がなきゃヤバいって言ったのはあんただったはず」

「俺が言ったのは『目立たないように急げ』だ。そんな速さで歩く女が何処の世界にいる？　今の状況を本当に解ってんのかよ」

俺たちが魔女の関係者を追っていることは、ハイルも気付いている可能性がある。それは考慮する必要があるだろう。タイムリミットが三日後に迫っているとはいえ、周囲を警戒もせず立ち回るのは愚策でしかない。

調査を始めたのは今日からだが、このイカレ女は既に二回は流血沙汰を引き起こしている。これでは、追跡者にヒントをわざとバラ撒いているのと同じだ。それこそ、昨日登場したラーズのような化け物に見つかってしまう展開が来ても驚かない。銀使いとしての本能、闘争への空虚な欲求という言葉が脳裏を過るが、俺は何とか首を振った。

強引に次の言葉を紡ぐ。

「グラノフのリストにあった施術士なら、ナイト・クラブのＶＩＰルームで娼婦と楽しく遊んでる最中だよ。情報屋から報告があったのが一〇分前だから……余程の早撃ちじゃない限り、まだ奴は店にいるはずだ」

「そいつが例の件を知ってる可能性は？」

「……会ってみなきゃ解らねえよ」

魔女の関係者に辿り着くための秘密の抜け道――ハイル・メルヒオットの誘拐に失敗してしまったことが悔やまれる。

グラノフに貰ったリスト上の人物全員に話を聞くような時間は全くないため、魔女の関係者などというおとぎ話に近付く機会がありそうな者――街の暗部に深く入り込んでいる施術士か、研究機関であるレイルロッジ協会から抜け出してきた人物に絞るしかない。

この道の先に答えが転がっているのかどうかは解らない。しかし俺たちにはこれしか方法が残されていないのも事実だった。状況は完全に焦げ付いているのだ。

「なあ、一体どうしたんだよ」リザはまだ歩く速度を落とさない。「普段のお前なら、その辺の分別はつくはずだけど」

「別に、いつもと同じでしょ」

俺も人のことは言えないが、こいつは絶望的に演技が下手だ。苛立ちを隠して冷静に振舞うような処世術など持ち合わせてはいない。

リザの様子がおかしくなったのは、ラーズと呼ばれていた銀使い（シロガネ）が現れてからだ。詮索を嫌うリザは答えてはくれないだろうが、対峙（たいじ）した際の言動からして、リザが銀使い（シロガネ）になった背景にラーズが関わっているのは間違いない。一七歳の少女が化け物になる道を選ぶに至るような、何か致命的な出来事が起きたのだ。

続く言葉が宙に浮いたまま、俺たちは背徳の街の夜を掻（か）き分（わ）けて進む。幸運にも、誰にも見つかることなく目的地へと辿（たど）り着（つ）くことができた。

ようやく速度を落とした相棒に並び、情報にあったナイト・クラブの前で立ち止まる。

「失礼ですがご予約は？　当店は会員制でして」

扉の前に立っていた黒人の守衛に、偽造した警察手帳と一万エル紙幣を提示する。守衛は素早く紙幣を奪い取ると、何事もなかったかのように俺たちの入店を許可した。

「あんなのいつ作ったの？」

「一年くらい前にグラノフに売ってもらった。副業としてはかなり割りがいいらしい」

「……この街の警察はやっぱ腐ってる。今更驚かないけど」

無個性なダンスミュージックに合わせて踊り狂う連中を掻（か）い潜（くぐ）り、部屋の奥にある階段へと向かう。吹き抜けになっている二階部分には、ダンス・フロアを見下ろせるように、広々としたソファ席がいくつか配置されていた。

上半身裸のウェイトレスから葡萄酒（ぶどうしゅ）を受け取りながら、欲望に塗れたフロアを進んでいく。

「あー、やっぱ駄目だわこういう空間。ほんと反吐が出る」

「同感だね」

「ねえ、エロい目で見てくるナンパ野郎は何匹までならぶっ殺していい決まりだっけ？」

「初耳だろうけど、無差別殺人は一回目でもうアウトだ。まあ安心しろよ、お前が感じてる視線はただの錯覚だ。鏡を見れば一発で解ける」

眠たくなるような会話とともに、報告にあった八番テーブルの前に辿り着く。ソファを取り囲むように移動式のカーテンが設置されている、特別仕様のブースだった。中から僅かに漏れ聞こえてくる嬌声を聞いて、俺もいよいよ嫌気が差してきた。

カーテンを勢いよく開けて、ブースの中に侵入する。

悪い予想はやはり的中した。派手な髪型の娼婦と裸で抱き合ったままの状態で、細い目をした中年男が叫んできたのだ。

「なっ、いきなり何なんだてめえらはっ！」興奮状態にある男は、唾を撒き散らしながら続けた。「スタッフ、早くこいつらを摘まみ出せ！」

こいつの声が誰にも聴こえないようになっていることなど、説明する気も起きなかった。世界最後の日を迎えたような表情になっているリザの想いを代弁して、俺が告げてやる。

「うちのリザに、なに汚えモンを晒してくれてんだ。とっ、と、と、と仕舞え」

「てめえっ、いったい誰に命令して……」

銃口を向けると、男はようやく静かになってくれた。

怯えるを娼婦に葡萄酒のグラスを手渡して、ブースからの退場を促す。鼠の腐乱死体でも見るような目のリザに任せるのは酷なので、交渉役は俺が引き受けることにした。

「あんたが〈施術士〉のロギー・バスケスで間違いないな？」

「だっ、だったら何だよ」慌ててパンツを履きながら、ロギーが怒鳴ってくる。「何処の組織に雇われた？　俺は殺されるような恨みはまだ買ってねえはずだ」

「知ってるよ」

銃口を額に押し付けて、喧しい口を無理矢理閉じさせる。

「ロギー・バスケス。元レイルロッジ協会職員で、現在はフリーの施術士。協会を追われた理由は研究費の横領だったか？　報復を恐れて価格交渉もまともにできないために、弱小組織どもに薄給で扱き使われてる慈善事業者だとも聞いた。たまにまとまった金ができれば娼婦を買って心の傷を癒やしてるような卑しいドブネズミ……それがお前だ」

様子を見る限り、まさかこいつが魔女の関係者本人ということはないだろう。ただ、フリーとして底辺を這い回っている施術士であれば、裏の情報にも詳しいかもしれない。

「安心しろ、ロギー。俺たちはただあんたに話を聞きにきただけだ。ちょっと急いでるんで時と場所は選べなかったが、別に悪気があったわけじゃない。信じてくれるよな？」

引き金に指をかけながら続ける。

「ここで本題だ。〈魔女の関係者〉と訊いて、何かピンときたりしないか？」

ロギーは言葉の意味が摑めなかったのか、呆けたような表情になった。この反応も三回目。

俺は小さく溜め息を吐く。

「じゃあ質問を変えよう。あんたが協会にいた頃、それかこの街にやってきてからでもいい。〈銀の弾丸〉や〈施術書〉をばら撒いた奴らの正体について何処かで聞いたことは？」

それが、俺とリザが推測した魔女の関係者の正体だ。

宗教裁判によって火炙りの刑に処された魔女の無念を引き継ぎ、銀の弾丸の拡散作業に勤しんだ殉教者たち。ハイルと繋がっているのは、その中の一人なのかもしれない。

脂汗を大量にかきながら、中年男は首を振った。

「そっ、そんなの協会の中でも明らかになってない！　大体な、そんなもんを調べようとすること自体、学者どもの間じゃタブーになってるんだ」

「理由は？」

「そりゃ、魔女がもたらした銀の弾丸の神秘性を損ねちまうからさ！　俺もくだらねえとは思うが、本当なんだ。あいつらは銀の弾丸の活用方法や中身の悪魔については興味津々だが、誰が何の目的で世界に広めたかなんて知ろうともしねえんだ」

これまでに話を聞いた三人と、全く同じ回答だった。

もうこれ以上ここに居ても意味がない。醜悪な光景に耐えられなくなったのか、リザはもうとっくにブースの外に出てしまっていた。

苦笑しつつ後を追いかけようとすると、ロギーが上擦った声で叫んできた。

「こっ、これで終わり？　見逃してくれるのか？」

「だから、話を聞きにきただけって言ってんだろ」

そういう卑屈さに付け込まれているから犯罪組織の奴隷になってるんだとも指摘してやりたかったが、どう考えてもそんな義理はない。

何より、この男に伝えるべき情報は別にあった。

「そういえば、イレッダ署のグラノフ・ギルヴィッチからの伝言がある」

「……警察？　な、何だよ？」

「ちょっと仕事に精を出し過ぎたな、ロギー。もうじき、あんたのブラックリスト入りが決定するそうだ。これで晴れて政府の敵だな、おめでとう」

ロギーは顔面を醜く歪めながら、何の決定権も持っていない俺に懇願し始めた。

「許してくれ！　俺は命令されてやってるだけなんだ！　殺されたくないっ！」

「まあ、警察も悪魔ではないらしい」俺は悪徳警官の罪深さを思い知った。「指定の場所に現金で三〇〇万エル持っていけば、今回だけは揉み消してくれるってさ」

項垂れる男にグラノフから預かっていた紙切れを渡して、俺はブースを後にした。

夜はいよいよ深くなり、通りを行き交う人々の足取りも怪しくなっている。泥酔者どもの奇妙な行進を信号待ち中の車内から眺めながら、俺たちは久しぶりの食事にありついていた。

生野菜や生ハムを小麦粉で作った薄い生地で挟んだだけの屋台料理は美味くも不味くもないが、度を超えた偏食家であるリザには少し難しかったらしい。相棒は器用に生野菜だけを抜き取って包み紙の上に置いていた。かなり問題のある食習慣だ。

「リザ、たまには野菜も食わないと早死にするぞ」

「心配しなくても、これまで病気になったことなんてない」

「それはお前があまりにも鈍感すぎて、風邪を引いてることに気付かなかっただけだろ」

「何それ、喧嘩売ってる？」

「わざわざ鈍感なんて優しい単語で表現してやったんだ。もっと適切に罵って欲しいのか？」

「あはは、遠慮しとく。ところでラルフ、いいお知らせがあるんだけど」

「いきなり何だ？」

「いや、あんたがこれから病気にならなくなる方法を思いついてさ」

「……そのナイフでいったいどうするつもりだよ。死ねば病気にもならないとか、そんなバカな発想じゃないだろうな？」

一日中動き回っても、魔女の関係者とやらの手掛かりは摑めていない。それが俺たちの苛立ちを加速させているのだ。

俺はグラノフから買った手帳を喚び出し、そこに記された人物のリストを眺める。有力な情報を知っていそうな人物だけに絞り込んではいるが、その決断は正しかったのだろうか。

事実、これまでに話を聞いた四人は魔女の関係者が実在することすら知らなかった。フリーの施術士として裏社会を生き抜いていくためには、知りたがりではいられないということなのかもしれない。

ならば、次に探すべき人物像は限られてくる。

裏社会のより深い場所に根を張り、レイルロッジ協会がタブーとしている情報にも臆せず迫ることができるような、強い意志と立場を併せ持つ人間。具体的には、比較的大きな影響力を持ち、かつ裏の情報にも精通している一流の施術士だ。

ただ、そんな人物がこのリストの中にいるのかどうかは解らない。あまりにも情報が足りなさすぎるのが現状だ。

思考の迷路を彷徨っていると、歩道側から窓ガラスをノックされた。助手席のリザが窓を開けると、登山者のように大袈裟なバック・パックを背負った男が笑いかけてきた。青く染めた髪に真っ赤なシャツという派手な風貌は、混沌とした街の中でも目立っている。

「やあ、奇遇だね」情報屋のカイ・ラウドフィリップが、気の抜けた声で言った。「行きたい所があるんだ。ちょっと乗せてくれるかな？」

舌打ちをするリザに賛同して、俺は癇に障る情報屋に向けて言い放つ。

「どうせ、車の位置情報でも盗み見て先回りしてたんだろうが。いいか、この車はタクシーじゃない。行きたい所があるなら自分の脚で歩くか、それが嫌ならギャング相手にヒッチハイクでもしてろ」

「ねえ、俺がどれだけの組織の恨みを買ってると思ってんの？　まあ、行けるとこまででいいからさ。頼むよ」

「もう乗り込んでるじゃねえか。ふざけんな、今すぐ降りろ」

「寂しいこと言わないでよ。もう二度と会えないかもしれないんだし」

「……どういう意味だ？」

後ろの車からクラクションを鳴らされたので、観念して発車するしかない。まんまと策に嵌められた俺たちに、カイは薄く笑いかけた。

「俺の予想じゃ、イレッダ地区はもうすぐ地獄に変わるよ。フィルミナードとロベルタが戦争を始めちゃったら、俺の身も危なくなるかも」

「そうなる前にイレッダから避難しようってことか？」

「そういうこと。一時的にだけどね」

窓の外を向いたまま、リザがどうでもよさそうに問い掛けた。

「一時的に逃げるだけなら、二度と会えなくなるってのは何でだよ」

「え？　だって二人ともどうせ戦争に巻き込まれるんでしょ？　君らみたいなレベルの銀使(シロガネ)

いなんか、絶対どこかで簡単に死んじゃうじゃん。だから今の内にお別れしとこうと思って」

俺がいま運転中でなかったら、今ごろ情報屋の頭蓋をクリックガンのフルオートで吹き飛ばしているところだ。

「安心しろ。俺たちも、連中が殺し合いをおっ始める前に人工島から脱出するつもりだよ」

命拾いした幸運な男に、平静を装った言葉を投げる。

「そうなんだ。それは朗報だね」

「ああ。だから、後でお前を探し出してブチ殺すこともできる」

「イレッダから逃げる前に、君らは探し物を見つける必要があるみたいだけど？」

僅かに動揺する俺たちを尻目に、カイは軽やかに続けていく。

「ああ、心配しなくていいよ。君らがコソコソと何かを探してることなんて、ラルフの携帯にいつでもハッキングできる俺しか知らないだろうからさ。それに、この情報はまだ誰にも売ってない」

「……嘘だろ」

「え、気付いてなかったの？　流石に不用心すぎるでしょ。早く携帯変えた方がいいよ」

「……カイ。まさかとは思うが俺たちを脅すつもりか？」

「違う違う。むしろ、君らに有益な情報をプレゼントしてやろうと思ってさ。安全に俺を送り届けてくれるお礼、まあ運賃代わりってやつだ」

俺とリザは目を見合わせた。幸運は何処から転がってくるか解らない。

「例の、魔女の関係者とやらの居場所が解ったのか？」

「買い被りすぎでしょ。ネットにも流れてないような、噂レベルの話を探るのは俺の得意分野じゃない。だから、俺よりもその手の情報に詳しそうな人間を紹介してやるよ」

「そいつも情報屋なのか？」

「本業は施術士だよ。五大組織からの委託業務も頻繁に請け負っているような凄腕で、それ以外にも随分と悪どい商売をやっている実業家だ。情報屋は、彼の数ある副業のうちのひとつだろうね。本名は知らないけど、数年前からスピヴェットと名乗ってる」

「スピヴェット？　そんなに有能な施術士なら、聞き覚えがあってもよさそうだけど」

「彼は慎重に、自分の知名度をコントロールしてるのさ。危険を未然に防ぐためというよりはむしろ、自分の市場価値を高く保つために」

イレッダを形成する闇の奥深くにまで根を張り、巧みな情報操作で暗躍し続けている施術士。確かにそいつなら、今まで見つけられなかった手掛かりを知っている可能性がある。

僅かに見えた光明に追い縋るように、俺はアクセルに込める力を更に強めた。

◆

廃棄されたビルに挟まれた路地裏には、陽の光はほとんど射し込んでいなかった。涼しいのは確かにいいことだが、充満するカビの匂いが鼻孔を通り抜けてくるのはいただけない。

ゴザの上に商品を並べただけの露店が所狭しと並んでおり、行き交う人々はいずれも欲望と打算で目を炯々と輝かせていた。

「ここは酷い。地獄の方がまだマシだ」

苦々しい感想がひとりでに漏れていた。隣を歩くリザは否定も肯定もせず、ただ無表情で歩を進めていく。

イレッダ地区は世界最悪の犯罪街と呼ばれて久しいが、このベイズ通りで行なわれている非道行為は更に桁が違う。

露店で叩き売りされている商品たちは一様に、身体を震わせて泣いていた。

簡素なシャツを着た男たちが売っているのは、首輪を巻かれた女たちだったのだ。身体中に注射器の痕が残る女。虚ろな目で涎を垂らし続けている女。酷い虐待によって痣だらけになった顔面を、長い前髪で必死に隠している女。それぞれの首輪から垂れ下がっている値札に書かれた金額は、いずれも一晩の飲み代よりも安いほどだった。

「……ラルフ。この通りで、その顔はやめた方がいい」

リザに言われてやっと、俺は頭に血が昇りきっていることを自覚した。

相棒の言う通りだ。ここでは、人身売買に興味津々の外道を演じている必要がある。

「解ってるよ」自らが冷静であることを言い聞かせるように、淡々と呟く。「ここで暴れればどうなるかぐらい、流石にな」

この闇市は、イレッダを牛耳る五大組織のひとつ〈レシア&ステイシー社〉の息がかかった連中が取り仕切っている。

金融コンサルタント、傭兵、娼婦、男娼、銀使いなど様々な人間を取り扱う人材派遣事業によって富を築き上げてきた株式会社で、数々の違法行為が明らかになる前までは証券取引所に上場までしていた異色の存在。

他のギャングどもに比べると派手な動きはあまりない印象だが、腐っても五大組織に数えられるほどの勢力だ。当然ながら、魔女に身体を売った化け物どもを大勢飼っていることだろう。

こんな場所で問題を起こせば、俺たちに明日は訪れないことは明白だった。

しばらく通りを進んでいると、電話で伝えられたのと同じ服装をした男が前方から歩み寄ってきた。男は俺の手に白い封筒を握らせたあと、何事もなかったかのように歩き去っていく。

封筒の中身を改めると、待ち合わせ場所が記載された紙切れが一枚出てきた。内容を記憶した後、紙切れにライターの火を近付ける。燃え滓を靴裏で踏んで強引に消火しつつ、俺はリザに顎で合図した。

「こっちだ」

露店の脇を抜けて、更に細い路地に進入する。そのまま直進し、突き当りを右に進むと目的地が見えた。

四方をビルに囲まれた狭小（きょうしょう）な区画に、五人の男たちが立っている。

連中は一様に拳銃を抜いていた。近くに行って確認するまでもなく、安全装置（セーフティ）は解除されていることだろう。直（す）ぐにでも殺意が暴発しかねないほどの緊張が伝わってくる。

「……リザ。狙撃手（スナイパー）は何人いる？」

「二人。正面のビルの五階に一人と、右側の三階にも一人」

「いきなり撃ってくる気配は？」

「心臓の鼓動は早くなってるけど……、奇襲を命じられてそうなほどじゃない。私らが何もしない限り大丈夫でしょ」

「オーケイ、信用するぞ」

俺たちが誘導されたのは、ビルに囲まれている上にロクな遮蔽物もない場所だ。ここで狙撃手の存在を警戒しないようなバカなら、今ごろ冷たい墓の下で眠っているに違いない。

狙撃手どもの位置を最大限に警戒しつつ、五人の男たちに近付いていく。

あと三メートルほどの距離になったところで、中央に立つ小柄な男が手を掲げた。

「そこで止まれ。あと一歩でも近付けば殺す」

電話でアポイントを取った際に聴いた声とよく似ている。どうやら、あの小柄な男が施術士のスピヴェットで間違いないらしい。

スピヴェットという男は、成れの果ての街きっての外道であるレシア&ステイシー社と単独で取引をしているレベルの施術士なのだ。充分に警戒はしていたはずだが、強面(こわもて)の部下を何人も引き連れていることまでは想像していなかった。

「銃を降ろしてくれ、俺たちは話を聞きに来ただけだ。情報屋(ダイバー)から話は通ってるだろ？」

「悪いが、俺は銀(シロガネ)使いのことを根本的に信用していない。……もう一度繰り返す。そこから一歩も動くな」

「解(わか)ったよ、その通りにする」

俺は両手を挙げて降参のポーズを取る。

一向に臨戦態勢を解こうとしないリザに肩をぶつけて従わせると、僅かに安心した様子のスピヴェットが切り出した。

「それで、いったい俺に何が訊(き)きたいんだ？」

俺は慎重に答える。

「銀の弾丸や施術書(グリモア)を世界に広めた〈魔女の関係者〉の一人が、イレッダ地区の何処(どこ)かにいると訊(き)いた。事情通のあんたなら、何か詳しく知ってるかもしれないと思ってな」

「……いったいそれは、誰からの依頼だ？」

スピヴェットが訝しがるような表情になった。奴の意識が手元の拳銃に移っていくのがありありと見て取れる。

明らかに、こいつは何かを知っている。

俺は事前に準備しておいた回答を返すことにした。

「もちろん名前は言えないが、島の外にいる大富豪からの依頼だ。寿命を迎える前に世界の真実を知りたいと思ってるタイプの厄介な老人で、わざわざ俺たち化け物を雇ってまで怪しい噂を調べさせてる。まあ俺らとしては、噂がデマだと解ったらそれでいいくらいの認識だったんだけど」

「その大富豪とやらは、噂を何処で知ったと言っていた？」

「さあ、聞いてねえな。まあ、金持ちには俺たちが想像もできないような人脈があるんだろ」

回りくどい駆け引きに嫌気が差したのか、隣のリザが声を上げた。

「ねえ、もしかして何か知ってんの？」

もう少し警戒を解いてから切り出す予定だったが、まあいい。このままリザに乗っかってやることにした。

「どうやらそうみたいだな。なあ、知ってる情報があるなら教えてくれよ」

スピヴェットはしばらく逡巡したあと、計算高い笑みを浮かべて言った。

「その件について知りたいなら、情報提供料は五倍だ」

「はっ？」

「だから、現金で五〇万エル払えば教えてやる」

今すぐ短機関銃を呼び出して、強欲な男の笑みを消し飛ばしてやりたい衝動に駆られた。

確かに、交渉が上手くいかなかった場合に備えて現金は多めに用意してある。ただ、奴が抱えている情報の真偽も解らないのに大金を払うのはリスクが高すぎるのだ。どうやら俺たちは、完全に足元を見られているらしい。

怒りに震えながら残金を計算する俺を尻目に、リザが追及した。

「で、あんたが抱えてる情報は本当に正しいの？」

「さてね、それは俺にも解らない。だが少なくとも、最新の情報ではあるよ」

「ふーん」リザはあまりにも簡単に言った。「解った、とりあえず買うよ」

俺はリザにしか聞こえない声で異議を唱える。

「ちょっと待て、予算オーバーだ」

「何言ってんの？　せっかく手がかりが掴めるんだからいいじゃん」

「せめて、情報の真偽を確かめてからにしろってことだよ」

「そんなの訊いてから判断すりゃいいじゃん」

「リザ、用意してる現金が全部俺のものだってことくらい知ってるよな？」

「何当たり前のこと言ってんの？」

「財布持ってきてないんだから仕方ないじゃん」リザは呆れたように笑う。

「あのな、リザ。もしかしたらお前は気付いてないかもしれないけど、俺だってれっきとした人間なんだ。生きていくためには食費も光熱費も部屋代だってかかるし、そもそも金がなければ銀の弾丸の能力も充分に発揮できない」

「だったら削るのは生活費の方かもね。まあ最悪、残飯でも漁ってれば生きていけるでしょ。屋根がある部屋もあんたには贅沢過ぎるからいらない。……ああ大丈夫。私、そういう人に偏見持ったりしないから安心して？」

「解った、もう裁判で決着つけよう。徹底的に戦ってやる」

「あはは、裁判起こす金なんて持ってないじゃん」

外道という言葉が具現化して出来上がったような女に心底怯えていると、スピヴェットがゴミでも見る目つきで俺たちに言った。

「お前らいったい、どこまでイカレてるんだ？　これだけの数の銃口に囲まれて、何を下らねえ言い争いしてやがる」

わざとらしいほどに大袈裟な溜め息を吐いたあと、男は強引に結論付けた。

「……とにかく交渉は成立だ。話してやるよ、お前らが求める情報をな」

スピヴェットが語ってくれた情報を要約すると、概ねこういった感じになる。

銀の弾丸や魔女が遺した各種文献の調査・研究を行なうレイルロッジ協会に、創設当時から在籍していた人物――そいつが、現在イレッダ地区に潜伏しているらしい。

最新の目撃情報は二ヶ月前。件の施術士は世界最大の地下スラムとも呼ばれるダゴダ・スラムの最下層にて、仙人のような生活をしているとのことだった。

一般常識に照らし合わせると、この情報は明らかにおかしいことが解る。

レイルロッジ協会の創設メンバーの名前は全員公開されているし、数年前に事故死した一人を除けば、全員の所在がネットの何処かに載っているのだ。協会内や別の政府機関で重要な地位についている者も多い。

なのに、その老人の名前だけが全ての記録から消えている。

明らかにそいつは、レイルロッジ協会にとって都合の悪い情報を知っている。だから地の果てまで逃げて来るしかなかったのだ。スピヴェットはそう付け加えた。

「で、これからどうするつもりだ？」スピヴェットが訊いてくる。「ダゴダ・スラムに行くなら俺が直々に案内してやってもいい」

「また別料金がかかるんだろ？　遠慮しとくよ」

「まあ聞け。この闇市で売られてる商品の多くが、ダゴダ・スラムの売春窟から廃棄されたものだ。俺の部下たちもたまに引き取りに行くことがあるから、下層にも顔が利く」

俺は、喉の奥から飛び出していく疑問を堰き止めることができなかった。

「……お前は、露店で売られている女たちについてどう思う」

「原価のかからない中古品としか。高値で売れることは稀だが、いい小遣い稼ぎにはなるよ」

この男は信用できない。この街の悲劇を最下層で生産しているような外道の提案に、大人しく従うことなどできるはずもない。

スピヴェットの申し出を丁重に断ろうとしたとき、リザが俺を手で制した。

「解った、案内をお願いしていい？」

「リザ、何を勝手に……」

「案内がなきゃ目的の老人を見つけられないでしょ。それとも、もう残金がなくなった？」

「金の問題じゃない。あの外道は、俺たちに嘘を吐いてる可能性がある」

「こいつは何も隠してないよ」リザは淡々と言った。「心音がそう言ってる」

心音の僅かな乱れから嘘の気配を嗅ぎ取ることができるリザが言うなら、スピヴェットの申し出を断ることはできないだろう。心音すらも意のままに操れるジェーンのような化け物が相手でもなければ、リザの能力は充分信頼に値する。

金銭面の交渉を進めながら、内心では自分自身への怒りが煮え滾っていた。

成れの果ての街では、毎日飽きることもなく悲劇が繰り返されている。誰にも救われずに死んでいく人間は山ほどいて、築いてきた屍の上で札束を数える外道どもが蔓延している。

それでも、俺は目の前で涙を流す女たちに何一つしてあげられない。薬漬けにされ、ゴミのように扱われてきた娼婦たちの怒りや絶望を知りながらも、彼女らの姿が昔殺された恋人に重なっていながらも、手を差し伸べてやることができない。

それどころか、今すぐ地獄に堕ちなければならない外道とビジネス・パートナーになってしまうような有様だ。

シエナを救うには仕方のないことだ。俺は自分にそう言い聞かせる。

何か一つを救うということは、その他の全てを棄てるということなのだ。

世界の真実に対して盲目になるということだ。

己の願いを果たすためだけに動く、一振りの刃になるということだ。

シエナを解放し、白い砂浜で過ごす退屈な時間を手に入れるためなら、血を流す心を無視してでも進んでいかなければならない。疑問が全身を貫こうとも、罪悪感に身を焼かれようとも、足を止めることは許されない。

地獄を進む覚悟なら、もうとっくにできている。

たとえそれが、願望が引き起こした錯覚なのだとしても。

コンクリートの壁面に打ち付けられた粗末なランプの列が、地下水路を頼りなく照らしている。水路の両側には歩道が設けられており、幅が広くなっている部分には木板と布切れだけで構成された、あまりにも簡潔すぎる住宅が並ぶ。

水路の上には幾つものロープが交差しており、頼りない板切れの橋の上で、女たちがボロボロの衣服をハンガーにかけていた。そのすぐ近くでは、子供たちが汚れた水に飛び込んで遊んでいる。

ここまで一時間ほど歩いてくる途中に、水路を漂っている死体を三つも見た。

銃かナイフで全身を穴だらけにされた死体と、薬物中毒で白目を剝いている若い女の死体、骨と皮だけになって餓死した子供の死体。見かけた住人たちは木の棒やライフルの銃身などで死体を押し出し、海がある方向へと押し流していく。死体が伝染病を媒介させないための合理的判断というやつで、それは同時にこのスラムで延々と続くしきたりとのことだった。

地獄にも序列がある。

イレッダ地区という人工島を〈成れの果ての街〉と呼ぶ輩は多い。だが、それでも莫大な量の金が毎晩動いている経済特区という側面もあるのだ。

汚れきった経済は当然の如く生存競争を産み、敗北者たちを容赦なく盤面から弾き落とした。

人工島でしか生きられない犯罪者たちの中には、イレッダ地区を出て牢獄に入るという未来を受け入れられない者も多かった。そんな往生際の悪い連中が地下に身を隠し、貧困の中で子を産み、生きるために犯罪を覚え、立派に育った犯罪者どもがまた子を産んだ。そんな負の連鎖が積み重なって、地下水道の側にダゴダ・スラムを形成していったのだ。

イレッダ地区を〈成れの果ての街〉と形容するなら、このスラムに相応しい表現はいったいどんなものになるのだろう。

「あー、気分悪くなってきた。何でこんな臭いの、ここ」

「換気口もない地下だからに決まってんだろ。そりゃ、空気の巡りも悪くなって当然だ」

俺たちの先を歩く案内人(スビヴェエット)はもう慣れているようで、蠅(はえ)が飛び交う薄暗いスラムを少しも迷うことなく進んでいく。初めて来る俺たちとしては、奴についていくので精一杯だった。

「もっと早く歩け、化け物ども。まだ一時間しか歩いてないだろうが。同業者に見つかったらどうするつもりだ?」

「どういうことだ?」

「この辺りの区画には特に、人身売買業者どもがウヨウヨいるんだよ。副業とはいえ俺も同業者だし、自分の縄張(シマ)りでもない場所をうろついてるだけで余計な恨みを買うかもしれない」

「……反吐(へど)が出るよ、クズども」

「お前らほどじゃない。俺も殺しはまだやったことがないからな」

銀の弾丸を施術された者は精神を蝕(むしば)み、心を喪(うしな)った怪物に変わってしまうという。だが、変化させられたのは銀使い(シロガネ)の精神だけなのだろうか。世界の有様(ありさま)すらも、以前よりも遙(はる)かに救いのないものに変えてしまったのではないだろうか。

そして、人を殺さなければ生きていけない俺のような存在に、そんな疑問を抱く資格などあるのだろうか。

突発性の無力感に拳を握り締めて耐える俺とは対照的に、リザは鼻を摘まんで異臭を遮断することに夢中のようだった。

しばらく三人で進んでいくと、壁面に取り付けられたランプの数が極端に減ってきた。懐中電灯がなければ三メートル先さえも見渡せないほどの暗さ。この辺りまでくれば、地上(イレッダ)からやってくる物好きなどいないだろう。

前方のスピヴェットは立ち止まり、僅かに達成感が見え隠れする声色で言った。

「あれがお前らの目的地で間違いないはずだ」少し離れたところに、段ボールと廃材を組み合わせてできた薄汚い小屋がある。「大昔にレイルロッジ協会から逃げ出したらしい老人の、現在の邸宅だよ」

スピヴェットは嫌味たっぷりに笑うと、踵(きびす)を返(かえ)して今来た道を引き返していった。

老人に〈魔女の関係者〉についての話を訊(き)く際に、スピヴェットのような部外者がいると都合が悪い。目的地まで案内したら仕事は終わりだと、俺が事前に伝えておいたのだ。

相変わらず怪しさしか感じない男だったし、全てが順調に進みすぎている気もする。だが、リザが何も言わない以上は問題もないのだろう。

レイルロッジ協会の創設メンバーがここに住んでいるという情報は正しかったのか。

もし正しかったとして、そいつは〈魔女の関係者〉のことを知っているのだろうか。

隠された結末を、この手で引き寄せなければならない。

俺たちは小屋に辿り着き、段ボールでできた扉を同時にノックした。

しばらく待ってみたが、中からの反応はない。仕方ないのでもう一度ノックしようとしたとき、扉がこちら側にゆっくりと倒れてきた。

小屋から這い出してきた老人は、当初の想像よりも遥かに理知的な表情をしていた。

顔に刻まれた深い皺や澱んだ眼は確かに疲れ切っているものの、意思疎通が不可能であるほどだとは思えない。衣服にしてもそうだ。想像していたよりもかなり清潔なTシャツに、ボサボサとは辛うじて言えない程度には整えられた髪型。

世界の全てに絶望し、世捨て人同然となった老人――というわけではないということだ。

この男がスラムに拠点を移したのには、何か別の理由があるのかもしれない。

だが、今の俺たちが知りたい情報は他にあった。

「レイルロッジ協会の創設に関わった人間が、ダゴダ・スラムに潜伏してると聞いた。それはもしかしてあんたなのか？」

老人はこちらをじっと見つめたまま動かないが、質問の意図は理解しているように感じられる。俺はそれを一旦肯定のサインだと受け取り、慎重に次の言葉を選んだ。

「俺たちは〈魔女の関係者〉を探している。何か知ってたら教えてくれないか？」

この問いに対して、老人は一瞬だけ硬直した。

「……あっ…………あああっ……」

口許から漏れてくる呻き声は、言語の体を為していない。

世界との関わりを絶ち、永久の孤独に精神を擦り切れさせた者の呻き。その有様は、致命的な摩耗を感じさせるには充分すぎる。

足元には黒い蜥蜴が這い回っていた。水路に漂う生ゴミからの異臭に耐えながら、辛抱強く老人の返答を待つ。

注意深く観察してみると、老人の瞳にはやはり、確かな理解の色があった。俺の言葉が解らないわけでも、まともに思考が紡げないわけでもない。ただ単に、喋り方を思い出すのに手間取っているだけなのだろう。

「ラルフ、やっぱ無駄足じゃないの？　仮にこいつが協会の創設メンバーだったとしても、もう何も覚えてないでしょ」

苛立ち始めたリザを目で制す。氷が融けるまで、いつまでも待ち続ける覚悟だった。

「別に慌てなくていい。人と話すのは久しぶりなんだろ？」

「………誰だ、お前たちは」

質問への回答ではなかったものの、今度こそ意味のある言葉が零れ落ちてきた。

ここで焦って核心に迫るのは愚策だ。まずは、俺たちへの警戒を解く必要がある。

「通りすがりの探偵、って言っても流石に納得してくれないよな。……解った、正直に言うよ。俺たちはある大富豪の依頼を受けて、銀の弾丸の起源について探ってる。で、魔女の関係者なる人物がイレッダの何処かにいるという情報に辿り着いたわけだ」

「で、あんたがその関係者なんじゃないかって疑ってるわけ」

慎重策を取る俺の思惑を無視して、リザが平然と言った。

この生きながら死んでいるような老人が本人であるとは、彼女もまさか思ってはいないだろう。何か関連する情報を知っていないか、カマをかけてみただけなのだ。

長い間があって、老人は虚ろな表情で呟き始めた。

「……魔女の関係者だと？　……ああ、そうか。エイヴィス……お前はまだ……」

「エイヴィス？　それがそいつの名前なのか？」

「そんなことをして何になる……。罪滅ぼしのつもりか？　だが最後には、お前は……」

「待ってくれ、俺たちにも解るように言ってくれ」

完全に自分の世界に入ってしまった老人には、もはやこちらの言葉など届くはずもない。俺たちはただ耳を澄まし、要点を摑めない言葉の残滓を必死に追いかけるしかなかった。

「だがなぜ今になって……。もう、全てが揃った、ということか……？」

「何だ？　何が揃ったって……」

老人の細い腕に両肩を摑まれて、続く言葉を取り落としてしまう。衰弱しきった身体は笑えないほど軽かったが、老人の黒い瞳には確かな圧力を感じた。

人が人に、何か大切なものを託すときの、使命感を帯びた表情。

何故そう感じたのか、まともな理由が見つかる気配はなかった。

「……イレッダの深淵に行け。……エイヴィスの気が変わっていないのなら、そこで全てが始まるはずだ」

「ちょっと待て、さっきからアドバイスが不親切すぎる！　そもそも、イレッダの深淵ってのはいったい何処にあるんだよ！」

生気を取り戻し始めた老人の瞳には、やはり純然たる使命感が宿っていた。

「……急がなければならない。早く奴を止めなければ……」

「だから、質問には正確に答えてくれ！」

詳細を訊き出すことは、永遠に叶わなかった。

老人の側頭部から脳漿を含んだ黒血が噴き出し、言葉を紡ぐことが物理的に不可能になってしまったからだ。

耳の少し上に開いた穴からは、大量の血液と一緒に、掌に収まる大きさの黒蜥蜴が這い出してきた。よく見ると蜥蜴の眉間を突き破って尖った螺子のようなものが生えており、そいつが電動切削機のように回転し続けている。

この奇妙な生き物が、老人の脳内を掻き回して即死させたのだ。

ようやく辿り着いたかもしれない手掛かりが、泡のように弾けて消えた。沈黙する老人から魔女の関係者の情報を訊き出す手段はもう存在しない。

つまり、明日に迫った五大組織会談までに取引条件を満たし、シエナを連れ出すことはほぼ不可能になってしまったのだ。

罪深き爬虫類が、回転する螺子の矛先をこちらに向けてきた。

「リザ、こいつは……」

「うん、ハイルと会った時にいた犬っころどもと同じ。間違いなく銀使いの仕込みだよ」

リザの右手が霞み、ナイフが雷撃のごとく放たれる。逃げきれずに全身を縦に割かれた蜥蜴の死体を見つめながら、相棒は深い溜め息を吐いた。

「足音が聴こえない？　そのバカが、すぐそこまで近付いてきてる」

「尾行されてたのか？　いつからだ」

「私が知るかよ」

「どうする？　動物愛護団体にでも訴えて、ちょっと社会的に抹殺してもらうか？」

いつもの悪癖で下らないジョークを呟いた瞬間、悪い想像が電流となって脳内を駆け巡った。

俺は絞り出すように言った。

「……リザ、正直に答えろ」

「なに」

「ただでさえ音が反響しやすい地下水路だ。お前はとっくに、尾行者に気付いてたんだろ」

リザは足音が聴こえる方向に目を向けたまま、俺の問いに答えてはくれない。

「……まさかとは思うが、スピヴェットが案内役を買って出たのも罠なのか？　奴はロベルタと裏で繋がっていたのか？　……いや、現に追っ手が迫って来てるんだ。状況から考えて罠なのは間違いない。……お前は、奴の心音に違和感を覚えていながら、俺に嘘を吐いた」

本当は、相棒の口から全てを否定してほしかった。

弱者めいた被害妄想でしかないと、罵ってほしかった。

そうでなければ、全ての前提が崩れてしまう。

リザは悪魔のような笑みを作った。口許は大きく歪み、白い歯も覗いているが、紅い瞳は恐ろしいほどに醒めきっている。心を喪った銀使いだけが見せる、あまりにも空虚な笑み。まともな人間が作る表情だとは到底思えなかった。

「あのさ、コソコソ魔女の関係者なんかを探し回ったって何も楽しくないんだよね。あんたと違って、私には闘争が必要なの。銀使いと楽しく遊ぶ以外に、この渇きを癒やす方法はない。だから、スピヴェットが仕掛けた罠にわざと乗っかってやっただけ」

「……やめてくれ、リザ。今は笑えない」

「ジョークじゃねえし」はち切れそうなほどの歓喜が、リザの横顔に詰まっていた。「ほら、もうすぐ姿が見えるよ。なに気ィ抜いてんだよ」

襲撃者を誘き寄せて、魔女の関係者と繋がっているハイルの居場所を聞き出す。そんな大義名分を言い訳として使ってくれれば、俺は別にそれでよかった。無理矢理にでも自分を納得させ、リザの人格破綻者っぷりをいつものように揶揄することができただろう。
だがリザは、己の欲望を取り繕うことすらしなかった。
シエナを地獄から連れ出すことと、理由もなく化け物どもと殺し合うこと。
今のリザが、どちらに価値を感じているのかは明らかだ。
だからこそ、それを指摘して真実にしてしまうのが怖かった。

4

Make It A Dirt Dance Floor

MAD BULLET UNDERGROUN

仄暗い地下通路に、硬質の足音が響き渡る。壁面に取り付けられたランプはあまりにも頼りなく、すぐ近くまで迫ってきている人物の全貌を掴むことができない。

不穏な気配を放ち続ける暗がりへと、俺は短機関銃の銃口を向けた。

「……悪いが取り込み中だ。用件があるなら姿を現せ。迷子なら、今来た道を引き返せ」

なおも足音は止まらない。張り詰めた空気を引き裂くように、そいつは薄明かりの中に全身を晒した。

白衣に身を包んだ、長身の美女だった。

細身の眼鏡の奥に見える瞳は涼しげで、目元にある黒子が形容しがたい色気を醸し出している。紅いルージュが妖艶に歪む。同色のハイヒールがコンクリートを軽快に叩く。壁面から投げかけられる粗末な光が、女の輪郭を白く縁取っていた。

この地下水路には不似合いな美女が、憂いを帯びた笑みをこちらに向けてきた。

「初めまして。私、モニカ・モズライトと申します」

女の両手は白衣のポケットに収まっている。布には怪しげな膨らみがあった。そこから銃器が顔を出してくる可能性は極めて高いだろう。

俺は女のポケットを注視しつつ、鉛玉を放つタイミングを窺う。リザも同じように警戒しつつ、爪先だけで徐々に距離を詰めていた。

「よろしければ、あなたたちの名前を伺っても？」

「……このジジイを殺ったのはあんた？」

会話を成立させる気のない相棒に、モニカと名乗った女は細い眉を顰めた。

「……ええ、そうですよ。彼が余計なことを言ってしまったので仕方なく」

リザの紅い瞳は宝玉のように輝きを増し、全身は迫りくる闘争の予感に震えていた。

相棒が差し出してきた左手に、大人しく刀を渡してやる。脇を流れていく水路に鞘を放り投げて、リザは弾けるような笑顔で言った。

「じゃあ、それを知った私らはどうなるの？」

「もちろん、早く地獄に墜ちてもらうしかないでしょうね」

白衣から出てきた右手には、黒塗りの拳銃が握られていた。自らに向けられた銃口を愛おしそうに見つめながら、リザが低く低く膝をたわめる。

「せいぜい楽しませろよ、コスプレ女！」

低空姿勢で突進していく戦姫に、白衣の女は静かに笑いかけた。

「私はれっきとした外科医ですよ。動物専門ですが」

後方で様子を窺う俺の目には、異変が映し出された。

突如現れた二つの影が、リザを側面から捉えたのだ。

「どこから湧いてきたっ！」

頭蓋から鋭い刃を生やした大型犬の突撃を、リザは刀で正確に受け止めていた。俺はリザを

巻き込む可能性が低い自動式拳銃(バラック)に持ち替えて、威嚇射撃で獣どもを引き離す。

二匹の全身は濡(ぬ)れていた。恐らく水路に身を潜めていたのだろう。いくらリザでも、水中で息を潜める獣の気配を察知することは難しい。

束(つか)の間(ま)の膠着状態(こうちゃくじょうたい)が続いている内に、リザに忠告しておかなければならないことがあった。

「解(わか)ってるとは思うが、あの女は生け捕りにするぞ」

「は？　なんで」

「奴からハイルの居場所を聞き出さなきゃいけねぇからだよ。……いや」モニカはさっき、老人を口封じのために殺したと答えた。「魔女の関係者についても、あの女に直接教えてもらえるかもしれない」

リザの横顔に、一瞬だけ感情の揺らぎが見えた。しかしそれも、残酷な笑みで即座に埋められていく。

「……気が向いたらそうするよ」

その台詞(せりふ)に僅かに寂寥(せきりょう)が混じっているような気もしたが、一瞬後には残滓(ざんし)も消え去り、リザは目を輝かせて飛び出していった。

犬どもは飼い主(モニカ)を守るように立ち塞がると、背中から不自然に飛び出している銃口をリザに向けた。

一斉掃射された銃弾を、リザは壁面へと俊敏に跳び上がることで回避。壁面に取り付けられたランプを踏み砕き、そのまま全身を発条のように撓ませる。

人外じみた動きに犬どもの視線が釘付けになったところを俺の銃撃が仕留める、それがいつものやり方だった。だがリザは基本戦術を完全に無視して、間髪入れずに壁を蹴って犬どもへと向かっていく。

「動物を殺すのは胸が痛むんだけど！」

思ってもいない台詞とともに、反応が遅れた方へと刀を振り下ろす。雷鳴のような速度で迫る刃を躱しきれずに、改造犬は頭部を斬り飛ばされて絶命。肉の塊はそのまま地面を転がり、汚染された地下水路に落ちていった。僅かに反響する水音は、生命が喪失した瞬間を知らせるにはあまりにも軽すぎる。

辛うじて退避していたはずの一匹も、眉間にナイフが突き刺さった状態で痙攣していた。一秒にも満たない間に二匹の化け物を仕留めてしまったリザは、恍惚の表情で刀に付着した血糊を払っていた。

「悪くない能力だけど、さすがに二度目は通用しないでしょ」

動物に武器を埋め込んで自在に操る能力。確かに奇襲性が高く、初見でまともに対応することは困難を極めるだろう。だが、不意打ちや暗殺ならともかく、リザのように近接戦闘に特化した銀使いにとっては改造動物などただの動く的でしかない。

だが、相棒の問題点は指摘しなければならない。

「リザ、どうして連携を無視した？　危うく誤射しちまうところだった」

「……ねえ、今回は下がっててくれる？　久しぶりに殺し合いを楽しめそうなの。今は誰にも邪魔されたくない」

鋭利な視線は、可愛らしいペットたちを失ったモニカへと移る。

モニカは困ったような笑みで応えるが、眼鏡の奥の瞳は少しも笑っていなかった。白衣にハイヒールというふざけた格好で戦場に来る意図は解らないが、どう見てもこの女が近接戦闘を得意としているようには見えない。こちらが優位に立っているのは間違いなかった。

これで終わりではないことを願うような甘え声で、リザが問い掛けた。

「あんたを守る騎士はいなくなった。ねえ、次はどう出るの？」

「……どういう意味でしょう」

「は？」

「だから、どういう意味なのかなって」モニカ・モズライトは、薄闇に溶けていくような笑みで言った。「まさか、私が何の仕込みもなく現れたと思ってます？」

全身を襲う衝撃。

気付くと俺はリザに蹴り飛ばされており、汚れた水路の中へと頭から墜落していた。

混乱する頭を怒鳴りつけ、思考を無理矢理正常化させる。ゴミが浮いた水面から顔を出すと、一瞬前まで俺が立っていた場所から白煙が立ち昇っていた。コンクリートの地面は無残に破砕され、いくつもの欠片や粉塵が水上へと降り注いでいる。

大型犬の残骸が跡形もなく消えていた。

状況から考えると、あの二匹が同時に爆発したのだろう。直撃すれば人間をバラバラにさせる程度の威力はあるのだろうが、よほど火薬の分量をうまく調節していたのか、近くにいたはずのモニカは傷一つ負っていなかった。

通路上でモニカと対峙するリザも、警戒して動けないでいる。

「あなたたちが逃げたせいで、ジャックとブリットの死は無駄になってしまいました」

「ちょっと待って、あんたはそこの犬どもを自爆させたんでしょ？」

「あの子たちの方から志願してきたんです。私の能力で改造されれば、一週間程度しか生きられなくなってしまうというのに」

悲痛な台詞とは裏腹に、モニカの表情は恍惚に歪んでいた。

名前を付けてまで愛でていたペットを殺人兵器に変えてしまったことに苦悩している、そんな自分自身に酔いしれているのだ。完全に倒錯した精神構造。どう好意的に解釈したとしてもまともではない。

「動物を殺さないと興奮できない変態、ってわけね。いいじゃん、いい感じにイカレてるよあんた！」

「リザ、気を付けろ！　その女の能力は予測がつかない。何をしでかしてくるか……」

「うるさい」リザは汚水に浮かぶ俺を少しも見ずに言った。「あんたはそこで、黙って見てろ」

俺たちの言い争いなど意にも介さず、モニカは完全に自分が作り出した虚構の中に嵌ってしまっていた。子供の成長を喜ぶ親のような演技を纏い、柔らかく微笑む。

「ほら、サラたちも遊びたがってるみたいです」

闇に覆われた天井から、五体ほどのドブネズミが一斉に降ってきた。それぞれの胴体には、信管のようなものが深く突き刺さっている。

全身が総毛立つ。こいつらは間違いなく自爆するつもりだ。

満足に動けない水中では回避など不可能。水に潜って逃げるにしても、爆発が届かない深さまで潜るには時間が足りない。

引き延ばされた一瞬の中で俺が見出した活路は、害獣どもを正面から迎え撃つことだった。

頭上に突き出した両手に火炎放射器を呼び出し、降下してくるネズミどもに火焔の帯を浴びせる。内部の爆薬に着火して、連中は内臓を撒き散らしながら爆散した。掲げていた腕に鉄片が突き刺さるが、重傷というほどではない。

即死は回避できたが、安堵に浸っている場合ではない。

俺は掌の先に出したゴムボートによじ登り、異臭を放つ水路から素早く抜け出した。短機関銃を喚び出して援護体勢を整えつつ、白衣の美女に突進するリザの動きを目で追う。

凄まじい速度で疾走するリザは、モニカの手前で急停止。華麗に宙返りをしながら後方に跳び退いた。

少し遅れて、モニカの足下で何かが爆ぜる。俺の位置からは見えなかったが、爆薬を融合させた小動物を足元に忍ばせていたのだろう。

「何を油断してるんです？」

ガラ空きの胴体に向けて短機関銃を掃射しようとした俺にも、新しい危機が突き付けられた。口から槍の穂先を生やした蝙蝠どもが、ゴムボートの上にいる俺へと向かってきたのだ。

「クソっ！」

俺はほとんどやけになって水中へと飛び込んだ。

ズタズタにされていくゴムボートを見捨てて必死に泳ぎ、何とか岸に辿り着く。水を含んで重くなった身体を強引に持ち上げた、その時には蝙蝠の群は方向転換を済ませてリザの方へと向かっていた。

正確無比な斬撃が一匹ずつ撃墜していくが、なんせ数が多すぎる。刃を潜り抜けた数匹によって、リザは全身を傷付けられていた。寸前で身体を捻ることで急所への突撃は防いでいるものの、切り裂かれた肩口や太腿からは血が滲んでいる。

「伏せてろ、リザ！」

叫びながら一発逆転の兵器を召喚した瞬間、目に映る世界が高速で回転した。

いや、それは正確な表現ではない。

何らかの力によって、俺が地面に叩き付けられたのだ。

頭を打った衝撃で脳が攪拌され、視界では微細な光の粒が点滅する。状況を把握したときにはもう、白衣の女が俺の上に跨っていた。愉悦に頭まで浸りきった表情のモニカが、銃口を俺の脳天に向けている。

「ねえ、あの子たちの晴れ舞台を邪魔しないでくれますか？」

「はっ」俺は掌に喚び出していた閃光手榴弾を、天井に向けて放り投げた。「忠告が遅えんだよ、変態女」

急速に白く染め上げられていく世界。

一瞬遅れて、けたたましい爆音が世界を犯していった。

リザが指向性を操作してくれたおかげで俺やモニカは気絶せずに済んだが、蝙蝠どもの方はそうはいかなかった。

轟音によって奴らの依り代である反響定位は阻害され、平衡感覚を喪失した個体から順に水上に墜落していく。

一瞬後には、リザの刃がモニカの首筋に向けられていた。俺の上に馬乗りになっているモニカの、眼鏡の奥の瞳に陰が差す。

「どうする？　まだ抵抗する？」

「……私を攻撃したら、きっと後悔することになりますよ」

「だから何？」リザは恐ろしいほど冷酷に答えた。「そこの雑魚がぶっ殺されたところで、私の心は全く痛まない。信じられないなら、ちょっと一回試してみれば？」

迫真の演技、という風には全く見えなかった。俺は慌てて口を挟む。

「なあリザ、もしかして本気では言ってないよな？　何故か急に演技が上達しただけだよな？」

「うるっせえな、さっさと殺されてろ」

「ほら、いま完全に殺意向けてきた！　なああんた、俺を人質にしても無意味らしいぞ」

これが茶番なのかどうか判断しかねているのか、モニカは僅かに視線を彷徨わせる。

いくらイカレているとはいえ、この女はかなり計算高い。尋問に大人しく従わなければ生存の目がないことくらい、当然察していることだろう。

「なあ、死にたくなければ俺の質問に答えろ」

「馬乗りになられているあなたが尋問ですか？　笑える構図ですね」

「いいから答えろ。ハイルは今、何処に隠れて……」

「ラーズ・スクワイアを」リザが、俺の台詞を横から掻っ攫っていく。「あのジジイを、ここに呼び出してくれる？」

「は？　ふざけるなよ、リザ。今訊き出すべきなのは……」

「ラルフ」リザは底冷えのする声で呟いた。「私が刀を引けば、その瞬間にあんたは撃ち殺されちゃうわけだけど？」

モニカが握る拳銃は、今もなお俺に向けられたままなのだ。この膠着状態（こうちゃくじょうたい）も、リザの気が変わった瞬間に成立しなくなってしまう。

リザが自身の欲望のために裏切るかもしれない恐怖で、俺は指一本動かせなくなる。ラーズとの再会を果たしたリザの様子がおかしいことは散々危惧してきたが、こんな最悪の展開を引き起こすことまでは予測できてなかった。

これではっきりした。

リザの意識は、過去にのみ向けられている。

何らかの出来事によって形成されたラーズとの因縁が、リザの渇きを形成している。もはや、シエナを地獄から連れ出すという未来など彼女の勘定には全く入っていない。

全てを、恐らくは自分の命を棄（す）ててでも、リザはラーズとの戦いに身を投じたいのだ。

今この状況を作るためだけに、リザは俺を欺き、スピヴェットが仕掛けた罠（わな）に乗った。

「あはははははっ！　まさかこの状況で仲間割れですか？　話には聞いてましたけど、本当に面白い人たちですね」

「何笑ってんの？　早くラーズを呼べよ。あんたじゃ満足できないからさ」

飽きるまで笑った後、モニカは観念したように言った。

「……仕方ありませんね。本当は使いたくなかったのですが」

口調とは裏腹に、女の口許（くちもと）は蠱惑的（こわくてき）に歪（ゆが）んでいる。不穏な気配を敏感に感じ取ったリザが、モニカを再起不能にすべく刀を振り上げた。

――そこで、リザの姿が視界から消えていった。

俺は馬乗りになっている女を突き飛ばし、慌てて体勢を立て直す。短機関銃を召喚しようとして、やめた。まずは状況を把握するのが先だ。

周囲を見渡すと、リザは一匹の黒豹と対峙していた。

深淵を実体化させたように黒い体毛と、冗談のように肥大化した筋肉、そして両頬や前足の先から生えた白銀の刃。無惨に身体を弄繰り回されているためか、瞳は虚ろな石灰色に染まっていた。

リザは黒豹の猛攻をなんとか食い止めてはいるが、異常に発達した筋肉の前では銀使いといえども防戦一方になるしかなかった。

前足から生えた短剣が、残像の尾を曳いて振り下ろされる。リザは刀を水平にして受け止めたが、衝撃を殺し切れずに吹き飛ばされ、後方の壁面に叩き付けられてしまう。

それでも相棒の瞳は、強敵が出現したことへの歓喜に満ちていた。

「いいね、やっとマシな相手と戦える！」

「喜んでいただけて何よりです。この子……トラヴィスは、私の一番のお気に入りですから」

銃口を俺に向けたまま、モニカは熱を帯びた表情で語り始めた。

「動物を自由自在に改造して操るのが〈シトリー〉の能力なんですが、あまりやり過ぎると拒絶反応を起こして死んでしまうのです。腹立たしいほど簡単にね」

黒豹の動きはあまりにも速すぎて、俺の目には残像が黒い帯になって見えるほどだった。

「でも、トラヴィスだけは特別だった。この子は武器を融合させても、筋肉を無理矢理肥大化させても、人肉しか食べられない身体にしても、一切拒絶反応なんて起こさなかった。一週間を超えても全く衰弱しないし、見てわかる通り銀使いを超える戦闘能力まで手に入れた」

俊敏に跳び回りながら短剣を突き出してくる化け物の攻撃を捌ききれず、リザの全身はみるみるうちに血で染め上げられていく。俺はその間、援護することが全くできないでいた。

モニカに銃口を向けられて身動きができないから、ではない。

——単純に、あの黒豹が速すぎるのだ。

動きを目で追えない速度で動く標的に対して、どんな理屈があれば銃弾を当てられる？

「ああ、あなたのお仲間が膝をつきましたね、かわいそうに。あんなに出血してたら、まともな人間ならもう死んでしまっています」

考えが甘すぎた。

この女は、あのハイル・メルヒオットが差し向けてきた刺客なのだ。俺たちを殺す算段くらい整えているに決まってるし、それを実行するだけの戦力も当然備えているだろう。

こいつを捕まえてしまえば〈魔女の関係者〉を探す手間が省けるだと？

ふざけるな。甘えた幻想はさっさと棄てろ。俺たちが考えなければならないのは、どうすればこの地下通路から生還することができるのか、その一点に尽きる。

とにかく、立ち止まって考えを巡らせている余裕などはない。

思考を軽量化させろ。

動きながら活路を探せ。

「リザっ！」ライオットシールドを出してモニカの射線を遮りつつ、俺は叫んだ。「急いで水路に飛び込め！」

漆黒の暗殺者をなんとか振り払い、相棒は黒く淀んだ水流へと身を投げた。俺も慌ててそれに続く。

ふたり仲良く着水する寸前で、俺は廃車のフレームを足元に召喚した。

一瞬で意図を理解したリザが、沈んでいく廃車を蹴りつけて飛翔。俺の胸倉を摑んだまま、人外の脚力で向こう岸に飛び移った。

「助かったよ」慌てて廃車を黒い霧の中に回収しつつ、血塗れの相棒に向けて言った。「このまま地上まで逃げるぞ」

カイから買った地図で、この周辺のルートならだいたい頭に入っている。全力で走れば一〇分弱くらいで、地上に続くマンホールまで辿り着けるだろう。

だがリザの視線は、低い声で唸り続ける黒豹にだけ向けられていた。

「……リザ？　おい、ふざけんな戦闘狂。ここは一旦逃げ……」

「じゃあここでお別れだね」

「は？」

「私の居場所は、血生臭い闘争の中にしかない」リザは笑顔のような表情を作った。「こんな楽しいものを、私から取り上げないでくれる？」

黒豹は砲弾の速度で飛翔し、こちらへと飛び移ってきた。

幅五メートル近い水路を助走もなしに飛び越えてしまった改造動物に慌てて短機関銃を向けるが、リザの左手が射線を遮ってしまう。

「邪魔しないでくれる？」

次の瞬間には、リザは低い姿勢で黒豹へと疾走していた。

横薙ぎの斬撃を垂直に跳び上がって回避した黒豹へと、リザはナイフを投擲。黒豹が空中で回転しつつ飛び道具を弾いた隙を狙って、刃を垂直に振り上げた。

しかし信じ難いことに、黒豹はリザの追撃までも完全に見切っていた。

前足の先から生えた刃で斬撃を受け止め、刃が振り抜かれる勢いを利用して後方へと大きく飛翔する。血の一滴すら流していない。

「ラルフ、目ェ閉じてろ！」

馬鹿正直な攻撃は通用しないと判断したリザは、懐から取り出した閃光手榴弾を投擲した。

殺人的な光が世界を染め上げていく前に、慌てて目を閉じる。リザの能力によって爆音はこちらまで届かなかったが、残響が地下水路に染み渡っていくのはハッキリと感じられた。

目を開けると、殺人的な光と爆音に犯された黒豹が、苦悶の声を上げながら転げ回っていた。

致命的な隙に見えるが、リザは刀を握り締めたまま動かない。

「どうした？　なぜ止めを刺さない⁉」

「よく見なよ。あいつは私を誘ってるだけ」

目を凝らすと、異常な光景が網膜に飛び込んできた。

黒豹の両目や両耳が、鉄製のシャッターのようなもので塞がれていたのだ。信じたくもないが、爆音や閃光を受けることを予測したモニカが対策を打っていたのだ。モニカの病的なまでの慎重さと、不気味なほどに機転の利く改造動物の恐ろしさを思い知った。

「名演技だねー。あれは広告代理店が放っておかない」

リザが誘いに乗るつもりなどないことを悟ったのか、黒豹はシャッターを肉の中に収納して立ち上がった。

「動きが速すぎて刀は当たらない、搦め手も通用しなかった。……じゃあどうすればいい？」

恐らく無意識に漏れているであろう独り言で、リザは状況を分析し始めた。極限の集中状態に入っている証拠だ。

奴の世界にはもう、倒すべき敵と己自身しか存在していない。

俺の射線を通すことなど脳裏に浮かんですらいないだろう。

ある意味で純粋な世界の中で、リザは何らかの解答を探し当てたようだ。深い呼吸とともに刀を構え直し、不敵な笑みを標的へと向けている。

「かかってこいよ、怪物。私が駆除してあげる」

挑発の意味を理解したのか、黒豹が甲高い咆哮とともに跳び上がった。

リザへと向かう軌道は直線的ではない。

壁面、天井、通路へと次々に飛び移りながら、黒豹は不規則な軌道を描く黒い流星となってリザの予測を掻き乱している。これでは、いくらリザの技巧が化け物じみているとしても迎撃するのは簡単ではないだろう。

流星の不規則な軌道が一転、リザの左前方から一筋の黒い閃光となって迸った。

リザは右手に刀を構えている。刀を持ち換えたとしても、身体の向きを変えたとしても、ともに対応できる速度ではない。

引き延ばされた一瞬の中、リザは満面の笑みを浮かべ、黒豹の刺突を無抵抗のまま受け止めた。

「がっ……！」

頬の先から生えた短剣は、リザの脇腹を正確に貫いていた。

背中から飛び出した切っ先からは、赤黒い液体が滴っている。黒豹の白濁した瞳が残酷に歪んでいるように見えた。このまま、刃で内腑を掻き回してしまうつもりなのだ。

絶望的な展開。

だが、リザの口許は邪悪に歪んでいた。

「……やっと捕まえた」

リザは黒豹の首を抱え込み、動きを完全に封じていたのだ。刃で自らを貫かせることでしか成立しない、死に急いでいるとしか思えない策。恐らく攻撃の軌道を誘導することで致命傷を避けてはいるのだろうが、それでも立派な自殺行為だった。

自らの命を賭け金に変換することで、リザは無防備に晒されている黒豹の胴体へと刀を振り下ろすことに成功した。

胸部から下を斬り飛ばされた黒豹は、リザの腕の中で力なく項垂れる。断面から大量の血液や臓物を垂れ流しながら、哀れな実験動物は急速に死へと向かっていった。

「……はっ、ざまあみろ」

リザの方も限界だった。

血を流しすぎた相棒は背中から倒れ込み、意識を手放してしまう。

どう考えても危険な状態。ここまで一切援護ができなかった自分の無力さを呪うしかない。

「……驚きました。まさかトラヴィスを殺してしまうなんて」

水路を挟んだ向こう側で、モニカが悲しそうに言った。

マズい。

気を失ったリザを守りながら、俺一人で奴から逃げ切ることなど可能なのか？

脳を沸騰させながら逃げ道を探す俺に、モニカは憐れむような笑みを向けてきた。

「ああ、別に怒ってなんかいませんよ。むしろ、私の愛情が足りなかったことを気付かせてくれて感謝してるくらいです。……それでは、ご縁があればまた会いましょう」

何処までも優雅に立ち去っていくモニカを、追いかけようとは思わなかった。

今はリザの治療が最優先だ。俺は頭の中に地下街の地図を展開させる。どの出口から地上に出れば、最短距離で闇医者の元へと辿り着ける？

簡単な応急処置を済ませてから、俺はリザを担ぎ上げて歩き始めた。

◆

「……リザ。起きろ、リザ」

誰かに肩を揺さぶられて目を覚ます。

最初に視界に飛び込んできたのは、不自然なほどに白い歯を見せて笑う、四〇がらみの浅黒い肌の男だった。太い腕に巻かれた黒い腕輪——恐らく宗教的なアイテムのそれが、ガチャガチャと不快な音を立てる。

リザ・バレルバルトは、寝起きの不機嫌さで呟いた。

「事前に貰った資料で、仕事の内容くらい頭に入ってるけど」

コンクリート打ち放しの地下室に置かれた簡素な長机を、堅気とは思えない風貌をした男女が囲んで座っていた。その全員が、呆れた表情でリザに視線を向けている。

リザを眠りから引き摺り上げたファビオ・アルバラドが、真剣な顔をして言った。

「いいか、俺たちはこれからイレッダ地区で警察の輸送班を襲い、〈銀の弾丸〉を奪い取るんだ。失敗すれば速攻で刑務所行き。前科がヤバい奴はそのまま処刑台に直行するかもしれないし、警察との銃撃戦になればその場で射殺されてもおかしくない。だから俺はチームリーダーとして、メンバーにも最低限の規律を守らせる義務があるわけだ」

「はいはい、解ったよ。くだらない馴れ合いの場も大事にしとかなきゃね」

「慣れ合う必要はないよ。ここに集められた奴らは窃盗や逃走のスペシャリストだが、別に友人同士ってわけじゃない。仕事のために集まって、報酬を山分けしたらそれぞれの生活に帰っていくだけの関係。むしろ、深く関わり過ぎるのは危険だ」

「だったら、こんな会議に何の意味があんの」

「仕事の成功率を上げるためだ。それ以上でも以下でもない。理解したか？」

「どうせ私の仕事は、少女娼婦のフリをしてあんたらの人質になることでしょ？　警察との銃撃戦になったときの保険として。何も起きなきゃ、そもそも出番すらない」

今度は、ファビオは腹を抱えて笑い始めた。

「はは、なんだ、拗ねてんのかよ」

「別に拗ねてねえよ」

「いいか？　お前は確かに俺が直々にスカウトした逸材だが、まだ一七歳のガキでしかねえ。デカい仕事は今回が初めてだろ？　最初のうちはそれで我慢しろよ」

言い返す余地のない正論に、リザは黙り込むことしかできなかった。

悪名高き〈成れの果ての街〉を擁するエルレフ市の郊外に、その強盗団のミーティングルームはあった。

ホワイトボードに張り付けた地図や写真、いくつもの付箋を指差しながら作戦を説明するファビオと、様々な表情で耳を傾ける犯罪者たち。ファビオが最近見つけたらしい駆け出しのロックバンド〈ディジーズ〉の暴力的な楽曲を背景音楽にして、薄汚れた仕事の打ち合わせは深みを増していく。

強盗団に特別な名称はない。

リーダーのファビオは自分たちをただ〈チーム〉とのみ呼称し、次の仕事を遂行するために最適な犯罪者を都度招集しているに過ぎなかった。彼らの間には特別な信頼関係などはない。ただ強盗行為による利害関係の一致によってのみ、繋がりを保っていた。

地元のギャングを相手に窃盗や悪質な悪戯を繰り返していたリザも例に漏れず、ファビオに目を付けられて一年前から常連になった。利害関係の一致という細い鎖によって繋がれた、チーム、いの一員に。

それでも、ファビオが自分のことを特別視していることには薄々勘付いていた。その大小に関わらず、仕事がある際にはリザだけは必ず召集されているのだ。

十数年前に死別した娘がもし生きていればリザと同じ年だったと、酒に酔ったときファビオがよく語っていた。それがこの厚遇に関係しているのかどうかは、彼女にはよく解らなかった。

とにかく、強盗団に加わってからは退屈を覚えることが減った。

ヘッドホンを装着し、ファビオから教えてもらったバンドの新譜を聴きながら危険な仕事をこなす日々。そんな純粋な世界に身を委ねている間だけ、リザは自分を置き去りにしていった両親やかつての級友たちとの、決定的な価値観の相違を忘れることができた。

「……よし、作戦の決行日は八月一七日だ。それまで俺たちは一切顔を合わせず、連絡も取り合わない。いいな？」

いつの間にか会議はお開きとなっていたようだ。リザは荷物をまとめ、誰よりも早く部屋を後にする。鞄からヘッドホンを取り出しながら、心はすでに決行日へと飛んでいた。

当日、作戦は全てが順調に進んだ。

銀の弾丸を乗せた四人乗りの警察車両は、情報通りのルートを通って、情報通りの時間に持ち場へと現れた。イレッダ署が何処かの犯罪組織から押収した銀の弾丸を政府機関に受け渡すために、まだ〈墜落への道〉の検問ゲートが開いていない時間に出発したのだ。

片側一車線の狭い道路、それも早朝となると車はほとんど通っていない。当然ながら通行人の姿もなく、つまり強盗行為に勤しむには絶好の機会だった。

歩道上で酔い潰れている哀れな少女娼婦を演じながら、リザは事の成り行きを見守った。

車道に大きくはみ出して駐車している大型トラックが、警察車両の行く手を阻んでいる。武装警官のひとりが舌打ちとともに車から出て、運転席で仮眠している男へと声を掛けた。

「ここで何してる。刑務所にぶち込まれたくなかったら、今すぐ車をどかせ」

「……あ、ああ。解ったよ、ちょっと待ってくれ」

マスクにサングラスといった風貌の運転手を不審に思ったのか、武装警官はＩＤの提示を求めてきた。ダッシュボードの運転免許証を探す男に、武装警官の注意は完全に奪われてしまう。だから、車両の下から這い出してきたノァビオに気付くことができなかった。

出力を規定以上にまで弄ってあるスタンガンを、ファビオは警官の首元に押し付けた。呻き声を上げて失神した男を歩道まで引き摺っている間に、トラックの荷台から他の仲間が飛び出していく。

リザが気絶した男の拘束を手伝っている間に、仲間たちは迅速に仕事を進めていった。

目出し帽を被った男たちが警察車両に近付き、残る三人の警官に銃を向けた。先に気絶した男とは違い、この三人の装備は大したことはない。

そもそも、イレッダ地区で勤務する警察官に、悪に屈しない正義の心などが存在するはずがないのだ。連中はあまりにも簡単に降伏の構えを取り、あまりにも簡単に銀の弾丸が入ったアタッシュケースを差し出してきた。

警官の両手を紐で縛りながら、ファビオが笑いかけてくる。

「楽しそうだな、リザ？」

「今回はただの雑用でしょ。楽しいわけない」

「はは、解ったよ。次の仕事では期待してるぞ」

「その台詞も何回目だよ」リザも笑う。「次もまた雑用なら、あんたを警察に売ってやる」

仲間が残りの警官を気絶させている間に、リザはファビオとともに疾走し、蓋の開いたマンホールの中へと滑り込んでいった。

言葉とは裏腹に、この仕事に特に不満はなかった。

何故なら、頭の中ではずっと音楽が鳴り続けていた。それは当時のリザにとって、何よりも大切なことだったのだ。

薬品の匂いが充満する安アパートの一室に、粗末なベッドが一台置かれていた。リザは点滴に繋がれた状態で、仰向けになって眠り込んでいる。部屋には煙草の匂いが充満しており、ろ

くに片付けられていない食器の周りには蠅が旋回していた。まともな病院ではありえない衛生観念だ。

気を取り直して、ヤニで黄ばんだ壁に掛かっている時計を見る。

時の針は午前一一時を指し示していた。ダレンから聞いた五大組織会談の開始時刻まで、あと一時間ほどしか残されていない。ハイルの行方も解らず、やっと見つけたレイルロッジ協会の創設メンバーも殺されてしまったとなると、魔女の関係者とやらを会談が終わるまでに探し出すのは不可能と言っていい。

「まだ目が覚めてねえのか、その化け物は」

この部屋の主である、闇医者のフランツがコーヒーを差し出してきた。苦い感情とともに嚥下しつつ、面白くもないジョークを紡ぐ。

「お前が提示した医療費が高すぎるから、元を取ろうとしてるんだろ」

「銀使いを受け入れる迷惑料は免除してやったんだ。それで大目に見てほしいね」

言いながら別室へと消えていくフランツを見送ったあと、俺はベッド脇に置かれた椅子に腰を下ろした。

常人なら二回は死んでいる状態だと、闇医者は言っていた。

腹部を貫いた刃は主要な臓器を避けていたようだが、全身を切り刻まれて一リットル以上の血を失っている。自然の摂理を無視した銀使いであっても、意識を保っていられないのは当然の帰結だった。

「……リザ、お前は何処に向かっているつもりなんだ？」

銀の弾丸に棲む悪魔に精神を蝕まれ、銀使いは罪悪感や恐怖心を持たない存在となる。殺戮という愉悦に浸り、己自身の命すらも玩具として扱う精神の怪物に。

だがそれは、悪魔が銀使いを早死にさせ、魂をいただきやすくするための罠なのかもしれない。ならば、銀使いが見せる闘争への歓喜は、本当にそいつ自身のものと呼べるのだろうか。

自分が拳を握り締めていることに気付いたとき、リザの瞼が僅かに動いた。睫毛に光の粒を纏いながら、世界の感触を確かめるように瞼を何度も開閉させる。

やがて状況を理解したのか、リザが寝ぼけた声で呟いた。

「なに寝顔覗いてきてんだよ、変態」

「……第一声がそれかよ」

一瞬でも心配しかけた自分に嫌気が差してきたが、相手は死の淵から生還したばかりだ。ベッドから起き上がったリザに、ミネラルウォーターを投げ渡してやる寛大さが俺にはあった。

「もう立てるのかよ、化け物」

ふらついた足取りながら、目覚めて一分も経たないうちに窓際まで歩いてしまった相棒には呆れるしかない。リザの生命力は、出会った頃よりももっと人間から離れているように思える。

「そんなにゆっくりもしてられないでしょ。私、どのくらい寝てた？」

「半日以上だな」

「は？　ヤバいじゃん。もう五大組織会談が始まる時間でしょ」

「ああ」俺は煙草(たばこ)に火を点(つ)けた。「めでたく時間切れ(タイム・オーバー)だ」

五大組織会談で、フィルミナード・ファミリーはハイル擁するロベルタ・ファミリーに正式に宣戦布告する運びになっている。大組織同士の戦争が起きれば間違いなくイレッダ地区は混沌(こんとん)に包まれ、シエナの警護はさらに厳重になるだろう。これから魔女の関係者を探してジェーンの前に差し出したところで、約束通りにシエナが解放されるとは思えない。

「これからどうすんの？」

「……今考えてるところだよ」

一応、シエナを解放する方法はまだ二つ残っている。

一つは、戦争が終結するまで待ってから、再び魔女の関係者を探し始めるという消極策だ。だが、戦争がいつ終結するのか、そもそも俺たちがそれまで生き延びていられるのかは全く解(わか)らない。それどころか、ハイルが混乱に乗じてシエナを攫(さら)ってしまう可能性すらあるのだ。あまりにも不確定要素が多すぎて、運命に身を任せるしかなくなってしまう。

もう一つが、ジェーンとの取引すらも無視して、強引にシエナを連れ出してしまう方法。シエナが保護されている地下室の場所さえ訊(き)き出(だ)せればすぐに実行できるが、俺たちが惨殺(ざんさつ)されてしまう可能性は極めて高い。その相手がフィルミナードになるのか、シエナを狙っているハイルの刺客になるのかまでは解らなかった。

どちらを選んでも待っているのは地獄だけ。それに、今回ばかりは地獄の濃度が高すぎる。

葛藤する俺とは対照的に、リザはあまりにも簡単に言った。

「戦争が始まるなら、どさくさに紛れてシエナを誘拐してしまえばいい」

「仮にそれが成功したとしても、ハイルが放った刺客どもが一斉に襲ってくるぞ。奴はシエナの特異体質を欲してるんだから」

「じゃあさ、それ以外に手なんてある？」

俺は深い溜め息を吐き、ここ数日のリザの問題点を指摘する覚悟を固めた。

心の中で鋭利なナイフを握り締め、俺は言い放つ。

「……誤魔化すなよ、リザ。お前は、ハイルが放つ刺客——あのラーズとかいう化け物と戦いたいだけだろう。そのためにシエナを利用しようとしている」

もう理性など完全に麻痺していた。

単語をひとつ口にするたびに怒りが湧き上がってきて、自制がまるで効かなくなる。飛び出していく言葉を止められなくなる。

「だいたい、ラーズと会ってからのお前は明らかにおかしいぞ。暴走して作戦を放棄したり、追っ手と戦うために俺を騙したり……」

「それの何が悪いの？」

「戦闘狂のお前が何処でくたばろうと勝手だよ。お前の人生だ、好きにすればいい。ただ何度も言うけどな、目的だけは忘れるんじゃねえって話だ。お前が足を引っ張らなきゃ今頃……」

「今頃、シエナと三人で仲良く旅に出れてたとでも？」

「そこまでは言ってない、ただ……」

「……てかさ、私があんたの目的に乗ってやってる理由を忘れてない？」

「理由だと？」

「あんたがシエナを自由にすることに執着する限り、私らは否応なしに戦いに巻き込まれる。普通に賞金稼ぎをやってたんじゃ巡り合えないような、規格外の化け物どもと楽しく戦える。だから乗ってやってるだけなの」

「……お前は、俺と同じ方向を見てるわけじゃないのか？　シエナを連れて、この地獄から抜け出そうとは思ってないのか」

「あんたと私は違う」リザは断言した。「そんなの、最初から解りきってたことでしょ？」

それは俺にとって、あまりにも決定的な言葉だった。

銀の弾丸も、悪魔も、成れの果ての街も、それらすべてを忘却した先にある平穏な時間。

それを望んでいるのが俺だけなのだとしたら、こうして協力しあっている意味など完全に消えてしまう。

それでも認めたくない俺の口からは、情けない言葉が滲み出していく。

「好きな音楽をシエナと語り合っていたときのお前は、あの時の表情は、ただの気紛れだったのか？」

「趣味と価値観は別でしょ。違う？」

「……お前がおかしくなったのはラーズと再会してからだ。そうだ、奴との間に何があったのか教えてくれ！　その時のトラウマがあるから、お前は」

「何を期待してんのか知らないけど」リザは恐ろしいほど淡々と語る。「大したことがあったわけじゃない。ちょっと、昔の仲間を皆殺しにされただけ」

「……その復讐のために、ラーズとの戦いにこだわってるのか」

「復讐？　なわけないじゃん。仲間っつっても、金で繋がってただけのどうでもいい連中だったし。……まあ、もっと単純な理由だよ。単に、今まで会った化け物の中でラーズが一番強かったから。それだけ」

嬉々として話すリザに、俺は血の凍るような恐怖を感じていた。

銀使いは、異能の力と引き換えに心を喪うとされている。もしかするとリザは、銀使いになる前の——当時の仲間を殺されたときの感情すらも失くしてしまったのかもしれない。

凄惨な過去は確かに人を傷つけ、時には自殺衝動すらも連れてくるだろう。

だがそれでも、人は過去によって形成されるのだ。

全ての感情を否定され、過去を遠い世界に追いやられてしまった化け物は、それこそ闘争の世界に依存するしかなくなってしまう。

──言えば、全てが終わってしまうだろう。

俺とリザにまつわる、これまでの全てが、瞬く間に虚構に変わってしまうだろう。

それくらいは解っていた。

だが、別にそれでもいいと思った。

「化け物どもと空虚に殺し合って、その先にいったい何が残るんだ？　独りで野垂れ死ぬ以外に、どんな素晴らしい未来がある？」

ここで止めろ。でないと戻れなくなる。

「お前は、銀の弾丸の悪魔に操られているだけだ」

際限なく溢れてくる鋭利な言葉を、少しも堰き止めることができない。

「魂を少しでも早くいただくために、悪魔が殺戮衝動を植え付けてるんだよ。お前ら間抜けどもは、何も考えずに殺し合うよう誘導されてるんだ」

リザは何も言わない。紅い双眸が、ただ静かにこちらを見つめている。

「ラーズと戦いたいだと？　なあ、本当にお前自身がそれを望んでいると言えるのか？　いいや、違うね。化け物になったお前には解らないなら、俺が断言してやるよ」

そして俺は、断罪の言葉を吐き出した。

「リザ、その感情は偽物だ」

薄暗い部屋に、重い沈黙が降りてくる。

窓の外から漏れる車の走行音が、妙な存在感を放ち始める。

それでも、誰も何も言わなかった。

もはや、どんな台詞も等しく無価値だった。

言葉の消えた部屋で、リザは丸テーブルの上に置かれたホルスターを掴み、そこからコンバットナイフを引き抜いた。

凶器を手にしたリザが、無表情のまま歩み寄ってくる。

「……ずっと邪魔だって思ってたんだ。あんたも、あの少女娼婦も。私はただ、純粋な世界で生きていたいだけなのに」

俺は椅子を蹴飛ばして立ち上がった。

「なるほど、それが本心ってことか」

「あれ、信じられない？」大気が急速冷凍されていくのを、確かに感じた。「なんなら、ここであんたを殺してやってもいいんだけど」

リザはコンバットナイフを翻し、俺へと垂直に振り下ろしてきた。

冗談でも警告でもない、本気の殺意が籠もった刃。俺は床に頭から飛び込むことで辛うじて攻撃を躱し、自動式拳銃をホルスターから引き抜いて立ち上がる。

「解ったよ畜生、ぶっ殺してやる！」

「力の差を解ってんの？」

リザは既に、俺の眼前にまで踏み込んでいた。

心臓を狙って突き出される刃に向けて、俺はライオットシールドを召喚。合金製の盾で刺突を受け止めるが、続けて繰り出された蹴りの衝撃を殺すことはできず、身体ごと壁面まで吹き飛ばされてしまった。

ベッドの側にある照明器具が粉々に砕け散り、安アパートの薄い壁面に亀裂が走る。痛みに堪えながら立ち上がろうとした瞬間、白銀の閃光が視界の隅で煌めいた。

首筋に鋭い痛み。

そこで俺は、リザが投擲したナイフが首筋を掠めていったことに気付いた。壁面に深く突き刺さるナイフには、俺の血が僅かに付着している。

物音に気付いた闇医者が拳銃を構えて部屋に入ってきて、早口で何かを捲し立てていく。リザはそれを意にも介さず、俺に投擲したナイフを壁面から引き抜いた。

「……くそ、少しズレた」

興を削がれたのか、リザは怒鳴りつけてくる闇医者を突き飛ばして部屋から出ていった。その背中にかけるべき言葉など、脳内の何処を探しても見つからなかった。

ひとつだけ、確かなことがある。

もしリザが寝起きでなかったら、俺は喉をナイフで貫かれてくたばっていた。

5

Point Of No Return

MAD BULLET UNDERGROUN

闇医者のフランツに高額な医療費と部屋の弁償代を渡し、安アパートを後にする。こんな騒ぎを起こしてしまえば、もう二度とここは利用できないだろう。

失意と怒りを引き摺りつつ、近くに停めていたグリムス三〇二Aの元まで歩く。夏の日差しで灼熱地獄と化した車内に身体を潜り込ませ、何とかイグニッションキーを差し込む。エンジンが一回でかからなかったことで怒りが増幅し、ハンドルを何度も殴りつける。

シエナを救うために、この先どうすべきなのか。その答えが全く見つからないのが問題だ。魔女の関係者の手掛かりはロクに得られていないし、唯一情報を知っていそうなハイルを捕まえることはもう不可能だろうし、助手席には迷惑な相棒がいない。

諦念、という単語が脳裏をよぎる。

そいつは一秒ごとに膨れ上がり、存在感を増していく。

シエナと約束した白い砂浜の夢想が、吹き荒ぶ砂嵐に埋められていく。

車内の表示を見ると、既に時刻は一三時に差し掛かっていた。予定通りなら、五大組織会談はもう終わっている頃合いだ。

何らかの連絡が入っている可能性がある。携帯を取り出すと、画面には案の定ジェーン・ドウからの着信通知が表示されていた。

溜め息とともに覚悟を固めて、俺は災厄の根源へと電波を飛ばした。

「もしもし？」

『ああ、やっと出てくれた』

電話口からは音の洪水が聴こえてきた。夥しい数の銃声と悲鳴が確認できる。どの角度からどう考えても、平和的な状況とは形容できないだろう。

「随分と賑やかみたいだが、お前はいま何処にいる？」

『少なくとも天国ではないみたい』

「……もしかして誰かに追われてるのか？　会合とやらはどうなった？」

電話の相手には、俺の問いに答える余裕すらない様子だった。ジェーンはほとんど怒鳴りつけるような声を放つ。

『とにかく、大変な事態になった』

死の気配に追い立てられ、焦燥に心臓を握られている哀れな女。ただそれは、良く出来た演技を纏っているだけなのだろう。緊迫した台詞の奥にある愉悦が、その歪んだ欲望が、電話口から僅かに漏れ出していた。

『フィルミナード・ファミリーはもう終わった。ハイル・メルヒオットに殺されてしまった』

惨劇の渦中にいるはずの女の口調は、やはりどこか楽しそうですらあった。

◆

最初の記憶は、両親たちの罵声と、果てのない渇きだった。

物心ついた瞬間から、ダレン・ベルフォイルは自らが幸福とは対極の場所に生まれたことを悟っていた。

〈成れの果ての街〉の最下層にあるダゴダ・スラムといえば、まさに地獄の底だ。

食う物にも困り果て、大人たちは地上で窃盗や売春、時には物乞いなどをして家族を養っている。子供を犯罪者にさせないために悪の道に進む大人たち。彼らの背中を見て育ち、立派な犯罪者に成長していく子供たち。そんな笑えない負の連鎖の中で、ダレン・ベルフォイルは生きてきた。

だから当然、一八歳になる頃には彼はスラム中に悪名を轟（とどろ）かせる犯罪者になっていた。人も何人か殺したし、〈銀の弾丸〉の取引にも手を出した。悪知恵を働かせて犯罪組織どもを出し抜いては、汚れた金を積み上げていった。

全ては、一五のときに観光客に殺された両親にまともな墓を買ってやるためだった。

そのためには戸籍を買い、正式に登記された住（す）み処（か）を手に入れなければならない。悪徳と利権に浸された人工島では、ささやかな夢を叶（かな）えるためにも莫大（ばくだい）な金が必要になる。持たざる者が手段を選ぶような余裕などは何処にもなかった。

世界の全てを憎んでいた少年に、やがて救いの手が差し出される。

地上にも漏れ聞こえていた悪名を聞いて、ダレンを犯罪組織にスカウトしに来たのだという。

野心を身体中から迸らせている壮年の男は、白い歯を見せて笑った。

「ウチに来い、ダレン。お前の目的を叶えてやる。……だから、俺の夢に力を貸してくれ」

それが、フィルミナード・ファミリーを五大組織の一角にまで育て上げた男、アントニオ・フィルミナードとの出会いだった。


感傷をニコチンとタールの粒子に紛れさせて、ダレンは車椅子に座る老人を見つめた。

人にも化け物にも平等に、時の波濤は襲い掛かってくるということだ。

三〇年もの時間は銀使いのアントニオ・フィルミナードから生気を削り取り、内臓のいくつかを蝕み、逃れようのない終焉をすぐ近くまで運んできてしまった。

まもなく終幕のブザーとともに奈落の蓋が開き、罪深い老人は地獄へと墜落していくだろう。

彼に拾われて人間になった男にとって、それはどうしても許し難いことだった。

ダレンは部下が差し出してきた灰皿で煙草を潰しつつ、淡々と呟いた。

「アントニオさん、そろそろ行きましょう。お身体は大丈夫ですか？」

「……ああ、心配いらない」

枯れ枝のような身体と嗄れた声はまさに死期が近い老人のそれだったが、群青色の瞳にだけは強い意思の力が残っていた。悪魔に足首を摑まれていても、きっとアントニオは何一つ恐れてはいない。そう確信させてくれる眼差しだった。

過激派のボルガノを始めとする一部の最高幹部たちと同様、アントニオはロベルタ・ファミリーとの戦争を始めるつもりだ。

運命が多少狂ったとしても、大いなる流れは覆らない。開戦の合図としてハイルは殺され、アントニオを救う手段は永遠に手に入らなくなるだろう。

ダレンにとって、それだけは絶対に避けなければならない事態だった。

自らをまともな人生に引き上げてくれた恩人を救うためには、ハイル・メルヒオットを生け捕りにして情報を訊き出さなければならない。アントニオを悪魔の媒体に変え、死後の呪いを引き剝がすための情報を。

——そのために、自分はこれからフィルミナード・ファミリーを裏切るのだ。

ダレンは壮絶な覚悟を内に秘めたまま、車椅子の老人とともに巨大な扉の前まで歩いた。

ドアマンたちが重厚な扉を開き終わったところで、ダレンは遅れてついてきた部下たちに声を掛ける。

「ジェーン、ウェズリー。解ってるとは思うが、自らの役目を忘れるな」

「了解いたしました」

「了解。楽しくなりそうね」

硬質な声で念を押す最高幹部への反応は対照的だった。慇懃(いんぎん)な態度で首肯するウェズリー・ウォルハイトに、笑いを堪えているような表情を作るジェーン・ドゥ。

もちろん、自らの執着のみに従って動く銀使い(シロガネ)に、全幅の信頼を寄せているわけではない。だがそれでも、フィルミナード・ファミリーの双璧を為(な)す二匹を携えているだけで、他の組織への牽制(けんせい)にはなるだろう。

研ぎ澄まされた刃のような闘気を懐(ふところ)に隠したまま、ダレンは会場へと踏み込んでいく。

一行が最初に感じ取ったのは、幾つもの視線だった。

フィルミナード・ファミリーの最高幹部と、病身の頭領(ボス)を値踏みする視線。仇敵(きゅうてき)を刺し殺す視線。打算的な視線。怨敵を呪う視線。夥(おびただ)しい数の視線。視線。視線。

イレッダ地区唯一の中立地帯たるステラロッド・ホテル最上階の大会議場は、五大組織の頭領や幹部たちが放つ殺気で、限界まで張り詰めていた。

ダレンは円卓に座る面々を一通り見渡してみる。

世界最大の刑務所ギャングにして、違法薬物の製造販売において国内最大のシェアを誇る〈アーヴァイン・ブラザーズ〉が大人数で詰めかけていた。

顔の右半分を覆い尽くす刺青(タトゥー)を入れた五〇がらみの屈強な黒人――アーヴァイン・ブラッドフェイスが、銀使い(シロガネ)とも噂(うわさ)される情婦を抱きかかえて座っている。背後に控える黒服たちは、緊迫した状況で濃密なキスを交わし合う二人を見て複雑な表情を浮かべていた。

皇国最大の人材派遣会社のひとつ、〈レシア&ステイシー社〉共同代表のレシア・ボルリックとステイシー・ボルリック夫妻。

人の好さそうな老紳士と貴婦人にしか見えないが、その実は人身売買や傭兵の派遣業で富を築き、ビジネスのために発展途上国で内戦を引き起こすことすらある極悪人たちだった。銀使い専門の傭兵軍団から、選りすぐりの精鋭たちをこの会議場に連れてきている。

イレッダ地区でも最古参とされている〈ヴィクトール・ファミリー〉の頭領、ユリウス・ヴィクトールは、四〇代前半と比較的若い部類に入る。

金髪のオールバックが印象的な、勝負師然とした男。その背後には、軍服を着た兵士たちが直立していた。大手兵器製造会社とも密接な繋がりを持つ戦闘集団ならではの、言いようのない威圧感を周囲に振り撒いている。

それぞれが、中央政府が管理するブラック・リストの最初のページに名前が載っているような大物――巨大な暴力と凶悪な頭脳を兼ね備える悪のカリスマたちだった。

いつでも銃を抜ける覚悟がなければ、この地獄に着席することすら許されないだろう。

フィルミナード・ファミリーを束ねるアントニオが、車椅子を器用に操作して円卓に辿り着いた。その背後にダレンがゆっくりと移動したのを見計らってか、場違いなほどに親しげな声が何処かから聴こえてくる。

「あれ？　ダレンさんじゃないですか。一月前にこのホテルで会って以来だ。あれから元気にされてましたか？」

ライト・グレーのスーツに身を包んだ優男——ハイル・メルヒオットが、穏やかな表情で笑いかけてきた。長い前髪の間から覗(のぞ)く檸檬色(れもんいろ)の瞳は、全てを見透かしているような底知れなさを感じさせる。

アントニオの眼光が鋭くなったのを察して、ダレンは当然の指摘をした。

「ロベルタの頭領(ボス)や構成員どもはどうした？　どうして若造と老いぼれの二人だけでここに来ている？」

ロベルタ・ファミリーの代表者として五大組織会談にやって来たのは、最年少幹部のハイルと、その部下であろう白髪頭の老兵だけだった。

いくらこのホテルで戦闘行為が禁じられているとはいえ不用心にもほどがあるし、本来の頭領(ボス)であるはずのグレゴリオがこの場にいないのは不自然だ。

「ボスのグレゴリオさんなら、ちょっと体調不良で寝込んでますよ。……まあ、少なくとも命に関わるような事態じゃない。安心してください」

「……まさか」車椅子に座るアントニオが、慎重に呟(つぶや)いた。「ロベルタの実権は今、お前が握っているのか？」

「はは、買(か)い被(かぶ)らないでくださいよ。僕はあくまで代理です。ほら、部下を一人しか連れて来てないのも、僕たちに敵意がないことを証明するためです。今このテーブルで一番立場が弱いのは、間違いなくロベルタ・ファミリーですからね」

アントニオだけでなく、他の三つの組織の代表たちの表情も僅かに強張った。

強引に武力行使を繰り返して勢力を拡大してきた新参者の、現実を舐めているとしか思えない言動に、皆が一様に不快感を示しているのだ。同時に、人工島中に悪名を轟かせているハイルという男への警戒も見え隠れしていた。

この男は、とにかく得体が知れない。

「暫く姿を消していたらしいが、南の島にバカンスにでも行ってたのか？」

アーヴァイン・ブラザーズの頭領が、情婦の頭を撫でながら呟いた。ハイルは微笑みを崩さずにそちらを向き、柔らかな声色で答える。

「ずっと事務所か経営してる店のどちらかにはいたと思いますが……。何故そう思うんです？」

「ちょっと噂で聞いただけだ。デマならそれでいい」

どうやら、ハイルの動向を追っていたのは自分たちだけではないようだ。

三つの組織が悪魔召喚の理論の存在まで知っているとは到底思えないが、この男の危険性は当然のように警戒しているということだろう。レシア＆ステイシー社のボルリック夫妻も、ヴィクトール・ファミリーのユリウスも、疑り深い視線をハイルに向けていた。

強烈な殺意を隠そうともしない面々を見渡して、前に座るアントニオが静かに呟いた。

「そういえば謝罪がまだだった。遅れてしまって申し訳ない」芯の通った声には、病に蝕まれた老人の弱々しさなどは全く見えなかった。「……それで、何か議題がある者はいるか？」

「こちらからは特にない。勝手に進めてくれ」と答えたのはユリウスだった。最古参のヴィクトール・ファミリーの頭領としての余裕を示すつもりなのか、この男が真っ先に何かを主張してくることはあまりない。

「じゃあ、俺からもナシだ。こんな無意味な会合はいい加減終いにしようぜ」アーヴァインがそう答えるのもいつも通りだった。

「まったく、真面目に議題を用意してくるのはいつも私たちだけだ」

この後、レシア＆ステイシー社のボルリック夫妻が十数ページに及ぶ共有事項や相談事をひとつひとつ羅列していき、それについて嫌々語り合うのがいつもの流れだった。

そうなるのも当然のことだ、とダレンは毎回思う。

それぞれの組織が自分たちの力に絶大な自信を持っている。その上自らの領分を譲るつもりなど一切なく、下手なリスクを背負ってまでいま享受している旨味を手放す動機もない。これらの前提がある以上、関係性に大きな変化が生まれるような事態は誰も望んでいないのだ。

ただ五大組織の代表者たちが顔を突き合わせ、まだ不戦協定が有効であることを確認するだけの場。そんな茶番劇が、これまでの五大組織会談の内訳だった。

だが、今回の会合はある一点においてこれまでとは明確に異なっている。

唯一の不純物である新参者が、微笑とともに右手を挙げていた。

「あ、僕から議題がひとつあります」

「……若造が。てめえに発言権があるとでも思ってんのか？」

アーヴァインが低い声で凄むと、背後に控えている部下たちも懐の得物に手を伸ばした。

悪党どもによる、過剰ともいえるほどの威嚇行動。ただ、それを前にしてもハイルの微笑は途切れなかった。

「脅さないでくださいよ。よく見てください、僕たちは今二人しかいないんですよ？　それにこの議題については、五大組織の皆さんでしっかりと話し合わないといけないはずだ」

「……では、その議題とやらを教えてくれ」

ハイルから一ミリも目を逸らすことなく、アントニオが言った。

発言の許可に対する感謝をわざとらしく告げたあと、ハイルは平然と言い放った。

「我々の仲間――フィルミナード・ファミリーの幹部が、何者かに殺されました」

ダレンにも、アントニオにも、きっと背後に控える護衛たちの誰にも、この発言の真意は摑めなかった。

「もしかしたら、〈成れの果ての街〉の勢力図を塗り替えようとしている誰かがいるのかもしれません」

どのような反応を取るべきか、ダレンはすぐに判断することができなかった。

フィルミナードの幹部たちが暗殺されているのは事実だが、そもそも一連の首謀者はハイル・メルヒオット以外に有り得ないのだ。こんな場所で暗殺の事実を明かせば、真っ先に疑われるのはフィルミナードと敵対関係にある自分たち（ロベルタ）になるだろう。

こちらが言及する前に情報を明かすことで、疑いの目を逸（そ）らそうとしているのか？

まさか本当に、そんな幼稚な手段が通用すると考えているのか？

答えを紡（つむ）げないダレンを一瞥（いちべつ）したあと、アントニオが澱（よど）みなく言った。

「……幹部がひとり暗殺されたというのは事実だ。もちろん、最高幹部にまで襲撃してくる間抜けはまだいないようだが」

ダレンにとってこの展開は確かに予想外だったが、何ら問題はない。

そもそもフィルミナードはこの五大組織会談にて、正式にロベルタ・ファミリーに宣戦布告する腹積もりなのだ。受動的な形になってしまうのは癪（しゃく）だが、この流れを利用してロベルタの反逆行為をひとつひとつ指摘していけばいい。

「この際だ、皆様にも情報を共有しておきましょう」

ジェーンが円卓を囲む面々に資料を配るのを確認しつつ、ダレンが語り始めた。

「殺されたのはブライト・アロイージ。若くして幹部に昇りつめた優秀な男で、銀（シロガネ）使いの部下を常に一人従えている用心深い男でした。そんなブライトが殺されたのは、ネブル通りにある行きつけの酒場近くの路地裏。勿論（もちろん）その時も銀（シロガネ）使いを連れていたため、並のギャングども

が奴を殺すのは不可能です」

「ああ、それは確かに不可解な殺人ですね。これじゃあ、暗殺者の方も銀使いに違いない」

資料を眺めながら白々しく語るハイルを睨みつけ、ダレンはさらに続けた。

「とにかく執拗で、手間のかかる殺し方だった。もっと直接的に言えば、ここまで死者を弄ぶのには相応の時間がかかったはずです」

五大組織の頭領たちの眉間に皺が形成される。殺害現場の写真は、世界の敵と称される悪党どもにとっても不快なものだったのだ。

「なるほど。目撃情報があったんですね？」

またしても薄紙のような笑顔を向けてくる優男に、ダレンは感情を消して答えた。

「……その通りだ」周囲の反応を一通り確かめてから続ける。「偶然裏通りを歩いていた観光客が、血塗れで路地裏から出てくる二人組を見かけたとのことです。観光客がキメていた薬がよほど強力なものでなければ、この証言にはかなり信憑性がある」

「へえ、暗殺者は複数いたと？」

「白衣を着た長身の女と、黒い戦闘服を着た白髪頭の男だ」会場の視線が、ある一点に集中した。「ハイル、お前の後ろに全く同じ容貌の化け物がいるようだが？」

証言と全く同じ、黒い戦闘服と白髪頭。歴戦の雰囲気を全身に纏った老兵が、ハイルの後ろで腕を組んで立っていた。

逃れようのない指摘を受けてなお、老兵の表情は全く揺るいでいない。それが不気味だった。

笑いを堪えるような表情で、ハイルが口を挟む。

「はは、こじ付けもいいところだ。黒い戦闘服に白髪頭？　そんなの人工島(イレッダ)を探せばどこにでもいますよ。ラーズさんがやったという証拠はない」

「だがその男なら、銀使い(シロガネ)もろともウチの幹部を殺すなど造作もないはずだ」

「随分と買(か)い被(かぶ)ってくれてますね。雇い主の僕としても誇らしいですよ」

微妙に噛(か)み合(あ)わない会話で相手を煙(けむ)に巻(ま)こうとするのが、ハイルという男の常套手段(じょうとうしゅだん)なのだろう。真面目に付き合ってやるつもりなどは毛頭ない。

「……ラーズ・スクワイア。昔の資料よりも随分老(ふ)けて人相も変わっているが、政府直属の〈猟犬部隊(ドッグス)〉を除隊してロベルタ・ファミリーに入ったという銀使い(シロガネ)はお前だろう？　何故(なぜ)お前のような男が、そんな若造についているのかは解(わか)らないが」

円卓を囲む者たちの何割かが、男の名前を聞いて身構えた。

ある程度歳(とし)を重ねている者の中には、かつて政府機関に所属していた老兵に煮え湯を飲まされた過去を持つ者もいるのだろう。ダレンとしても、この男にまつわる悪い噂(うわさ)は何度か耳にしてきた。

動く断頭台。

ラーズ・スクワイアという男には確か、そんなチープな渾名(あだな)が付けられていたはずだ。

元〈猟犬部隊(ドッグス)〉の分隊長として、警察の手には負えない悪党どもを次々に殺してきた男。容赦のないやり口は犯罪組織たちを震え上がらせた。彼が最前線で活躍していた十数年前は、イレッダ地区の犯罪発生率が僅かに減少していたという事実すらある。

そんな生ける伝説を、ハイル・メルヒオットは従えているのだ。

気を取り直しつつ、ダレンは続けた。

「ご存知の方もいるかもしれませんが、〈猟犬部隊(ドッグス)〉にいた頃のラーズという男は、殺した相手の首から上を必ず斬り落とすことで有名でした。そして恐怖に目を見開いた頭部を円を描くように並べ、その中心に首のない胴体たちを積み上げていく。犯罪者どもへの見せしめとしては、これ以上に効果的なものはないでしょう」

正面にいるハイルも、その背後に立つラーズも、ダレンの演説を退屈そうに眺めているだけだった。もはやこの二人には、反論するつもりすらないらしい。

未(いま)だ脳裏に焼き付いている忌々(いまいま)しい光景を背負ったまま、ダレンは続けた。

「そして、幹部(ブライト)たちの死体が見つかったときも全く同じ状況でした」

五大組織のトップたちは、資料に掲載された現場写真を再び見つめる。彼らの視線はハイルとラーズの間を行き交い、また手元へと戻っていく。

前置きはこのくらいで充分だろう。

今この瞬間をもって、不戦協定を破ったロベルタ・ファミリーという悪を、他の四つの組織で糾弾するという図式が完全に成立した。

「部下たちの尊厳を踏みにじった外道どもには、罪を贖わせなければならない」

凍てつくような静寂を突き破って、アントニオが車椅子の上から断固とした口調で言った。

次に続くであろう言葉は決まっている。

今この場で、我々はロベルタ・ファミリーに対して正式に宣戦布告する――きっとそんなところだろう。

決定しかけている未来を書き換えるために、ダレンは主君の宣言を手で遮った。

「……何のつもりだ？」

アントニオが投げかけてくる疑問には答えず、ダレンは予定した通りの台詞を放つ。

「本来なら、不戦協定を破ったロベルタに宣戦布告するのが当然でしょう。……だが、我々としてもイレッダ地区の秩序を無暗に乱したいわけじゃない」

「……ダレン、俺の決定に従え。いったいどういうつもりだ」

「取引をしよう、ハイル・メルヒオット」

全員の目が一斉にダレンへと向けられる。

それでも、フィルミナード・ファミリーの最高幹部は毅然とした表情を崩さない。

この会談の前にハイルを捕まえられなかった時点で、他のプランは全て焼却されてしまったのだ。もはや、余計なしがらみを纏ったまま前進することはできない。

だからダレンは、全てを棄(す)てる覚悟を決めた。

自らが築き上げてきた地位を失うことに対する、躊躇(ちゅうちょ)や恐れなどは微塵(みじん)もなかった。

「……ハイル。お前が自らの身を差し出せば、ロベルタ・ファミリーへの攻撃は一切行(おこ)なわないと約束する」

確かに、現在ロベルタ・ファミリーの実権を握っているのはハイル・メルヒオットで間違いないだろう。それはこの場にいる全員が知っていることだ。

この男を処刑してしまいさえすれば、ロベルタの地位は瞬(また)く間(ま)に失墜し、余計な血を流すことなく彼らの縄張りを奪い取ることができる。非常に理に適(かな)っているし、他の組織には反論する余地もない。それも確かだった。

ただそれは、フィルミナード・ファミリーのやり方ではない。

敵対する者たちを容赦なく叩(たた)き潰(つぶ)してきたことで悪名を世界中に轟(とどろ)かせ、五大組織に君臨し続けている、圧倒的強者としての戦い方ではない。

もしアントニオなら、ハイルもろともロベルタ・ファミリーを灰燼(かいじん)に帰すまで、攻撃の手を緩めることはなかっただろう。

「……驚きました」混沌(こんとん)を極める空間で、ハイル本人だけが涼しい顔をしていた。「まさかダレン・ベルフォイルさんともあろうお方が、ここまでの平和主義者だったとはね」

ダレンはもう、車椅子に座るアントニオの方を見ることはできなかった。主君の魂の救済と引き換えにファミリーの誇りを手放すことを決めた自分に、そんな罪深い反逆者に、アントニオは呪い殺さんばかりの怒りを向けていることだろう。

「平和主義？　履き違えるな。お前に用意されている拷問をひとつひとつ詳しく説明していかないと、誤解を解いてもらえないか？」

「はは、冗談ですよ。……ああ、ところで」

ハイルの後ろで傍観していた老兵が、懐から二振りの短剣を抜いた。

「その提案ですけど、もし僕が断ったらどうします？」

ダレンは背後に控えている二匹の化け物に合図を送った。

ジェーン・ドゥが金色に光る拳銃を抜き、ウェズリーも研ぎ澄まされた殺意とともに人差し指を突き出す。全てが予定された動きだった。

「お前に拒否権はない。自ら処刑台に昇るか、俺の化け物どもに無理矢理連れていかれるか。二つに一つだ」

「……やっぱりそうなりますよね」

ハイルは椅子から立ち上がり、深い息とともに両手を挙げた。

いとも簡単に降伏のポーズを取った男に対して、ダレンはより一層警戒を強める。

全てが思惑通りに進むはずがない。凶悪な頭脳によってイレッダ地区を掌握しようとしている男が、ここまで無抵抗に全てを受け入れるはずがないのだ。

悪い予感を裏付けるように、ハイルの表情は危機的状況の中でも揺るがなかった。それどころかこの男は、喉の奥で楽しそうに笑ってすらいる。

「何がおかしい？」

「……ああ、不愉快にさせてしまったのなら申し訳ありません」わざとらしいほどに丁寧な口調だった。「ただ、僕たちが一方的に悪者にされてしまってるのがおかしくて」

「どういうことだ？」

超級の銀（シロガネ）使い二匹に囲まれながら、この優男はどのように論理を展開していくつもりなのか。ダレンは詭弁（きべん）を紡（つむ）ぐ唇の動きを注意深く追いかけた。

「こんなことは言いたくないですが……、自作自演の可能性だってあるはずです」

「自作自演だと？」

「そう。あなたたちフィルミナード・ファミリーが、ロベルタを陥（おとしい）れるために不要な幹部を自らの手で殺したんだ。その写真も、全くのでっち上げです」

「無茶な理屈だな」

「そう思いますか？」

「ああ、子供じみた言い訳だ。まともな反論もできないなら、大人しく口を閉じているといい」

「だっておかしいでしょう？　僕らみたいな弱小組織があなたたちに喧嘩（けんか）を売って何になるんです？　そこにメリットがないことくらい、若造の僕にだって解（わか）りますよ」

ダレンは、自らの背筋を冷気が走り抜けていくのを感じた。

この男はもはや、論理で自分たちと戦おうとはしていない。

つまりハイルは既に、別の勝ち筋を見つけているということだ。

「今回殺された……ブライトさんでしたっけ？　彼のことは気の毒に思います。まさか、自分が魂を捧げているフィルミナード・ファミリーに裏切られるとは微塵も思っていなかったでしょう。本当に可哀想だ。いくらここが成れの果ての街だとしても、こんな不条理が許されていいんでしょうか？　少なくとも僕は許せない」

「おい、そんな妄想がまかり通ると……」

「皆さんはどう思います？　本当の悪はどちらなのか」

ハイルは両手を大きく広げて、会議場全体を見渡した。

それぞれ巨大組織を統べる面々は、繰り広げられる茶番劇を前にして神妙な表情を浮かべている。

「確かに、どう考えてもフィルミナードの自作自演だな」アーヴァインが軽薄に笑う。

「ロベルタが握る権益を奪うつもりでしょう」「盗人め」ボルリック夫妻が口々に言う。

「俺たちとしては、擁護する理由は特にないよ」ユリウスが困り顔で肩を竦めた。

いつからだ？

ダレンは必死に思考を巡らせた。

いつからハイルは、他の組織を抱き込んでいた？

「はは、随分と怖い顔になってますよ、ダレンさん」

ハイルは既に降伏の構えを解き、華麗な動作で椅子に腰を下ろしていた。檸檬色の瞳が蠱惑的な輝きを放ち、地の底からダレンたちを舐め回している。

「あなたが感じているであろう疑問を推測して答えると、それは一ヶ月前からです。ほら、このステラロッド・ホテルで偶然あなたとお会いしたことがあったでしょ？　実は、その直前の商談相手がアーヴァインさんだったんです」

賞金稼ぎどもから貰った報告によると、ハイルは先日の襲撃の際にも「商談から帰ってきた」と呟いていたらしい。そのときの交渉相手がレシア&ステイシー社かヴィクトール・ファミリーのどちらかだったことは想像に難くない。

いつの間にか、三組織の護衛たちが一斉にフィルミナードの面々へと銃口を向けていた。

何匹かいる銀使いどもも、それぞれの得物を抜いて臨戦態勢に入っている。

「……こいつらに何を差し出した、ハイル」

「全てに決まってるじゃないですか。そのくらいしないと僕たちなんかに付いてくれませんし」

「……全て、だと？」

「ええ、ロベルタ・ファミリーが所有する全てです。僕たちが握る各種権益や資産に加え、不動産、麻薬や武器の流通網および取引先のリスト、そして未使用の〈銀の弾丸〉が計一一発。

それらを含めた全てです」

「……ふざけてるのか？」

「ふざけてなんかいませんよ。ロベルタ・ファミリーは今日をもって解散です。本当ですよ？　だからここにも二人だけで来たんです」

「イカレてる……お前はイカレてるよ、ハイル」

「はは、意味が解らないな。いいですか？　僕にとってはロベルタ・ファミリーなんて心底どうでもいいんです。路上に散らばる残飯ほどの価値もない。本当に必要なものを手に入れるためなら、簡単に切り捨ててしまえる程度の存在に過ぎません。ダレンさん、あなたにとってのフィルミナード・ファミリーと同じようにね」

ダレンは、組織を裏切ってでもハイルが握っている理論を奪い取ってアントニオを救いたい。そしてハイルの方も、組織を差し出してでもフィルミナードが匿っているシエナ・フェリエールを手に入れたいのだ。

双方の思考は似通っている。

状況を左右したのは、どちらの狂気の密度が高かったのか――ただその一点に過ぎなかった。

「ダレンさん。こちらからも提案です」

ハイル・メルヒオットは、玉座に坐す者の高貴さを携えて告げた。

「あなたの持ち物を僕に譲ってください。そうすればまあ、殺すのはここにいる方たちだけにしてあげますよ」

最初に動いたのはウェズリーだった。

助走もなしに円卓を飛び越え、椅子に座るハイルの眼前に着地。銃を構えていた三六名の誰もが虚を突かれ、反応することができなかった。

「流石に疾いな」着地点を予測して、白銀の刃が既に迫っていた。「俺ほどではないが」

金属音が響き渡り、少し遅れてウェズリーの身体は虚空を舞った。

そのまま円卓の上に叩き付けられ、テーブルクロスを引き摺りながら縁まで滑っていく。水の入ったグラスが砕け散り、銀皿に置かれた果実が摺り潰されていった。

「……今のを防ぐか」

斬撃を放ったラーズが驚嘆の声を上げる。そこには王者の余裕が垣間見えた。

ウェズリーが舌打ちとともに顔を上げるのと同時に、フィルミナード・ファミリーを取り囲むギャングどもが一斉に引き金を引いた。

轟音が轟音に連なり、硝煙が硝煙に絡まって空間を埋め尽くしていく。

放棄された不戦協定の残骸を、哀れにも裏切られた犯罪者どもの骸を、無慈悲な銃弾が圧倒的な物量で蹂躙していく。男たちが抱える幾十もの弾倉が全て空になるまで、鉛玉の暴風は収まらなかった。

銃口の先にある全てを殲滅すべきだった銃撃は、しかし何人かを取り零していた。

悲鳴を上げる間もなく肉塊に変換されていった部下たちを背景に、アントニオとダレンだけが無傷で前を見据えていたのだ。

見えない何かに阻まれたように、空中で停止した無数の銃弾。その隙間から、アントニオ・フィルミナードが嗄れた声で呟いた。

「いいだろう。戦争だ」老人を取り囲む銃弾が、重力を思い出して一斉に墜落していく。「我々に楯突いた連中がこれまでどんな末路を辿ってきたかくらい、どんな若造にも周知されていると思っていたが」

死病に首を絞められていてもなお、アントニオの能力は健在だった。

自らの周囲一メートルの空間を固定し、全ての物質の運動エネルギーを無効化する能力。言うなればそれは、限定範囲内の時の流れを停止する力に等しい。

これまで数多くの銀使いと出会ってきたダレンにしても、この〈ヴァッサーゴ〉以上に強大な力を持つ化け物は見たことがない。一切の攻撃が通用せず、能力の有効範囲内に踏み込んでしまえば銀使いであろうとも動きを封じられ、強制的に心停止させられる。まさしく、無敵と表現するに相応しい能力だった。

——だからこそ、危険なのだ。

「アントニオさん」ダレンは主君の座る車椅子を揺さぶった。「それ以上能力を使えば、あなたは……」

「……黙れ。まだ俺はお前の裏切りを許してはいない」

強すぎる力は時に、代償を求めるものだ。

巨大組織の主であっても例外ではなく、能力を使って仇敵を討ち滅ぼしていくたびにアントニオの内腑は蝕まれ、命を急速に削ぎ落していった。

アントニオの膝には、大量の血が零れ落ちている。内臓損傷による吐血。もはや、最期の刻がいつ訪れてもおかしくないほどの状態だった。

これ以上銀の弾丸に干渉して能力を行使することは、死に瀕した老人にとっては自殺行為としか言いようがない。だから、ダレンは必死に思考を巡らせた。

アントニオの自己犠牲を食い止め、絶望に覆われた死地から抜け出す方法はなんだ。

そんな、奇跡かジョークのようなおとぎ話は一体何処にある。

再装填を済ませた敵が、再び銃口を向けてきた。

祈るべき神はいない。迫りくる死から目を背ける権利もない。

ダレンはただ前を見据えたまま、銃弾が己の全身を貫く運命を待ち構えた。それこそが、血に汚れた罪人にできる最期の足掻きだったのだ。

終幕のブザーの代わりに鳴り響く轟音。

その正体は、シャンデリアが円卓に叩き付けられる際に発生する破砕音だった。

唐突に訪れた暗闇の中を無数の硝子片が舞い踊り、断ち切られた回路から火花が飛び散り、会議場に束の間の沈黙を連れてくる。

「……助かったよ、ジェーン」

「礼は後にして？　早くこのホテルから脱出しましょう」

自らの存在感を極限まで薄めて銃撃から逃れ、最も効果的なタイミングを突いてシャンデリアの根元を正確に撃ち抜く。フィルミナード・ファミリーが誇る伝説級の銀使い、〈薔薇の女王〉だからこそ成し得る神業だった。

一瞬で状況を把握したダレンは、抵抗するアントニオを無視して車椅子を持ち上げた。

「放せ、ダレン。まだ奴らの死体を見ていない」

「……あとで私を殺してくれて構いません。でも今は、生き残ることだけを考えてください」

ダレンは車椅子をジェーンに託し、エレベーターホールへと先導する。走りながら、ホテル近辺に待機させていた部下に通話を飛ばし、怒鳴りつけるように指示を出した。

退路を確保したところで、最高幹部は死の気配が背後に迫っていることに気付いた。

「ラーズ……！」

混迷を極める会議場で、この老兵だけは冷静だったということだ。

ダレンたちの次の行動を読み切り、老兵は二振りの短剣を抜いて迫ってきた。

「相変わらず鮮やかな逃走劇だな、ヴィクトリア。……今はジェーン・ドゥだったか？」

「とっくに棄てた名前で呼ばないでくれる？」

エレベーターが到着し、自動扉が左右に開かれる。

金色の拳銃を構えるジェーン。短剣の切っ先を向けるラーズ。張り詰めていく空気。不自然に訪れる無音の世界。余りにも簡単に、時空感覚がたぶらかされていく。

永遠に続く一瞬を終わらせたのは、老兵の頭上から飛び掛かる黒い影だった。

ウェズリー・ウォルハイトが、ラーズの側頭部に踵を振り下ろしていた。老兵は短剣の側面で重い攻撃を受け止める。その一瞬を突いたジェーンが、戦闘者たちの間合いから完全に逃れていった。

同胞を窮地から救った男は、翻った刃による反撃を首筋に受けながら叫んだ。

「ダレンさん。ボスを連れて逃げ」

ジェーンとともにエレベーターに飛び込んだダレンは、部下に訪れた結末を最後まで見届けることができなかった。

迸る鮮血の正体を把握することもなく、機械的に閉じられていく自動扉によって、物語は不合理な終幕を迎えた。

決定的な喪失を引き摺りながら、敗北者たちを乗せた鉄の箱は降下していく。

◆

「つまりこういうことか」混乱する頭で、何とか情報を整理していく。「ハイルはロベルタ・ファミリーそのものを売り払うことで、五大組織の連中を味方につけた。まんまと裏切られたフィルミナードは奇襲を受け……アントニオとダレン、そしておまえだけが生き残った」

『そういうこと。ウェズリーについては一応生死不明って状況だけど、普通に考えれば……まあ首はもう繋がってないのかもね』

　追っ手が遠退いていったのか、ジェーンの声はいくらか落ち着いてきたように感じる。女が呼吸を整えるという演技を完結させるのを待ってから、俺は次の問いを投げた。

「アントニオとダレンもそこにいるのか？」

『ええ、勿論二人とも無傷。頭領の方は、無事とまでは言い辛い状態だけど』

　アントニオ・フィルミナードは、本来ならベッドで寝たきりになっていなければいけないような病状だと聞いている。会議場に出向くだけならまだしも、四つの組織による襲撃から逃げ回っていれば寿命は確実に縮んでしまったことだろう。

　だが、いま俺が知りたいのは要介護老人の健康状態などではない。

「それで、わざわざ連絡してきた理由はなんだ？　哀れな自分たちを慰めて欲しいのか？」

『まさか』ジェーンは面白いジョークでも聞いたように、喉の奥で笑った。『あなたたちに注意喚起をしようと思っただけ』

「注意喚起？」

『五大組織会談での一件を皮切りに、各地でフィルミナード・ファミリーの拠点が襲撃を受け始めたの。勿論ロベルタだけじゃない。アーヴァイン・ブラザーズ、レシア＆ステイシー社、ヴィクトール・ファミリーの構成員たちまでもが大挙して押し寄せている。どう？　震えちゃうでしょ？』

「ああ、チビりそうだ」

いくらフィルミナードの戦力がイレッダ地区随一だとしても、四つの巨大組織から一斉に攻撃を受けてしまえばひとたまりもない。これはもはや、一方的な虐殺に等しい状況だ。

「……そろそろ本題に入れよ、ジェーン。それで、俺たちに何をして欲しいんだ？」

いつもの癖で複数形を使ってしまったが、こちらの事情を知らないこの女が矛盾点を指摘してくることはない。ジェーンは少し低い声になって続けた。

『ラルフ、あなたなら気付いているはずでしょう？　五大組織でアントニオが狙われ、いまフィルミナードの拠点に大軍が送り込まれている理由を。それらが全て、ただの茶番でしかないことを』

そこまでのヒントがあれば、俺も流石に理解した。

「……シエナだ。奴は大規模な襲撃を囮にして、シエナを狙うつもりだ！」

『その通り。私を含め、フィルミナードはもはやアントニオの護衛に全力を尽くすしかなくなった。とてもじゃないけど、もうあの子にまで手は回らない』

話を聞く限り、今シエナの護衛についているのはグレミー一人だけだ。

いくら奴が強力な使い手だとはいえ、四つもの組織から選りすぐられた精鋭どもを相手にして使命を果たせるとは思えない。

いや、そもそも奴にはシエナを守る義理など何一つないのだ。

こうして俺たちが呆けている間にも、シエナはハイルの手に墜ちている可能性すらある。悪い想像を否定できる根拠が転がってくる気配はない。

「だが、シエナがいる地下室の住所を知ってる人間は限られているはずだ」

『それでも、数少ない関係者が情報を吐いた可能性もゼロじゃない』

悪い予感は肥大化し、俺の後頭部を圧迫し続けている。

もはや、魔女の関係者などを悠長に探している場合ではない。ハイルの魔の手が迫る前に、シエナを救出しなければならないのだ。

痛いほどに加速していく鼓動の中で、俺は声を振り絞った。

「……ジェーン。頼む、地下室の場所を教えてくれ」

◆

固形食糧を不味(まず)そうに齧(かじ)りながら、グレミー・スキッドロウは囚(とら)われのお姫様を一瞥(いちべつ)した。

シエナ・フェリエールは、あまりにも平凡に怯(おび)えている。

部屋の隅の椅子に座って文庫本(ペーパーバック)を読んでいる姿は、悪魔の気配を感知できる特異能力者のようには全く見えなかった。必死に平静を装(よそお)っているつもりだろうが、ページを捲(めく)る手は一〇分前からずっと止まったままだ。

退屈を紛らわすために、グレミーは少女が纏(まと)っている欺瞞(ぎまん)を暴いてみたくなった。

「何をそんなにビビってんだ？」

「……別にビビってないけど」

あくまでも強情な態度を崩さないシエナに、男の嗜虐心(しぎゃくしん)が僅かに刺激される。

「安心しろよ。てめえが俺の気分を害してこない限り、ぶっ殺すのは先送りにしてやる」

「あなたが私に手を出せないことくらい、とっくに解(わか)ってる」

「じゃあれか？　あの賞金稼ぎどものことが心配で読書に手が付かないってわけか？」

今度こそ、シエナの表情に動揺が見て取れた。泥の中を這(は)い回(まわ)っているだけの弱者どもに、この少女がどんな幻想を抱いているのかは解(わか)らない。

　グレミーは嘲けるように笑った。

「まさか本当に、奴らがお前を救い出してくれるとでも考えてんのか？　だとしたら甘すぎる。奴らにそんな力はねえよ。くだらねえ幻想はとっとと棄てな」

「別に、そんなのどうでもいい」シエナは語気を強めた。「……ねえ、あの二人は無事なの？　あなたにも情報は入ってきてるはずでしょ？」

　翡翠色の瞳は真っ直ぐにこちらへと向けられ、水晶体には一片の曇りも見受けられない。それが何よりもグレミーを苛立たせた。

「……てめえ、いい加減にしろよ」

「……何が？」

「これ以上くだらねえ嘘は吐くなっつってんだ」

　眉を顰めて訊き返してくるシエナには、本当に自覚がないようだった。

「嘘？」

　人は自分のためにしか祈れない生き物だ。自分のためにしか怒れないし、自分のためにしか悲しめない。自分の身の安全より、無価値なハイエナどもを案じる人間など存在するはずがない。

　それは何も、心を棄てた銀使いだけに当て嵌ることではない。

　自己犠牲や奉仕の精神とは、結局は善行を為す自分自身に酔いしれるための理由付けに過ぎないのだ。そんな醜さを認めずに聖人のごとく振舞う嘘吐きは、グレミーにとって最も嫌悪すべき対象だった。

グレミーはようやく理解した。

護衛としてこの地下室に送り込まれてから、ずっと苛々していた理由はこれだ。

「他人の命がそんなに大切か？　悪魔に呪われたクソどもの命が、自分よりも大切なのか？　ふざけるな。くだらねえ詭弁を垂れるのはもうやめろ」

「……ああ、そういうこと」

「ああ？」

「私は、あなたが想像するほど清らかな人間じゃないよ」

こちらを見透かすような笑みを浮かべたまま、シエナ・フェリエールは続けた。

「私はただ、空っぽなだけだよ。両親を失ったあの瞬間からずっと。……そこに価値を注いでくれるのは、あの二人だけなんだ。私を地獄から連れ出してくれた二人との、生温い時間だけ。だから、私のために生きてて貰わないと困る」

「……なんだそりゃ。理解できねえな」

「でもそれは、あなただって同じでしょ？」

翡翠色の瞳が、真っすぐにこちらを見つめてくる。グレミーは動けない。自らの内面を、銀の弾丸に封じ込められた本質を、この少女は徹底的に暴こうとしているのだ。

「あなたもまた、途方もない渇きに支配されてる。殺し合いでしか満たすことができない渇きに。……矢印の向きが違うだけで、本質は全く同じはず。あなたも私と同じように、そのために合理性を棄ててしまえるんだから」

いつかダレンが自分に語った台詞の残響。それが頭の中をいまだに渡っている。

銀使いは心を喪った怪物だと言われるが、消えない感情がひとつだけある。

それは執着だった。

感情が言語化される前の、もっとも原初的な段階。もしかするとそれは、人間の存在意義に等しいものなのかもしれない。

それすらも失くした瞬間、銀使いは真の意味で悪魔の傀儡に成り下がってしまうのだろう。

「あなたが戦いに執着する理由は何？　同じ組織にいる銀使いと、殺し合わなければならない理由は何？」

この問いには、偽りなく答えなければならないと感じた。

己の渇きを、生物としての存在意義を認めなければ、これからの戦いは意味を喪ってしまう。

根拠もなく、そう思った。

「……俺が知る限り、奴が一番強い銀使いだからだ。そいつと楽しく殺し合えるなら、俺は別に死んでもいい」

「銀使いが死ねば、悪魔に魂を喰われてしまうのに？」

「些細な問題だな」グレミーは断言した。「己の命を燃やし尽くして、後悔もなく派手に死んでいく。それ以上に価値のあることなんてこの世界にあるか？」

シエナの表情に一瞬だけ憐れみが浮かび上がってきたのを、グレミーは見逃さなかった。苛立ちに任せて立ち上がり、二挺の拳銃を腰から引き抜く。華奢な腕を撃ち抜いて黙らせようとしたところで、革ジャケットに入れていた携帯が振動した。

興を削がれたグレミーは、拳銃をホルスターに戻して通話に応答することにした。

「カルディアか？　こっちは取り込み中だ」

フィルミナード直属の銀使い、ウェズリー・ウォルハイトの信奉者、ストーカー気質のイカレ女——カルディア・コートニーは嗚咽混じりの声で捲し立てる。

『ああ……あああああ……、ウォルハイト様が、死んでしまうなんて……』

「……何だと？」

スピーカーから放たれる言葉の意味を、グレミーは掬い取ることができなかった。ウェズリーが死んだ？　ならば俺の執着はどうなる？　奴と戦うという目標を失ってしまったら、これから何処に向かって進んでいけばいい？

『こんなの信じられない、何かの間違いに違いない。だってウォルハイト様は強くて、誠実で、くだらないフィルミナードなんかのためにも身体を投げ出せるような、そんな優しい人なんだから。そう、ウォルハイト様が死んじゃうなんてあり得ないんだ。……ああ、そうか！　全部嘘なんだ！　なんだ、心配して損しちゃった。フィルミナードは確かに裏切られたけど、ウォルハイト様は殺されてなんかない。私の反応をどこかで盗み見て笑ってるんでしょう？　本当に意地悪。でもそんなところが、私……』

「待て、落ち着けイカレ女。フィルミナードが裏切られた？　それにウェズリーが殺されただと？　いったい何が起きたんだ！」

『あはは、あんた何言ってんの？　ウォルハイト様が死んじゃうわけないでしょ？　あんたの馬鹿さ加減は知ってるけど、もっと考えて発言したら？　次にウォルハイト様を侮辱したら呪い殺してやる』

「……解った、解ったよ。ウェズリーは無事だ。きっと何処かで生きてるさ」グレミーにとって、これまでの人生で最も辛抱強くなれた瞬間だった。「それで、いったい何が起きたんだよ。順を追って話せ」

『五大組織会談が今日開かれたのは知ってるでしょ？　そこで、フィルミナードはロベルタに対して宣戦布告するつもりだった。ここまではあんたも知ってるはず』

「……ああ。ダレンから聞いてるよ」

『もちろんウォルハイト様も護衛として付いていった。私にはまだ早いからって、自ら進んでそんな危険な場所に……。あの人は顔に出さなかったけど、本当はハイル・メルヒオットが五大組織を抱き込んでることにも気付いてたんだ。フィルミナードが裏切られて、大規模な襲撃を受けることも知ってたんだ。だから私を危険な場所に行かせないために、自分から志願してくれた………はは、やった。嬉しい！　そんなに私のことを想ってくれてたなんて！　ああ、でもそのせいでウォルハイト様は……』

　一秒ごとに感情が切り替わっていく台詞をまともに聞いていると、こちらの頭がおかしくなってしまいそうだった。

　粉塵の舞う火薬庫よりも不安定な女に振り回されないよう、グレミーは話を強引に進めることだけを考えた。

「つまり、フィルミナードはいま四つの大組織から潰されようとしてるってことだな。会談に参加した奴らの安否はどうなってる？　アントニオやダレンは死んだのか？」

『ウェズリー様が身を挺して守ったんだ！　奴らが死んだわけない！　だって、私にこのことを教えたのはダレンなんだから。……ああクソっ、何であいつらがのうのうと生きてて、ウェズリー様が死んじゃうんだよ！　ふざけんなっ！』

「ウェズリーはまだ生きてるんだろ？　さっきお前が言ったことだ」

『なに当たり前のこと言ってんだよ！　ぶっ殺してやるっ！』

　ウェズリーの後を追って死ぬ、とまで言い始めたカルディアに「好きにしろ」とだけ告げて通話を切る。イカレ女の宗教じみた偏愛に、今は付き合っていられそうにない。

　解りやすいほどに錯乱しているカルディアの台詞はただの願望でしかない。そんなことは解りきっている。

理解しているからこそ、グレミーに焦燥が襲い掛かってきた。

そもそも、自分がこんな地下室でお姫様の面倒を見ているのは、ウェズリー・ウォルハイトと殺し合いを演じる権利を与えられたからに過ぎないのだ。

もしウェズリーが本当に殺されたのだとすれば、ここに留まっている理由などなくなってしまう。いや、組織に所属する意味すら消えてしまうだろう。

同時に、ウェズリーが殺されたという情報などまやかしだとして、鼻で嗤ってみせる自分も何処かにいた。それが子供じみた願望でしかないと知りながらも、グレミーは今聞いた全てをカルディアの妄想として処理することもできた。

そうだ、ウェズリーはまだ生きている。

まだ自分は、腹の底で煮える執着に身を委ねていられる。

「何があったの？」

立場を忘れて気安く訊いてくる人質は無視して、グレミーはさらに思考を回転させた。

ウェズリーが殺されたのが真実にせよ、まやかしにせよ、このまま呆けているわけにはいかない。

フィルミナードは非常事態に直面しているのだ。

組織が壊滅したところでどうでもいいが、この状況でお抱えの銀使い同士の決闘を許可してくれる愚か者はいない。このままでは、ウェズリーと殺し合うことは永遠にできなくなるかもしれないのだ。

ならば、当面の目的を新たに見つけなければならない。

命を燃やし、己の渇きに殉じて死ぬことが出来る盤面。全てを懸けてもいいと思える場所を探し出さなければならない。

少なくともそれは、このおとぎ話のような部屋の中にはない。

「大丈夫？　物凄い汗だけど……」

「売女が、静かにしてろ！」

この状況で、破壊衝動に抗うことは難しかった。

気付いた時には椅子に座る少女に飛び掛かり、胸倉を掴んでベッドへと投げ飛ばしていた。

背中から叩き付けられて悶絶するシエナに、グレミーは二つの銃口を向ける。

戦争が終結するまでウェズリーとの約束が果たされないと解った以上、目の前の少女は彼にとってあまりにも無価値だった。人差し指が触れている引き金よりも、遙かに軽い命。

銃口を小さな額に押し付けたとき、シエナは微笑を浮かべていた。

激痛に顔を歪めながらも、口許だけは可笑しそうに弧を描いている。

「てめえ、何笑ってやがる」

「……だって、あなたみたいな化け物が悩んでる姿が面白くて」

「何だと？」

「何を悩む必要があるの？　あなたがすべきことなんて一つしかないのに」

銀使い(シロガネ)に銃口を向けられてなお、少女の声は揺るがなかった。

身の程知らずの蛮勇に、グレミーはどう対処すればいいのか測りかねる。

「私を、今すぐこの地下室から連れ出して」

「この期に及んで何を……」

「違う。これは、あなたのことを想(おも)っての提案なの」

一陣の風が、二人の間を吹き抜けていく。それは地下室には有り得ない幻想だった。

「あなたは自分の死に様を追い求めている。絶望的な戦いの中で、命を燃やし尽くすことを望んでいる。だったら、私を餌として連れていけばいい」

「……てめえは、自分が何を言ってるのか理解してんのか？」

「……ねえ、感じない？　人工島(イレッダ)の至る所で、悪魔の気配が強くなっていくのを。この戦場の中心まで私を連れて行けば、きっとハイルはあなたを無視できなくなる。あなたはそこで、想像もできないような化け物と戦えるかもしれない」

翡翠色(ひすいいろ)の瞳には、強い意志の光が宿っていた。

グレミーは自分が僅かに笑っていることを自覚する。武装した化け物がただの平凡な少女に気圧(けお)されている——その滑稽な状況を楽しんですらいた。

「だが、てめえにとってのメリットがなさすぎる」

「私の望みは、この人工島から抜け出すこと。銃声も悪魔の気配も届かない場所で、あの二人と退屈な時間を過ごすこと。そのためなら、どんなリスクも背負ってやる」

「ふざけてんのか？　てめえみたいなただの人間が戦場に向かってみろ、望みを叶える前にくたばるに決まってる」

「死ぬつもりなんて微塵もない」あまりにも力強く、信念に満ちた声だった。「あなたが私を守ってくれるから。そうでしょ？」

　シエナには、銀の弾丸の悪魔と、悪魔と密接に結びついた銀使いの心の動きまで感じ取る能力があると聞いている。だとすれば、自分が高揚していることなどどうせ悟られているのだろう。

　ならば、答えは一つしかない。

　囚われのお姫様が提示する、狂ったアイデアに黙って従ってやるしかないのだろう。

「てめえもかなりイカレてるらしい」不思議と、悪い気分はしなかった。「解ったよ、乗ってやる。ただな、自分の身は自分で守れ。俺はハイルが差し向ける刺客と戦うだけだ」

「でも、私には武器がない」

「まず最初にフィルミナードの武器庫に寄る。一旦弾薬を補充する必要もあるしな。そこでてめえが扱える玩具も見繕ってやるよ。……まだ何か不満が？」

「いいえ、それでいい。交渉成立ね」

「はっ、腰を抜かしたまま粋がってんじゃねえよ」

自力では立てない様子のシエナの腕を掴み強引に起こしてから、グレミーは扉へと進み始めた。

その足取りからは、迫りくる闘争への歓喜が滲みだしていた。

◆

ブレーキペダルを強く踏み込み、俺は車を急停止させた。

慣性の法則に従って、身体が前方に引っ張られていく。シートベルト着用の重要性をしみじみと実感していると、連鎖する銃声が鼓膜を貫いた。

目的の地下室へと続く通りは、阿鼻叫喚の様相を呈している。

自衛用とは思えないほどにゴツい銃器を抱えた虐殺者たちが、逃げ惑う黒服どもを追い立てていた。逃亡を諦めた一人の男が、立ち止まって命乞いの言葉を喚き立てる。しかし懇願は聞き入れられず、一秒後には両脚を銃弾で砕かれて体勢を崩してしまった。地面に叩き付けられるまでの一瞬の間に、男は頭蓋や胸部に追撃を浴びて絶命。

車をここで停めた理由は、奴らの救世主になりたかったからではない。

道には死体どもが溢れ返っており、徒歩でなければ進むこともままならない——ただそれだけの理由だった。

殺されているのは何も、左胸に薔薇の刺繍をあしらったフィルミナードの構成員だけではなかった。虐殺者どもの興奮を鎮めるためだけに、無関係な犯罪者どもも大勢巻き添えを食らっているのだ。

彼ら彼女らの死に顔には、一様に疑問が浮かび上がっていた。なぜ自分はこんな場所にいるのだろう。自分が蹂躙されたのは、人の道を踏み外したことへの罰なのだろうか、と。

これ以上悪くなりようがなかったはずの〈成れの果ての街〉は、もはや世界から見放された終末の地に成り下がっていた。

戦場と化している通りを迂回しつつ、慎重に目的地へと向かう。

焦燥が背中に銃口を向けてくるが、虐殺者どもに発見されてしまうことだけは避けなければならない。逸る心を荒縄で縛り付け、一一分二九秒もかけて目的地へと辿り着いた。

地下室へと続く金属扉は開け放たれている。

理由は二つ考えられる。シエナたちはロベルタ・ファミリーの襲撃を既に受けてしまったのか、あるいはもう地下室から脱出してしまったのか。

真相が後者であることを祈りつつ、俺は脚を踏み出した。

「……どんな地獄だよ」

無意識のうちに感想が漏れる。

地下室に伸びる階段には、無数の死体が折り重なるように斃れていた。

パッと見る限り全て銃殺。下の方にいる死体は正面を、上の方にいる死体は背中を撃ち抜かれている傾向があることからも、この男たちは地下室から飛び出してきた誰かの反撃を受けてくたばったと見るのが妥当だろう。

遮蔽物もない狭い階段で、十人弱はいる男たちを一方的に蹂躙できる化け物はグレミーしか思い浮かばない。奴は能力で不可視の壁を発生させて一斉射撃を完封し、ゆっくりと歩きながら逃げ惑う男たちを殲滅してみせたのだ。

俺は階段を駆け下りながら考える。

グレミーたちが地下室から飛び出していった理由は何だ？

答えが見つかる気配はまるで感じないので、俺は大人しく地下室に踏み込むことにした。

天井も壁も純白の地下室には、やはり男たちの死体が転がっているだけだった。階段で死んでいた連中よりも随分と数が少ないのは、突然の襲撃に対してグレミーが迅速に対応したからだろう。

周囲を見渡すが、シエナとグレミーの姿は何処にも見当たらない。ひとまずは、グレミーがシエナを殺して立ち去ったという最悪の事態は否定されたことになる。

つまり、あの二人は今も一緒に行動している可能性が高い。

安堵した俺は、一瞬だけ周囲への警戒を完全に解いてしまっていた。

あるいは、いつも素敵をしてくれている便利な化け物の不在を忘れていたのかもしれない。

突然の衝撃が襲い掛かり、俺は背中から床に叩きつけられる。全身血塗れの黒服が、俺に馬乗りになって銃口を突き付けてきたのだ。

「生き残りがいたのかよ！」

銃口と頭の間に左手を滑り込ませ、俺はライオットシールドを召喚。至近距離での発砲で耳鳴りが響くが、何とか即死を免れることはできた。

もう片方の手に呼び出したナイフで太股を突き刺すと、男は甲高い悲鳴を上げながら腰を浮かせてしまった。

「早くも形勢逆転だな」両足を胴体に絡めて男を引き倒し、その反動で起き上がる。「気分はどうだった？」

尻餅をついて後退する男に止めを刺す前に、訊いておくべきことがあった。

「最初の質問だ。お前らはロベルタ・ファミリーの構成員で間違いないな？」

悪魔に心臓を握られた男は、首を何度も縦に振った。やはり、本来の目的であるシエナの存在については他の三つの組織には知らせていないということだ。

「じゃあ次。この場所はどうやって知った？」

男は全身を小刻みに震わせながらも、解答しようとはしなかった。

「ここはフィルミナードでも一部の人間しか知らないはずだ。内通者がいるなら正直に吐け」

「しっ、知らない！　俺たちは上の指示でここに来ただけで……！」

この期に及んで虚偽の報告をしたバカの太股を、今度は拳銃でズタズタにしてやった。絶叫とともに転げ回る男に、俺は最後通告を下す。

「次は膝を撃ち抜く。可哀想だから先に言っておくけど、お前のようなネズミ野郎が耐えられる痛みじゃないはずだ。お前の自我は確実に崩壊し、俺の質問に何でも答えてくれる夢のマシンに生まれ変わる。……いいか？　最後のチャンスだ。お前はどこから情報を仕入れた」

「な、なあ許してくれよ！」男は唾を飛ばして叫んだ。「俺たちは常時ハイルに見張られてるんだ。情報を漏らしでもすれば、何処にいたとしても殺される！」

「ハイルはただの人間で、銀使いなんかじゃない。まして全知全能の神でもない。きっと服に盗聴器か何かが仕込まれてるだけだ。全部外した上で答えればいいだろ」

「ちが、違うんだ！　そんなんじゃない。奴は本当に」

「いいから早くしろ！　人前で裸になるのが恥ずかしいのか？」

「とっ、とにかく俺は絶対に話せなっ」

男の言葉が断絶する。

一瞬後に明らかになった原因を目にした瞬間、俺は慌てて飛び退くことになった。

男の喉の奥から、異形の生物が這い出してきたのだ。そいつは細身の白い蛇で、本来眼球があるべき場所から黒い集音器のようなものが飛び出している。

この男は嘘など吐いていなかった。

本当に、ハイル・メルヒオットによって言動を見張られていたのだ。

蛇を改造した張本人であろうモニカの気配は何処にもない。範囲がどの程度までなのかは不明だが、遠隔操作もお手の物ということだろう。

蛇は風船のように膨れ上がっていき、男の気管を内側から圧迫していく。窒息した男の顔面は見る見るうちに真っ赤に染まっていき、全身を床に投げ出して悶え苦しみ始めた。

蛇によって埋め尽くされた喉内からは、黒血が止めどなく溢れてきた。恐らく内臓まで膨張させられているのだろう。どう考えてもこいつは手遅れだった。

召喚した短機関銃のフルオートによって、膨張を続ける蛇ごと男を挽き肉にしていく。地獄の責め苦から哀れな男を解放してやるには、もはやこの方法しかない。

逃れようのない死を運命づけられた、哀しき奴隷たち。

ハイルがロベルタ・ファミリーのことをただの道具としか見ていないことは知っていたが、これはあまりにも鬼畜めいた所業だった。恐らく、先日尋問したロイドという幹部にもこの処刑装置が仕込まれていたのだろう。

だが、殺人者でしかない俺にハイルを責める資格などはない。

道徳や正義などという欺瞞が入り込む余地は、物語上に用意されていない。

蠅が集る死体どもをひとつひとつ数えて、世界を呪う死に顔を目に焼き付けていく。そうして新たな業を背負うことだけが、矮小な俺にできる全てだった。それで贖罪が済んだなどと、一瞬たりとも思いたくはない。

哀れな羊どもは化け物に利用され、別の化け物によって鏖殺された。

物語はそこで終わり。

救いは永遠に来ない。

この奥にも、もう一つ部屋があることを思い出した。床に転がる死体どもを踏み越えて、開け放たれていた扉へと向かう。

大袈裟なシャンデリアや猫脚の家具に埋め尽くされた、おとぎ話のような部屋。シエナ・フェリエールが監禁されていた空間には、今は誰一人として存在していない。

何処かから、耳障りな音が微かに聞こえてくる。

その出処はどうやら、天蓋付きのベッドの近くからだった。

ベッドの下に潜り込んでみると、何らかの物体が手に当たる。引っ張り出してみると、それはイヤホンが巻かれた音楽プレーヤーと、古びた文庫本だった。確かこれは、かつてリザがシエナにプレゼントしたものだ。

流れている曲は、リザがよく車で流している〈ディジーズ〉とかいうチンピラ集団のもの。

つまりこれは、シエナが去り際に残したメッセージだという可能性もある。

音楽プレーヤーには複雑なメッセージを残す余地などないので無視。文庫本の方を検めると、背表紙にへアピンで引っ掻いたような跡が残っていた。

慌てて鉛筆を喚び出し、背表紙を鈍色に塗り潰していく。

浮かび上がったのはやはり、シエナが土壇場で残してくれたメッセージだった。

『一五時二四分、武器倉庫へ』

俺は文庫本とプレーヤーを上着のポケットに入れ、弾かれたように部屋を飛び出す。

まだ一〇分と少ししか経ってない。急げ、まだ間に合う！

「だから、フィルミナードの武器倉庫だよ！　ここから一番近いのは何処にある⁉」

車を発進させながら、俺は電話口に怒鳴りつける。もうイレッダ地区から脱出しているであろう情報屋のカイ・ラウドフィリップが、寝ぼけたような声で答えた。

『……俺が恋しいのは解るけどさ、ラルフ。今は休暇中のつもりなんだけど』

「金ならいくらでも出す。ウダウダ言ってねえで早く進めてくれ！」

『はは、あんたらしくない台詞だ。よっぽど急いでるみたいだね』カイは気の抜けた調子で続けた。『まあ、こんなのはただの調べ物だ。無償でやってやるよ』

「てめえ、何が狙いだ？」

『人の好意を信じられなくなったら終わりだよ、ラルフ。こんなことでいちいち金を受け取ってたら、恥ずかしくて情報屋なんて名乗ってられないって話さ。……ほら、もう君ら二人に位置情報を送信したよ』

「待て、リザにも送ったのか？」

『え？　何かマズかった？』

俺たちが決別している事情など、この噂好きにわざわざ話してやる必要もない。

礼だけ言って通話を切ろうとした手が止まる。

アクセルを全開にして進む車の前方に、武装したギャングどもが一列になって立ち塞がっていたのだ。服装はさっき地下室に散らかっていた連中と一致する。ロベルタ・ファミリーの構成員どもであることは間違いないだろう。

連中が構える短機関銃が、一斉に火を噴いた。

俺は咄嗟に透明のライオットシールドを召喚。フロントガラスが砕け、ライオットシールドを横薙ぎの暴雨が殴りつけてくる。

急がなければ、シエナはグレミーに連れ回されて戦争の中心に飛び込んでしまうかもしれない。こんな場所で足止めを食らっているわけにも、衝突を避けて遠回りをしているわけにもいかない。

「ああクソっ、最低な状況だ」

『はは、愉快な展開みたいだね』

共感能力皆無のクソとの通話を強制終了。

連中との距離が縮まり、銃撃の濃度が増していく。

こんな場所で死ぬわけにはいかない。

グレミーがシエナを連れ出した時点で、全ての前提条件が崩れてしまった。もはやフィルミナード・ファミリーは、ハイルが仕掛けてくるであろう襲撃を食い止めることができなくなったのだ。現在進行形で、シエナの身は危険に晒されている。

——ちょっと待て。

俺は、脳裏に雷撃を喰らった感覚を覚えた。

何故、今までこんなことに気づかなかったんだ？

シエナは今、グレミーによってイレッダ地区を連れ回されている。それが俺の予測通りグレミーの暴走なら、組織の監視の目など届いていない。いや、そもそも今のフィルミナードに脱走した少女に構っていられる余裕があるはずがない。

ということは、こうも考えられないか？

今グレミーからシエナを奪い取ってしまえば、完全なる自由を手に入れることができるのではないか？　地獄から抜け出すための、これは最大のチャンスなのではないか？

まさしく、地獄の底に射し込んだ一筋の希望だった。

それを最短距離で掴み取るため、俺はアクセルを限界まで踏み込んでいく。

「邪魔なんだよ、クソ野郎ども」一切減速することなく、俺は襲撃者どもへと突進した。「さっさと道を開けろ！」

◆

イレッダ地区の沿岸部に張り巡らされた高架道路への入り口の近くに、目的地はあった。停止した大型二輪の後部座席（タンデムシート）から、シエナはプレハブ造りの武器倉庫を睨（にら）みつける。

イレッダ地区から脱出するために高架道路を目指す車の群れとは対照的に、砂利が敷き詰められた敷地（しきち）は静寂に包まれていた。

ダレン・ベルフォイルの部下たちが武器の予備や弾薬を保管しているだけの場所だと、グレミーは言っていた。武器の輸出入用に使っているような大型倉庫とは違い、総面積は五〇平方メートルほどしかない。常駐しているスタッフがいないのは、この倉庫の重要度が低いからだろう。

大型二輪から降りるなり、グレミーが舌打ち混じりに吐（は）き棄（す）てた。

「クソっ、弾を使いすぎた。雑魚（ざこ）どもがわらわらと群がってきたせいだ」

シエナはここに辿（たど）り着（つ）くまでの二〇分間を回想する。ロベルタ・ファミリーの構成員たちによる襲撃。タガが壊れたように笑いながら、哀れな生（い）け贄（にえ）たちを銃殺していく銀使い（グレミー）。彼の心臓の〈銃創（スティグマ）〉で脈動する、人ならざるものの狂喜。

放心状態のシエナの腕を、グレミーが強引に掴んだ。

「何をモタモタしてんだよ」

「ちょっと、痛い！　放してよ！」

座高の高いバイクから引き摺り下ろされたシエナは、何とか踏み止まって転倒を防ぐことができた。そのまま、出入り扉へと向かうグレミーの背中を追いかける。

「さっきまで戦ってたばかりなのに、ちょっとくらい休憩したら？」

「うるせえよ」

「そんなに急ぐ理由なんてない、って言ってるの。だって、あなたはもう組織を裏切ってるんだし」

あの地下室からシエナを連れ出した時点で、グレミーの裏切りはフィルミナードに伝わっているはずだ。もっとも、人工島中から殺意を向けられている組織に、逃亡者狩りをする余裕などはないだろう。

真っ当な指摘を受けて冷静になったのか、グレミーは砂利の上で立ち止まった。

「……認めるよ。確かに、少しは冷静にならねえとな」

その背中からは、グレミーが今どんな表情をしているのかは読み取れない。

「次に殺り合う相手なら、のんびり探せばいい」

何故だか、シエナはここで問い掛けなければいけない気分になった。

「ねえ、もしかしてあなたが組織に入ったのは、ウェズリーと戦うためだったの？」

「少し違えな」グレミーは喉の奥で笑った。「俺は一六の頃から組織にいた。銀（シロガネ）使いになったのも、ダレンの部下のうちの誰かが銀の弾丸の移植手術を受けなきゃいけねえってなった時に、自分から志願したってだけだ。……まあ、そうなったのはウェズリーたちと殺し合いたかったからかもしれないいな。もう覚えちゃいないが」

グレミーは両手を広げながらこちらを振り返った。

「……奴が死んだかもしれない、それを聞いて目的を見失っちまったのは確かだよ。だから、次の遊び相手を探すための撒き餌（まきえ）になってくれたお前には感謝してる」

シエナがグレミーの内側に視（み）たのは、決して言葉通りの感情ではなかった。

グレミーは彼女に目を向けてはいるが、彼女のことを見ているわけではない。

グレミーが見ているのは、シエナを狙って襲い来るであろうハイル・メルヒオットの刺客たちであり、化け物どもと銃弾を交わし合う甘美なるひとときだけなのだ。

救いのない殺戮（さつりく）への期待、愉悦、渇望（かつぼう）。

それらに炎が灯（とも）されているのは、シエナが燃料を撒き散（まち）らしてしまったからだ。

彼女は己の内部に罪悪感が込み上げてくるのを自覚する。自分を地下室から連れ出したことをきっかけに、グレミーはより深いところまで悪魔に浸食されてしまったの。シエナだけが持つ超感覚が、確かにそう告げていた。

とはいえ、運命の輪はもう回り始めてしまっている。シエナができることなど、もうほとんど残されてはいない。

いつの間にか武器倉庫への入り口まで歩いていたグレミーが、太い首を傾げた。

「……どういうことだ？」

アルミ製の扉が僅かに開かれているのが見えて、シエナも疑問を抱く。

二人は最初、ダレンの部下の誰かが武器や弾薬を補充しに来たという可能性を考えた。しかし、扉の横に取り付けられている電子錠を見た瞬間に、その推理は否定される。

パスワードで開錠できるタイプの電子錠――その上部に取り付けられているランプが赤く点滅していたのだ。これは、何者かが強引に扉を開いて武器庫に侵入したことを意味する。

グレミーは腰から二挺の拳銃を引き抜き、内部へと慎重に踏み込んでいく。

倉庫の照明は既に灯されている。さらに目を凝らすと、弾薬や拳銃が大量に積まれた木製の棚の間に人影が見えた。

その正体を把握した瞬間、シエナの息が止まる。

彼女の言葉にならない問いを代弁するように、グレミーが言った。

「……なんでてめえがここにいるんだよ？」

コンバットナイフを掌で弄びながら、リザ・バレルバルトが静かに口許を歪めていた。

自分を助けに来てくれた、という都合のいい想像は一瞬で否定される。

シエナだけが感覚できる銀使いの精神世界には、激しく噴き上がり続ける狂喜だけが存在していたのだ。

銀の弾丸に精神を犯された者特有の、あまりにもありふれた闘争本能の沸騰。

本来感じ取れるのは抽象的なイメージだけだが、今のリザの思考は不思議と正確に読み取ることができた。

二挺の銃口を向けながら、グレミーが当然の指摘をする。

「番いのもう一匹はどうした？　殺されてドブにでも棄てられたか？」

「かもね」リザの表情は少しも動かなかった。「まあ、私らにはそんなの関係なくない？」

今頃になってシエナも、リザの隣に誰もいないことに気付いた。

ラルフは本当に殺されてしまったのか、あるいは何処かに隠れて機を窺っているのか。判断はつかない。一つだけ確かなのは、彼がいなければリザとグレミーは間違いなく殺し合うことになるだろうということだ。

「で、目的は何だよ。俺に何か用があるのか？　それとも、このお姫様を取り返しに来たのか？」

「あんたと同じだよ、グレミー」

「あ？」

「イレッダ地区は完全に焦げ付いてて、その混乱に乗じてハイルはシエナを狙ってくる」リザはナイフを逆手に構え、臨戦態勢を取った。「つまりさ、これから一番楽しめるのは……シエナの近くにいる銀使いってことでしょ？」

「はっ、確かに目的は同じみてえだな」地を這うように突進してくるリザに、グレミーは不敵な笑みを向けた。「早速楽しめそうだ」

途方に暮れるシエナを無視して、化け物どもの殺意が衝突した。

二挺の拳銃が火を噴き、音の洪水とともに鉛玉をバラ撒いていく。コンクリの床を転がって全弾を躱しきったリザが、回転の終点でナイフを投擲。

「届くわけねえだろ、バカか」

グレミーの能力で発生した不可視の壁によって、ナイフはあっけなく弾かれてしまった。しかし、軌道を逸らされたナイフが空中で不自然に方向転換。急速に上方へと跳ね上がり、さらに角度を変えてグレミーへと急降下した。非常事態に反応が追い付かなかったグレミーは、後方に跳び上がって退避するしかない。

着地の瞬間を、リザが側面から狙っていた。

「流石にガラ空きすぎるでしょ、死ね」

「そりゃ無茶な要求だ」

グレミーはまだ一つ手を残していた。空中に壁を創り出すことでもう一度跳び上がり、ナイフによる刺突から辛うじて逃げ切ったのだ。

今頃になって、シエナはナイフが不自然な軌道を描いた原因を知った。

「なるほど、ワイヤーか」グレミーの指摘通り、地面に転がるナイフの柄には極細の鋼線が巻かれていた。「どの調教師に仕込まれた芸だ？」

搦め手を見切った余裕から、二挺拳銃を掌で回転させて挑発するグレミー。

ワイヤーを手繰り寄せ、再び細工付きのナイフを手に取ったリザ。

二匹の化け物の瞳孔は完全に開き、対面する相手を殺すことでしか興奮を鎮められそうにない様子だった。

再び死の舞踏を始めた銀使いたちを眺めながら、シエナは彼らがなぜ殺し合っているのか解らなくなってしまった。

合理的な理由なら一応ある。

ハイルが放ってくるであろう刺客と戦うために、シエナを独占して撒き餌にするつもりなのだ。倫理的な視点を排除してしまえば、一応理解できる論理ではあった。

だが、今の彼らの心象風景は歓喜だけで満たされている。

打算も葛藤も何もない、ある意味で純粋な世界。

銀の弾丸に犯された化け物だけが到達できる、酷く凍てついた荒野の果て。

そこに彼ら自身の感情があるとは、シエナにはどうしても思えなかった。

彼らが、彼ら自身のために戦っているとは、どうしても思えなかったのだ。

「……リザ、止めて」

好きな音楽の話で意気投合したときの記憶が、急速に色褪せていく。

「それじゃ……それじゃまるで……」

地下室に置いてきた文庫本の温もりも、痕跡すら残さずに消えていく。

「悪魔に操られてるだけの……ただの、人形だよ」

力を持たない言葉では、笑いながら殺し合う化け物を止めることなどできるはずもない。

こちらとあちらとを隔てる溝はあまりにも深く、遠い。

二人の心臓で愉しそうに嗤う異形の怪物どもを、遠くから無力に呪うことだけが、今のシエナにできる全てだった。

雷雨が急激に発生したかのような轟音が、倉庫に響き渡る。

殺し合っていた二人の動きが止まる。彼らの視線は、プレハブの壁を爆破して進入してきた黒服の男たちに向けられていた。

シエナは襲撃者たちを一通り見渡してみる。

数は恐らく二〇は下らない。全員が対化け物仕様の重火器を装備しており、気付けに違法薬物でも摂取したのか、目を血走らせて喚き散らしている者も多かった。

「シエナ・フェリエールの身柄を引き渡せ」リーダー格と思しき屈強な黒人が言った。「そうすれば、なるべく苦しまずに死ねる」

いくらリザとグレミーが銀使いだとしても、単純な物量と装備のレベルが違いすぎる。だが、銀の弾丸に宿る悪魔たちにとって、この状況はご褒美以外の何物でもないのかもしれない。

シエナが身体の震えを両手で抑えようとするのを尻目に、リザが気の抜けた声で呟いた。

「私らの同類がいないみたいだけど……何、自殺しに来たのこいつら」

「そりゃ可哀想に」殺意の方向を変更して、グレミーも凶悪に笑った。「じゃあ、しっかり手伝ってやらねえとな」

シエナは言語を伴わない絶叫で二人を止めようとするが、全くの無意味だった。

彼らの心臓に巣食う悪魔が、心の外側に障壁を張っている。もはや、正気の世界からの声が届くはずもない。

嬉々として襲撃者たちの射線へと飛び込んでいった二匹は、心から楽しそうに踊っていた。銃弾を躱し、時には軽くない傷を負いながらも、銃とナイフで葬列を引き延ばしていく。男たちの間を縫うように通り過ぎていったナイフが鮮血を撒き散らし、発火炎の煌めきが地獄に彩りを加えていく。

徹底的なまでに軽量化された命。

絞首台の上で踊る彼らは、いつか足を踏み外して宙吊りになる未来を望んでいるようにしか見えなかった。

硝煙と絶叫と鮮血が乱れ狂う舞踏場で主役のように躍動するリザを、シエナは翡翠色の瞳で睨みつける。網膜に飛び込んでくるのは、リザを犯し続けている偽りの感情だった。愉悦、興奮、快楽、逃避、嗜虐、解放――。

浮かんでは消える抽象的なイメージの中に、シエナは違和感を嗅ぎ取った。

「……逃避？　リザ、あなたは何から逃げて……」

太い腕に右手首を強く掴まれて、シエナの思考は停止する。

リザたちの殺戮から運良く取り零された男が、ここまで到達していたのだ。肩を負傷した男がもう一人やってきて、左腕も強く掴まれる。シエナはあまりにも無警戒だった自分の愚かさを呪った。

「離してよっ！」

「黙ってろ淫売。なぜだか知らねえが、てめえをハイルのところに連れて行けば大金が手に入るんだ。一生遊んで暮らせる額だぜ？　解ったら大人しくしてろっ！」

リザとグレミーは彼ら自身の闘争で精一杯で、男たちに引き摺られていくシエナなどは視界に入っていない。いや、哀しき怪物たちはきっと、自分の命すらも見えていないのだろう。結局、自分を救えるのは自分だけなのだ。

絶望から抜け出すための答えが見つからないまま五メートルほど引き摺られたところで、シエナは背後から聞こえてくるエンジン音に気付いた。故障を心配してしまうほどに大きく、不安定な音。

それは何処か聞き覚えのある音だった。

車は間違いなくこの武器倉庫に迫っているが、興奮状態にある男たちは気付いていない。

やがて車はプレハブの薄い壁の向こうに停車。数秒の沈黙が流れた後、シエナの後方にあった壁が轟音とともに吹き飛ばされた。

恐慌状態に陥った男たちの手を払い、シエナは大穴の方向へと疾走する。

「久しぶりだな、シエナ」光の中で、ラルフ・グランウィードが微笑んでいる。「迎えに来た」

6

No Parking On The Battle Ground

MAD BULLET UNDERGROUND

シエナの手を掴んで穴の外へと引っ張りながら、倉庫内部の惨状を確かめる。

リザとグレミーは目を輝かせながら、過剰な装備の男たちを一方的に蹂躙していた。指揮官に覚醒剤でも処方されているのか、男たちの方も狂喜に支配されている。

笑いながら殺し合う化け物どもと、穴の外側にいる俺たちとの間にある隔たりはあまりにも大きい。何を掴み、何を棄てるのかの選択こそが人生だとするならば、もはや連中と俺たちの道が交わることはないだろう。

「すぐそこに車を停めてある。急ぐぞ」

「ちょっと待って、ラルフ。リザがまだっ！」

「あいつはもういい」自分でも恐ろしいほど冷たい声色だった。「ここに置いていく」

なおも反論するシエナを無視して、ほとんど放り込むように助手席へとエスコートする。しかしシエナはシートに腰を下ろそうとせず、ドアに手をかけて抵抗してきた。

「ふざけるな、シエナ。こんな場所で立ち止まってたらヤバいことくらい解ってるはずだ！」

ロベルタ・ファミリーの構成員が重武装で押し寄せてきたことからも、ハイルが本格的な狩りを開始しているのは間違いない。モタモタしている間に、ラーズやモニカといった化け物どもが登場する可能性すらある。

「だって、こんなの納得できない！」

「いいかシエナ、これはチャンスなんだ。上手く逃げ切れれば、お前は自由になれる」

「何が、何があったかは知らないけど」シエナはどうやら、本気で怒っているようだった。

「リザとここで別れるなんて……あなたは本当にそれでいいの？」

「戦力的には確かに痛いが、銀（シロガネ）使いどもに見つからなければ問題はない」

「そんなこと言ってるんじゃない！」

苛立（いらだ）ちを鎮（しず）めることができない自分を呪う。目の前を舞う羽虫にすら殺意が爆発しそうだった。決別がもたらす苦みを強引に嚥下（えんか）して、俺はドアを強引に閉める。

そこで、突き刺すような気配を背中で受け止めた。

「……何の用だ、リザ」

振り向くまでもなく解（わか）る。

砂利が敷かれた地面を音もなく接近できる化物は、一人しかいない。

俺は両手を挙げたまま続けた。

「グレミーや襲撃者たちはどうした？　どうやってあの戦場から抜けてきた」

「音だけはまだ倉庫の中にいる。……で、これは提案だけど」研ぎ澄まされた名刀の如（ごと）き殺意が、俺の心臓を貫いてくる。「シエナを、その子を私に引き渡してよ」

予想通りの要求だった。

この戦闘狂は、ラーズを釣り上げるための餌としてシエナを利用しようとしている。

「……俺がそれを、承服すると思ってんのか？」

「まさか」致命的な空洞を感じさせる笑みだった。「殺して奪うに決まってるじゃん」

掲げた手の中に呼び出すべき兵器を選択する。

問題は殺意だ。

俺はこれまで相棒だと思っていた相手を、容赦なく殺すことができるのか？

その屍(しかばね)を踏み越えて、未来に進んでいくことができるのか？

緊張状態が解かれたのは、俺たちのどちらかが心変わりしたからではなかった。

その理由は車窓に反射している。

全身を返り血で染め上げたグレミーが、肩を揺らしながらこちらへと迫っていたのだ。

「迷ってる場合じゃない！」助手席の窓を上げ、シエナが叫んだ。「二人とも乗って！」

海にせりだして弧を描く高架道路は、未明の混沌(こんとん)に侵食されていた。

戦火から逃げ延びようとするクズどもによって、遙(はる)か前方では車の密度が加速度的に増している。そこら中から響くクラクションや怒号が渦を形成し、高架道路は黙示録的世界の様相を呈してきた。

イレッダ地区から脱出するには、対岸のエルレフ市へと続く大橋、通称〈墜落への道〉を渡るしかない。そして、橋に辿(たど)り着くためには人工島の沿岸部に張り巡らされている高架道路を進むしかないのだ。いつにも増して通行量が多いのも当然だと言える。

助手席のシエナの横顔は蒼白（そうはく）に染まっていた。

原因は一つしかない。後部座席のリザから発せられる、本気の殺意に当てられているのだ。

車内に会話はなく、リザが俺を刺殺しないのは車が高速で動いているからでしかない。もし渋滞に捕まってしまった瞬間、俺は喉に突き刺さったナイフを支点にして運転席から放り出されてしまうだろう。

少し前を進む連中が、銃を向けながら口論を繰り広げていた。嫌な予感を嗅ぎ取り、俺は後続車両に合図も出さずに車線を変更する。

一瞬後に銃声が響き渡り、撃たれた方の車が制御を失って激しく回転した。

予測していた俺は巻き込まれずに通過できたが、後方では当然のように玉突き事故が発生し、車の流れが完全に堰（せ）き止（と）められてしまった。

反吐（へど）が出るほど頭の悪い光景だが、巻き込まれただけの不運な連中には同情するしかない。

「このままじゃ、大渋滞に摑（つか）まるのも時間の問題だ」

俺の独り言を、シエナが恐る恐る補足した。

「……本土（エルレフ）への正規ルートにはいつも検問が敷かれてるからね」

「ゲートはもうとっくに閉じられて、誰も逃げ出せなくなってる可能性もあるぞ」

シエナは冗談とは受け取らなかったようだ。落ち着かない視線と震える唇が、彼女の焦燥を何よりも雄弁に語っている。

実際、イレッダ地区から出る唯一の経路である〈墜落への道〉が封鎖されている可能性は充分にある。

五大組織同士での大規模な抗争ともなれば、もはや立派な内戦だ。大量に流入してくる避難民たち、しかもその多くが重犯罪者ともなると、政府にまともな感性があれば隔離策を採るに決まっている。

シエナが怯(おび)えた声で訊(き)いてきた。

「もし、ゲートが封鎖されたらどうなるの？」

「そりゃ、警察とイレッダの住民たちによる銃撃戦がおっ始まるだろう。そうなったら結末は見えてる。政府が軍隊を差し向けてきて、最終的には爆撃で橋を落としてしまうはずだ。自分たちの犯した過(あやま)ちを心から悔いながら、バカどもはめでたく海の藻屑(もくず)だ」

「……そうなったら、私たちも逃げられない」

「心配するな」一番右の車線まで移動して、俺は答えた。「別の逃げ道を手配してある」

もちろんこのままゲートまで向かうつもりなど毛頭ない。

進路の先で、道が二つに別れているのが見えた。このまま直進すれば〈墜落への道〉に到着するが、カイからの情報によれば、右方向に舵(かじ)を切って高速を降りるのが〈舟渡し〉が待つ波止場への最短ルートとなる。

俺はハンドルを右に回し、海側にせりだしている高架道路の出口へと針路を向けた。

「このまま直進しろ」

首筋に冷たい感触。ナイフの側面が顎までを撫（な）でていき、俺は背中が汗ばむのを感じた。

「救いようのないバカだな」殺意を込めて応戦する。「んなことして渋滞に巻き込まれたら、ハイルの刺客に追い付かれる」

「違う！」リザの怒鳴り声が狭い車内に響き渡る。「そっちはヤバい、殺される！」

結局俺は直進を強制され、逃走経路をみすみす見逃してしまう。

リザに抗議しようとした瞬間、世界が崩壊したかのような爆音が響き渡った。

猛烈に襲い掛かってくる熱波の正体を確かめるべく振り返ると、さっきまで向かおうとしていた高架道路の出口から白煙が立ち昇っていた。アスファルトは無残に破砕され、せりだした部分は根元から崩落を始めている。

「ロケットランチャーかよ！　クソっ、いったい何処（どこ）のバカだ？」

「……見なよ。正体を明かしてくれるみたい」

バックミラー越しの反転した世界に、一騎の大型バイクが躍り出てきた。

軍隊仕様のロケットランチャーを片手で軽々と構える、白髪頭の老兵。けたたましい排気音で潮風を引き裂きながら、漆黒の悪魔が刺すような威圧感を纏（まと）って疾走していた。

「ラーズ……！」

リザが歓喜にも憎悪（ぞうお）にも似た表情で男の名を呼んだ。かつて中央の〈猟犬部隊（ドッグス）〉の分隊長を務めていた、超級の銀使い。リザのかつての仲間を皆殺しにした処刑人。

今のリザが奴に対して抱いている感情がどんなものなのかは解らない。そしてそれが、彼女自身のものであるのかどうかすらも定かではなかった。

「どうして俺たちがいる場所が解ったんだよ。そっとしといてくれ！」

不幸を嘆く時間など与えられてはいないようだ。

ラーズはハンドルから両手を放し、ロケットランチャーに次弾を装塡。そのまま躊躇なく上方に向けて射出した。圧縮ガスを放射させながらロケット弾は加速を続け、超高速の領域に突入する。

軌道は俺たちからは逸れている。

奴の狙いは恐らく、俺たちの前方を進む車たちだ。

弾頭に充塡された爆薬が炸裂し、前方で轟音が鳴り響く。走行中の車がいくつか吹き飛ばされ、後続車両を巻き込んで大惨事を引き起こしていた。

大爆発によって急停止する車を必死に躱していくが、前方にはもうほとんどスペースがない。このままでは三〇秒も経たずに停止を余儀なくされ、ラーズに追い付かれてしまうだろう。

ただ、あんな化け物とまともにやりあうつもりなど毛頭なかった。

「シエナ、こいつを後方に投げてくれ！」

俺は蛇腹状に折り畳まれた鋲付きの鎖梯子——スパイク・ストラップをシエナに渡す。映画か何かで見て使い方は知っていたのか、シエナは助手席の窓を開けて、投網の要領で鎖梯子を路面に放り投げた。

そいつを踏めばタイヤは直ちにパンクし、バイクが転倒してしまう。だから当然、ラーズはバイクを迂回させて躱すしかないだろう。

片側三車線の道路では、奴が次に取る進路も読めている。俺はそこを狙い撃つべく、手榴弾を窓から後方に投擲する。

だが、ラーズの動きは俺の予想を容易く裏切った。

ロケットランチャーを後方に棄てた老兵は、両手でハンドルを握り、腕の力だけで前輪を持ち上げた。いや、ただのウィリー走行ではない。ラーズはスパイク・ストラップが後輪にぶつかる寸前で、全身をしならせて機体を宙に浮かせてしまったのだ。

あれだけの大型バイクを馬のように操るとなると、ただの技巧の冴えだけでは済まされない。銀使いだけが搭載する化け物じみた筋力が、空中への緊急回避を可能にしたのだ。

「反則すぎんだよっ、化け物！」

短機関銃を召喚し、窓から半身を出して発砲。しかしラーズは未来でも見えているかのように、射線を読み切って躱してみせた。

少し先では、爆炎を前に立ち尽くしている車たちが密集している。もうこれ以上速度を上げることはできない！

座席で中腰になったままナイフを弄んでいるリザが、悪魔じみた提案を投げてきた。

「ねえ、早く車を停めてくれる？　もうそれしかないって解ってるんでしょ？」

「ふざけるな」悪魔に自殺願望を植え付けられているとしか思えないリザに、俺は思わず叫んでいた。「ちゃんと見てんのか？　あいつは銃撃を完全に見切って躱してきてるんだぞ⁉　刀やナイフじゃ触れもしない！」

「だからこそ戦う価値がある」

肌を裂くほどに研ぎ澄まされた闘気と、烈火に染まる瞳。それが襲撃者だけに向けられている。

一切の人間性を排除した世界、闘争に飢えた獣のみが踏み込める純白の世界が見えた。境界線の内側から手を伸ばしても触れることすら叶わない、果てのない渇きが見えた。

「あいつだけは私が殺す。悪魔に魂を喰われたとしても、絶対に殺す」

それは、刺し違えてでも、と言っているのと同義だった。

悪魔がもたらした偽物の感情に、虚構で形成された愉悦に、リザは完全に支配されている。心を自ら手放した化け物に、俺の言葉など届くはずもない。

「リザ、ひとつだけ約束しろ」観念した俺は、差し出された白い手に刀を握らせる。「……死に急ぐな。危なくなったら大人しく退け」

「はっ」境界線の向こう側で、リザが言った。「知らねえよ」

ブレーキペダルを踏み、ハンドルを左方向に限界まで回しきる。

車体が路面を滑り、前輪を支点として九〇度ほど回転したところで停止。迫りくる襲撃者も、衝突を嫌ってバイクの速度を下げた。

歓喜を全身から迸らせたリザが、ドアを開け放って飛び出していった。

「待たせちゃってごめん、早く遊ぼ？　ね？」

リザは飛翔しつつ刀を抜き、バイクに跨る老兵めがけて落雷のような一撃を放つ。

「……ようやくだな」

口の端を凶悪に吊り上げながら、ラーズは腰から抜いた二本の短剣を頭上で交差させた。刃と刃が衝突し、金属質の悲鳴とともに火花が弾ける。

バイクに跨る不安定な姿勢でも、ラーズは微塵も揺るがなかった。化け物じみた体幹の強さで攻撃を受け止め、リザの身体ごと斬撃を弾き飛ばしてしまったのだ。

アスファルトを転がって衝撃を殺すリザに、一瞬で間合いを詰めた老兵が襲い掛かる。

右からの初撃を刀で受けた次の瞬間には、左方向からの水平斬りが迫っていた。リザはホルスターから抜いたナイフで辛うじて防御するが、細い身体は体重差を埋めきれずいとも簡単に宙に浮いてしまう。休む間もなく迫る追撃を、リザは空中で強引に回転して躱した。

俺の目で追えたのはそこまでだった。

二匹の化け物が高速で振るう刃は風景に溶けていき、火花と血飛沫だけが虚空を彩っていく。

リザは反撃の機会を封殺されたまま受けに回っており、四方八方から迫る刃によって少しずつ削られていく。

化け物同士の戦いが始まったことを悟ったのか、高架道路の上で往生している連中が車を乗り棄てて逃げ惑っていた。

車の中から戦況を見守っている俺は、自分が拳を握り締めていることに気付いてしまった。

あらゆる束縛から解放されたように笑うリザが、見る見るうちに己の血で全身を赤く染め上げているからだ。

白い歯を見せて凶悪に笑うリザの背後に、死神の鎌が迫っているのが見えたからだ。

致命的な決裂が眼前に横たわっていてもなお、俺にとってリザは切り離せない相棒だった。

不幸にも、そんな途方もない事実に気付いてしまった。

短機関銃を喚び出しつつ、俺は車から飛び降りる。

「シエナ、連中が放棄した車の陰に隠れてろ！　いいか、何があっても顔を出すな！」

「解った」シエナは、全てを受け入れるように強く頷いた。「……ラルフ、気を付けて」

「はっ、自分の心配だけしてろ」

後方に飛翔したリザを、ラーズが追撃しようとする。奴の踵が宙を浮いた瞬間を狙って、俺は短機関銃の引き金を引き絞った。

毎分五〇〇発の鉛玉の咆哮を、老兵はこちらを見ることもなく察知。

行動を強引に修正し、地面を転がって全弾を躱しきる。化け物としか形容できない動きに驚愕していると、俺の右肩に激痛が走った。

ラーズはいつの間にか右手で拳銃を抜いており、目で追えないほどの早撃ちを披露してきたのだ。あの体勢からではとても考えられない、化け物じみた技量。

「無粋な真似はするな。そこで黙って見ていろ」

幸い太い血管は傷付いていないようで、まだ何とか銃を握ることはできた。それに、老兵はこちらに背中を向けている。

それでも結局、再び銃口を向けることは出来なかった。

――少しでも動けば殺される。

奴の間合いから遠く離れたこの位置で、喉元に刃を突き付けられるような感覚に襲われているという事実に、俺は愕然とした。

「あんな紛い物に助けられて、お前はいったいどういうつもりだ？」

片膝をついて呼吸を整えているリザに、ラーズは悠然と歩み寄っていく。

「初期衝動はもう消えたのか？　せっかく銀使いになれたというのに、何故お前の世界にはまだ不純物が紛れ込んでいる？」

「……そんなの、もう全部断ち切ってる」

「嘘だな」

ラーズは断言した。

「何故(なぜ)なら、お前はこれほどまでに弱い」

高架道路に鳴り響く怒号も、潮風に運ばれてくるガソリンの焦げた匂いも、一秒ごとに存在感が消失していく。全てが、ラーズという戦神を引き立てる背景でしかなかった。

幾星霜(いくせいそう)の重みを感じさせる声が、世界にまた静寂を連れてくる。

「俺はお前と再会できて嬉(うれ)しいんだ、リザ・バレルバルト。かつて蒔(ま)いた種が芽を出し、花を咲かせ、実を結び、収穫の時をもたらしてくれる瞬間。ただ徒(いたずら)に死へと向かっていくだけの人生において、そう何度もあることじゃない。実に得難(えがた)いことだ。……だからこそ、リザ。俺を失望させてくれるな」

リザは痛みを堪えるような表情とともに立ち上がった。

「……うる、せえよ。お望み通り遊んであげるから、黙って殺されてろ」

「無茶な相談だな」ラーズは少しも笑わなかった。「俺は老衰以外では死なないだろう」

リザの右手が霞(かす)む。

気付いたときには、投擲(とうてき)された刀が高速回転しながらラーズに迫っていた。老兵が身体(からだ)を沈めて回避しようとしたところへ、ナイフに持ち替えたリザが地を這(は)うような刺突を放つ。

「捻(ひね)りがない、不合格」

予測していたラーズは片腕でそれを受け、もう片方の刃でリザの額を狙う。しかし、リザの口許には凄惨な笑みがあった。

「死臭がすんだよ、ジジイっ！」

罵声とともに振り下ろされる左手には、さっき投擲された刀が握られていた。二重の囮によって敵を欺いたリザは、ラーズの肩口を切り裂くことに成功。

姿勢を崩して仰向けに倒れ込むラーズ。

絶好機が訪れた。相棒は止めを刺すべく足を前に踏み込む。

「乳臭いガキが、何をほざいている」

リザの瞳が驚愕に見開かれる。

彼女の腹部は、老兵の爪先から飛び出した刃によって貫かれていた。

どうやら相棒は勝負を急ぎ過ぎ、盤面を読み違えてしまったらしい。ラーズの体勢が崩れたのが罠であることにも気付かなかった時点で、もはや勝負は決していた。

まだ塞がっていない傷を再び抉られた激痛で、リザは絶叫した。動きが止まったところへ回し蹴りを叩きこまれ、華奢な身体が俺の方まで吹き飛ばされてくる。

相棒を自殺防止用のクッションで受け止めつつ、俺は短機関銃でラーズを足止めする。老兵は深追いしようともせず、哀しみに満ちた声色で呟いた。

「やはり、二年やそこらでは充分に育ちきれなかったか。年甲斐もなく期待した俺が間違いだったのか？」

舌打ちとともに立ち上がるリザはもはや満身創痍(まんしんそうい)。

腹部の傷からは一秒ごとに命が流出し、アスファルトを赤く染め上げている。そもそも、地下水路で負った傷もまだ完治はしていないのだ。

どこからどう考えてもラーズとの実力差は瞭然だった。

なんせ、奴はまだ銀の弾丸の能力を使ってすらいない。

「……リザ」

「黙ってろ」

当然のように、俺の言葉は届かない。

だが、リザから薄(う)っすらと感じる違和感の正体はなんだ。その内側から感じる、焦げ付くような苛立(いらだ)ちの根源はなんだ。

適切な言葉を探っている内に、リザがまた飛び出していった。

「人間だった頃のお前の方が、まだ面白かった」

全てを懸けたはずの斬撃は、二振りの短剣によって軽々と弾(はじ)かれていく。

「お前はもっと渇いていたはずだ。だから俺に目を付けられ、銀使い(シロガネ)になれた。いいかリザ、もっと楽しめ。お前は今、かつて渇望(かつぼう)していた世界の中心にいるんだ」

ひとつひとつの所作に紛れ込ませた偽の動き(フェイク)は全て見破られ、先読みで放たれた刃によってリザの選択肢が少しずつ磨(す)り潰(つぶ)されていく。

「徹底的なまでの命の軽量化。疑問や理由などといった異物の排除。そうした前提の上にある、どこまでも純粋な命のやり取り。それこそが銀使い(シロガネ)にとっての幸福だ。心を満たし、潤してくれる唯一のものだ。お前はそれを求めているはずだ」

攻め手を喪(うしな)ったリザは、またしても守勢に回ることになる。相手の攻撃を全て受け切ってから反撃に転じるラーズには、王者の風格すら感じられた。

「なのになぜ、お前の口許(くちもと)からは笑みが消えている?」

決定的な指摘を受けて、リザの構えが一瞬だけ下がった。

その隙を見逃さず斜め上へと放たれた刃が、リザの左肩を深く抉(えぐ)っていく。言葉に変換されない絶叫とともに、リザは負傷した箇所を押さえて地面を転げ回った。

「……ふざけるなよ、リザ・バレルバルト」

ラーズはすぐに止めを刺さず、吐き棄(す)てるように言った。

「何をそんなに窮屈に戦っている。俺から何を守ろうとしている? 」

ラーズを見上げるリザの瞳には、根源的な痛みが薄く滲(にじ)んでいた。

それはまるで、拭えない呪いの残滓(ざんし)のようにも見える。

俺は自分の直観を信じることにした。

——リザの暴走は、過去の呪いによって引き起こされている。

「リザっ、そのまま地面に伏せてろ!」

このままではリザは殺される。

両手に呼び出した短機関銃で弾幕を張りつつ、俺は狂気に満ちた戦場に足を踏み入れた。恐怖で指先が凍え、膝が小刻みに震えている。

それでも銃撃の密度は充分で、ラーズをリザから引き離すことができた。

置き去りにされた車の陰までラーズを後退させながら、血塗れで転がっているリザの元に辿り着いた。少しでも弾幕を途切れさせてしまうとラーズに接近を許してしまうだろう。相棒の状態に気を遣っている余裕などはなかった。

「か弱い乙女には無謀な要求だろうが、とっとと立ち上がれ。シエナを連れて逃げるぞ」

「だから何度も言ってんでしょ。私はあいつと戦わなきゃいけない」

「いいか、策を伝えてやる。……先に言っておくけど、お前の我が儘に付き合ってる暇はねぇからな」

「は？　なに勝手に言って……」

俺は短機関銃を一つ消し、空いた右手でリザの細腕を掴んで強引に立ち上がらせた。そのまま後ろ向きに走り、シエナが隠れている車の群れへと進んでいく。

「やめろっ、放せバカ！」

「バカはどっちだよ。マジでぶっ殺すぞ」俺は怒りに任せて捲し立てる。「てめえがこの期に及んで自殺を望むなら俺は止めない。化け物らしく無意味な戦いに挑んで、出来るだけ間抜けな方法で殺されればいい。それで俺の気もいくらか晴れるだろうし、連続猟奇殺人鬼の死で世界も少しは平和になるだろう。……ただな。胸糞悪いから、迷ったまま死ぬのはやめろ」

「は？　何のこと……」

「気付いてねえのはてめえだけだ。あの化け物と殺し合っていたいなら、もっと楽しそうにやれよ。……それができないなら、大人しく目的を思い出せ。お前にとっての、切り離せないものが何か思い出せ」

リザは苦い表情のまま口を噤む。代わりに、腕が強引に振り解かれた。俺としても、別に答えなど求めてはいなかった。

痺れを切らしたラーズが、車の陰から飛び出してくる。銃口で奴の動きを追うが、全てが無駄であることに一瞬で気付く。

「あのクソジジイ、車のドアを……！」

メタリックブルーのドアを即席の盾として、ラーズが凄まじい速度で迫ってきていたのだ。

俺の銃撃は全て弾かれていき、奴の速度を落とさせることすらも叶わない。

「……解った、ならばこうしよう」ラーズは深淵のごとき瞳を携えて言った。「お前を縛っているものを、俺が全て断ち切ってやる」

ラーズは地面を蹴り、次の瞬間には俺の視界から消えていた。

「まずはお前からだ」

何かが太陽を遮り、視界に昏い影が広がっていく。その正体を認識するよりも先に、頭上から二振りの刃が降り注いできた。

俺は咄嗟にリザを突き飛ばした。

何かが引き裂かれる、鋭利な音。

痛みは全く感じなかった。

恐怖も絶望も同じだ。不思議と何も感じなかった。

知覚したのは、眼下から噴き出して世界を染めていく赤い飛沫だけだった。

それも一瞬で灰色に変わり、身体の何処かを斬られたという実感だけが残る。

世界が大きな壁に押し潰されていくのを感じたが、それは俺の身体が地面へと倒れているからだった。受け身を取ろうとしても、指の一本にすら命令が届かない。

状況を掴めずにいる内に、世界が急速に閉ざされていく。

7 Turn That Shit Up

MAD BULLET UNDERGROUND

真横からの衝撃によって世界が傾いていく。

そこで繰り広げられている光景を、リザ・バレルバルトは紅の瞳に焼き付けた。

振り下ろされた白刃。

その軌道上で尾を曳いていく赤い飛沫。

前のめりに倒れていく仕事仲間。

遠くから聴こえる少女の叫び声。

頭の回転は地獄のように遅く、目の前の光景を現実として処理することができない。足に力が入らず、リザはその場に膝をついてしまう。世界の解像度が急速に低下して、目に入るもの全ての輪郭が曖昧になっていく。

曇り硝子の向こうに閉じ込められた世界。そこから弾き出されていく意識。心の何処かに去来する、劇物めいた虚無感。

——お前にとっての、切り離せないものが何なのか思い出せ。

ラルフが最後に残した言葉が、頭の中に反響し続けている。

しかし、状況は言葉の意味を咀嚼するまで待ってくれるはずもなかった。

「どうした、リザ・バレルバルト。せっかくお前に混じっていた不純物を取り除いてやったんだ。笑え。武器を取れ。全てを棄てて向かってこい」

リザの反応がないことに業を煮やしたのか、ラーズは呆れたように肩を竦めた。

「……そうか、もう一人残っていたな」

ラーズは乗り捨てられた車両たちの陰に隠れているであろう、シエナの方に歩いていく。

「ハイルから殺害は止められているが、逆に言えば生命活動以外の全てを殺すことはできる」

淡い記憶が、高架道路の光景に滲(にじ)んでいく。

重低音に包まれたライブ・ハウスでの熱狂。

興奮と恍惚(こうこつ)の中、隣で声を張り上げていた少女の横顔。

「これでも部隊にいた頃に、簡単な医療技術くらいは修めてる。安心しろ、手足を切断された人間を延命させることくらい訳はない」

不可逆的な喪失の予感。

それは彼女にとって初めての感覚ではなかった。

「そこで見ていろ、リザ」ラーズが掲げる短剣の真下には、シエナの怯(おび)え切(き)った表情があった。

「これでお前は、完全に純粋な存在になれる」

二年前の八月一七日——そうだ。あの日も、こんな風に何かを失った。

◆

警察から銀の弾丸を奪った後、散り散りになって犯行現場から離れていた面々は、イレッダ地区の外れにある廃倉庫で合流した。

　太陽はもう完全に昇りきっており、朽ちて崩落したトタン屋根の隙間から殺人的な光が束になって降り注いでいる。

　警察から強奪したアタッシュケースを木箱の上に置き、リーダーのファビオが切り出した。

「よくやった。ここまでは全て順調だ」

　強盗どもから歓声が上がる。

　口々に自分たちが成し遂げたことのデカさを誇り、警官どもの無能さを嘲り、これから訪れる裕福な暮らしを祝い合った。サポートに回ることになって不完全燃焼のリザですらも、このときばかりは胸の高鳴りを抑えきれなかった。

「しかし、ファビオ。あんたとの仕事はいつもクリーンでいいね」

　今回運転手を務めた、長身痩軀の男は続けた。

「警官どもを殺さなかったのは良い判断だ。イレッダ署の連中は、自分たちさえ無事なら報復で俺たちをブチ殺しに来ることもないだろう」

「……買い被るなよ。単に殺しが好きじゃないだけだ」ファビオはアタッシュケースを叩きながら言った。「それに、こいつをこの倉庫で換金するまでが仕事だ。水を差すようで悪いが、まだ何も終わっていない」

　どこまでも冷静なリーダーに、男は肩を竦めてみせた。

ファビオの言う通り、まだ自分たちは何も手にしてはいない。

そもそも今回の仕事は、イレッダに拠点を構える犯罪組織からの委託業務だった。警察から奪った銀の弾丸を、その組織に売りつけるまでがセットとなる。

どうせ自分たちのような強盗団には銀の弾丸など使いこなせない。それに、先方から提示された額はこれまで背負ってきたリスクに充分見合うものだ。不満を口にする者はひとりとしていなかった。

「クソっ、じゃあ乾杯は全部が終わってからかよ」

浮かれきった男が抱えているクーラーボックスを見て、強盗団は笑いを堪えることができなくなった。

呆れて肩を竦める者、赤面する男に肩を組んで慰める者、遠巻きから眺めている者――個人主義の悪党どもの態度は様々だったが、廃工場は奇妙な一体感に包まれていた。

そこに繋がりがあることは確かだった。

互いに素性を知らず、仕事が終われば解散するだけの関係なのだとしても。

「……リザ、楽しそうだな」ファビオが顔を覗き込んできた。「お前が笑ってるのなんて初めて見た」

「は？　うるせえよ」

「照れるなよ。……どうせ、これまではずっと孤独だったんだろ？　こんな地の果てに流れてくるような連中は皆同じだ」

「ファビオ、余計な詮索は……」

「解ってるよ、ちょっとからかってみただけだ。……けどな、リザ。そこがたとえドブの底だったとしても、世界の何処かに居場所があるって感覚は悪くないだろ？」

微笑みかけてくるファビオに、リザは上手に皮肉を返すことができなかった。

廃工場には、すっかり弛緩した空気が流れてしまっていた。

それがいけなかったのだろう。

メンバーの一人、今回は偵察役に回っていた妙齢の女が、何の気なしに言った。

「あれ？　クライアントはまだ来ないの？　アポの予定時間はもう過ぎて……」

女の台詞は、鼓膜を犯してくる銃声によって搔き消されていく。

仕事の成功を確信していた悪党どもは最初、襲撃に対してまともに反応することができなかった。身体は硬直し、思考は停滞し、それ故に不運な連中から先に殺されていった。為す術もなく、一方的に殺されていった。

「武器を構えて物陰に飛び込めっ！」

ファビオの怒号に従って、生き残っていた者は木箱やドラム缶の陰に滑り込んでいった。

銃声から判断するに、襲撃者は一〇名は下らないだろう。対する強盗団はもう六人程度しか残っていない。

安い拳銃で頼りない反撃を行ないながら、仲間の一人が言った。

「見ろ、皆！　あいつら警察の特殊部隊だ！」

「何だと？　どうしてここが……」

銃声をやり過ごしつつ、ファビオは苦い顔をして答えた。

「……まずいな。俺たちは嵌められたんだ。クライアントと警察はグルだ！」

よくある話だ、とリザは不自然なほど冷静に思った。

所在の掴めない犯罪組織を一網打尽にするために、警察自身が餌をぶら下げて獲物を釣り上げるのはよくあることだ。

もちろん、まともなやり方なら注意深いファビオの目を欺くことはできなかっただろう。

警察は恐らく、実在する犯罪組織に多額の報酬を渡して抱き込んだのだ。おまけに、手を出せば自動的にブラック・リスト行きとなる〈銀の弾丸〉を絡めることで、強盗団を皆殺しにしても誰からも文句を言われない状況まで作り上げた。

こうなった以上、このチームはもう終わりだ。

怠惰が常のイレッダ署がどうして急に本気になったのかは解らないが、自分たちのような弱小組織にこんな窮地から抜け出す力はない。悪党は悪党らしく、無様にも罠に掛かって鏖殺されていく。結末はもう見えていた。

万に一つも希望はなく、全ての扉は既に閉ざされている。

リザは、ナイフを握り締める自分の手が震えていることに気が付いた。

きっと、これは恐怖などではない。

素性も知らないまま、別れの言葉もないままに死んでいった強盗仲間たち。彼らとの繋がりは絆と呼ぶにはあまりにも脆かったが、それでも間違いなく彼女にとって簡単には切り離せないものだった。

まともに生きることができない破綻者を理解し、受け入れてくれたろくでなしども。その喪失を認めてしまったから、リザは怒りで震えていたのだ。

「リザ、いったい何のつもりだ？　お前はどこかに隠れてろ！」

「……殺してやる。一人残らずぶっ殺してやる」

「おい、待て！」

必死に制止しようとするファビオも、応戦する仲間たちの絶叫も、血塗れで床に転がっている敗北者たちの断末魔も、全てが雑音でしかなかった。

銃弾をぎりぎりでやり過ごしながら、リザは障害物から障害物へと身軽に移動していく。一度でも判断を誤れば、一瞬でも動きが止まれば、一欠片でも不運が転がってくれば、直ちに死神の鎌が振られてしまうだろう。リザは、己の命が極限まで濃縮されていくのを感じた。

他の仲間たちに気を取られて銃撃を続けている男は、リザの接近に気付いていなかった。

怒りを慟哭(どうこく)に乗せて、男の腹部にナイフを深く突き刺す。呻(うめ)き声(ごえ)を上げる男を蹴り飛ばしてナイフを抜くと、そのまま隊列を組む特殊部隊の中心に飛び込んでいた。

「逃げてんじゃねえよ、死ねっ！」

友軍誤射(フレンドリー・ファイア)を恐れて攻撃を躊躇(ちゅうちょ)している面々を見て、リザの怒りは頂点に達した。

彼らは別に、悪魔ではないのだ。

法の道を外れた犯罪者どもは容赦なく殺せても、仲間に牙を向けることは好まない。だからこそ、仲間たちを淡々と排除してしまった善良な襲撃者たちを許すことができなかった。

銃を握る手首や、がら空きの腹部を狙ってナイフを振り続けた。誰か一人くらいは殺すことができたのか、あるいは深い傷を負わせただけだったのかは解(わか)らない。空にした心を憎悪(ぞうお)で満たしながら、ただひたすらに暴れ続けた。

「その辺にしておけ、ガキ」

凄(すさ)まじい力で喉を摑(つか)まれ、リザの身体(からだ)は強引に持ち上げられる。

呼吸が断絶し、視界が赤く染まっていく。抜け出そうと藻掻(もが)いても脚が空を切るばかりで、意識が薄れていくに従って、抵抗することも困難になっていく。

「銀(シロガネ)使いがいる可能性があるって報告を受けてわざわざ増援に来てみたら……、ただのチンピラどもじゃねえか。とんだ無駄足だ」

白髪頭に、深い皺(しわ)の入った厳(いか)めしい顔。

熟練の気配を漂わせる老兵が、煙草を咥えながら呟いた。

「これでも俺は悪人ってわけじゃない。今年で定年とはいえ、仮にも公務員……〈猟犬部隊〉の人間だしな。お前のようなガキは流石に生かしといてやる。刑務所で一五、六年反省したら、もう二度と銀の弾丸には関わらないことだ」

老兵はそこで興味を失ったのか、リザの首から手を離して仲間たちの元へと歩いていった。まるで自分には銃弾が当たらないことを確信しているかのような、堂々とした闊歩だった。

「まっ、待って……」

必死に伸ばした手は、特殊部隊の男が取り出した手錠によって拘束されていく。どうすることもできない自分の無力さを呪いながら、リザは目の前の光景を目に焼き付ける。

「なっ、なんだてめえっ！　そんな短剣でどうするつもり……」

「きゃあああああっ！　嘘でしょ、ブラッドが……」

「気を付けろ！　こいつは銀使いだっ！」

「何なんだ……。何でこんな化け物が俺たちなんかを」

「戦おうとするな！　逃げろっ、逃げるんだ！」

老兵は散歩でもするかのような足取りで歩を進め、逃げ遅れた仲間たちの首を次々に刎ねていく。断面から噴出する血液を浴びることもなく更に前進し、腰を抜かした者、無謀にも反撃しようとした者から順に葬列に加えていく。

圧倒的強者による、理不尽なまでの殺戮の光景。

逃げ惑う仲間たちは、まるで予定調和のように容易く殺されていった。

自らをチームに誘ったファビオも例外ではない。

気紛れに頸部を通り過ぎていく刃によって、彼は一瞬で首無し死体へと変換されてしまった。

別に、殺されゆく彼らのことを好きだったわけではない。

ただの仕事仲間、それも私利私欲によってのみ繋がる希薄な関係だった。

切断された首を円状に並べられても、完成した残酷なオブジェを目の前で写真に収められてもなお、瞳から涙が零れることはなかった。

だが――だとしたら、この喪失感はなんだ。

心の内側から、何かが抜け落ちていく感覚。

体中の水分が蒸発し、骨の髄まで干乾びていく感覚。

その正体を言語化することもできずに、リザは無理矢理立ち上がった。

自らを急き立てているものが何なのかも解らないまま、首のない死体たちを見下ろしている銀使いへと突進していく。

――腹部に激痛が走る。

何か温かいものが、自らから流出していくのを感じる。

辛うじて下を向くと、老兵が握る短剣によって腹部を貫かれていることが解った。

「さっきガキは殺さないと言ったが、それはただの努力目標だ」低く冷たい声が鼓膜に注ぎ込まれていく。「強盗団に入って、好き勝手に暴れ回って、それでも自分だけは死なないと思っていたのか？　まさか自分が、この世界の主人公だとでも？」

鼓膜から伝わってくる音声に、徐々にノイズが掛かっていく。

薄れゆく意識の中で、リザは自らに訪れた喪失感の正体を思い知った。

友情でもまして愛情でもなく、利害の一致とスリルへの渇望によってのみ結びついた仲間たち。それでも彼らは、価値観の相違によって周囲から疎まれ続けてきた人生において、初めてできた理解者たちだった。

もしかすると自分は、そんな些細なものをずっと求めていたのかもしれない。

「……せっかく、少しはマシになってきたところだったんだ。なのに」

「まだ意識があるのか」初めて、銀使いの感情が動いた。「その傷で立ち上がってみせたことは称賛に値する。……だがお前は弱い。弱いから全てを喪うんだ」

耳はもう、ほとんど聴こえなくなっていた。

それでも何故か、銀使いの言葉だけが辛うじて脳に侵入してくる。

瀕死の少女には、降って来る言葉の意味を噛みしめることしかできなかった。

「お前にはもしかしたら、こちら側に足を踏み入れる資格があるのかもしれない。悪魔に支配されたろくでなしどもによる、狂気と殺戮に満ちた世界に。もしお前が望むなら、俺が警察に口利きしてやってもいい」

もはや、男の声すらも聴こえてはいない。ただ、音律を伴わない意味の連なりだけが頭に響いてくる。もしかしたらそれも、この化け物の能力なのかもしれなかった。

「……ああ、これは何かの運命だな」銀使いは続けた。「気付いているはずだ。もうお前の聴力は死んだ。俺を殺さない限り元に戻ることはないだろう。そして偶然にも、お前たちが強奪した〈アムドゥスキアス〉は、音を司る権能を持つとされている」

閉じていく視界。

宙を舞っていく意識。

最後に流れ込んだ言葉が、心臓に楔となって打ち込まれていく。

「音を喪った世界で平穏に生きるか、全てを取り戻して狂気の世界に進むのか。先に言っておくが、人間のまま死にたいのであれば前者をおすすめする。だがお前が、狂気に満ちた選択をするのなら歓迎してやろう。いつか本物の音を取り戻すために、銀使いになって俺を殺しにくればいい」

老兵が紡ぐ口上など、心底どうでもよかった。

そんなくだらないことよりももっと差し迫った問題に、リザは首を絞められている。

決定的な喪失を引き摺ったまま、まともな人間として、日付を喰い潰していく――そんな地獄が、この先に待っている。

そこで生きていく自信など微塵もなかった。

だから少女は自らの心が殺される前に、偽物の感情を作り出すしかなかったのだ。

生まれてからずっと感じていた渇きを満たしてくれるのは『理解者』や『居場所』などではない。心を喪った銀使いどもとの、狂気に満ちた命のやり取り——そんな純粋で美しい世界こそが、心の空洞を埋めてくれる。

「……さあここで選べ。お前が歩む地獄を決めろ」

リザは迷わなかった。

膨れ上がり自らを圧し潰してくる喪失感から、一刻も早く逃げ出してしまいたかった。

◆

摺り硝子の向こうの世界から、微かな響きが聴こえた。

声というにはあまりに頼りなく、言葉というにはあまりに曖昧な響き。

それは次第に輪郭を帯び、意味を纏い、言葉に成って鼓膜に届いてくる。

——リザ、お前にとっての、切り離せないものが何なのか思い出せ。

それが意識の混乱が生み出した幻聴であることなど、大した問題ではない。

次に鮮明になったのは視界だった。世界の感触を確かめるような慎重さで、焦点がゆっくりと定まっていく。

乗り捨てられた車の陰で動く、二つの人影が見えた。

ラーズはすぐにシエナの手足を切り落とそうとはしていなかった。まずは腹部を蹴り上げ、仰け反ったところで喉を摑んで持ち上げる。放心するリザに見せつけるように、戦神は過剰なほど丁寧に罰を執行している。

「……やめろ」

リザは最初、喉から零れていった言葉が誰のものであるのか解らなかった。

血に汚れた地面を這いずりながら、心臓の奥で燻っているものの正体を確かめる。

「……やめろ、ラーズ」

様々な記憶が、泡沫のように浮かんでは弾けていく。

安ホテルの一室で出会ったときの、怯えきった翡翠色の瞳。

下水の匂いが漂う地下水路での生温いやり取り。

異形の怪物に呑み込まれた少女の絶叫。

戦いの果てに訪れた安堵と静寂。

気紛れで受け渡した文庫本と音楽プレーヤーの質量。

重低音に浸されたクラブ・ハウスでの熱狂。

銀の弾丸を心臓に埋め込んでから、己を理解してくれる者は戦場にしかいないと思っていた。

数秒後にはどちらかが死体に変換されるような、刹那的な関係性こそが自分の求める全てだと思っていた。

だが、本当にそれが真実なのか？

好きな音楽について語り合う時間の中にも、それは存在していたのではないか？

かつて自分が求めていたものは何だ。

かつて、この掌（てのひら）の中にあったはずのものは――――。

「……ラーズ」

それは、心からの懇願だった。

「その子から……手を離してよ」

リザはようやく、過去に置き去りにしてきた本物の感情を思い出した。

かつての彼女は、自らを理解し、受け入れてくれる誰かをずっと求めていたのだ。

やっと手に入れたはずの居場所を失ったから、二年前の自分は銀の弾丸を受け入れてしまったのだ。

「銀（シロガネ）使いが吐くべき台詞（せりふ）ではないな」ラーズは失望を露（あら）わにする。「まあ、もう少し待っていろ。これでお前は完璧になれるはずだ」

リザは涙を流すことも、叫ぶこともできなかった。

精神の大部分には、強敵（ラーズ）との戦いへの歓喜と期待が居座っている。銀の弾丸の傀儡（かいらい）になったこの身では、悲劇を正常に哀しむことも、喪失の予感を恐れることもできない。

それでも、腹の底で渦巻く怒りだけは消えなかった。

銀の弾丸が偽物の感情を植え付けてくるのなら、それを否定するために動き続けなければならない。澱みの中で停滞していては、自分が自分であることすらも見失ってしまう。

ラーズが握る短剣が翻り、陽光を反射して煌めく。

短剣はラーズの意思次第で、シエナの右腕を容易く切断してしまうだろう。

もう、その瞬間は眼前まで迫っている。

「ラーズっ！」

偽りの感情——歓喜や興奮、愉悦といった全てを否定するため、リザは獣の咆哮を上げながらラーズへと突進した。

リザの接近を感知して、ラーズの動きが一瞬だけ止まる。

それだけの隙があれば充分だった。

「シエナ、伏せてろ！」

叫び終わる前に、リザは刀を全力で放り投げる。地面と水平に回転しつつ飛翔する刃を、ラーズは膝をついて屈み込むことで回避。だが次の瞬間には、既に間合いを詰めていたリザの爪先が顔面に迫っていた。

ここまで不意を突かれてしまえば、歴戦の老兵であったとしても短剣の側面で受けるので精

一杯だった。衝撃を殺すために後方へと飛翔している間に、リザはシエナを回収して短剣の間合いから離れていく。

「……ありがとう、リザ」腕を掴まれて後退しながら、シエナは笑った。「助けてくれたのはこれで二回目？」

リザは不平を訴えてくる偽物の感情に抗いながら、静かに答えた。

「……さあ、もう忘れた」

◆

焼け石のようなアスファルトにうつ伏せになっているにもかかわらず、俺は自らの体温が急速に低下していくのを感じていた。

意識はある。だが脳から送られる電気信号は手足にまでは届かない。全身から一秒ごとに命が流出していく恐怖を、身動き一つとれずに噛み締めているしかない。

絶望に打ちひしがれる俺の頭上に、無遠慮な罵声が降り注いできた。

「いつまでそこで寝てんだよ、貧弱野郎。無駄に死にかける芸風にはもう飽きたから、さっさと立ち上がれば？」

状況見て言えよ、クソ女。それと、好きで毎回死にかけてるわけじゃない。

「は？　なに無視してんだよ。……返事しないつもりなら、グラノフから聞いたあんたの恥ずかしいエピソードをどんどん発表していくから」

やめろ、完全に悪魔の所業だ。

「その一。泥酔したら、学生の頃から温めてた自作のポエムを延々と語り始める」

初っ端から捏造はやめろ！

「その二。返済期限を延ばしてもらうために、借金取りどもの事務所を月一で清掃してる。ついでに靴も全部舐めて綺麗にしてやってるんだっけ？」

「……いい加減にしろ、リザ」やっと声が出た。「嘘はもっと丁寧に吐け」

震える膝を怒鳴りつけて、俺は何とか立ち上がることができた。原動力は間違いなく、性格の悪い相棒への殺意だろう。

「……このクソ野郎。後で絶対にぶっ殺してやる」

「今すぐにでもくたばりそうなゴミ虫が、なに虚勢張ってんの？」

不敵に笑うリザの横顔には、燃え滾るような覚悟が満たされていた。

「……茶番はいいからさ、手を貸してよ。私らは、シエナを守らなきゃいけないんでしょ？」

「当たり前だ」短機関銃を両手に喚び出しつつ、俺も笑った。「やっと思い出したな」

全身を犯してくる激痛で視界は赤く点滅している。

鎮痛剤を服む気にもならなかった。どうせ、ただの気休めにしかならないだろう。

「生きていたか。紛い物にしてはしぶといな」

リザとふたりで得物を向けていてもなお、熟練の老兵には警戒する素振りすら見られなかった。小さくて可愛いネズミたちが飼育槽の中から必死に威嚇しているな、くらいにしか思っていない表情だ。

驕りも油断もなく、ただ一つの事実として、ラーズは弱き者たちの牙が自らには届かないことを確信している。

銀の弾丸の悪魔に支配されていたマクスウェルや、自ら破滅を望んでいたウェイドとはわけが違う。今の俺たちが何をどう足掻いたところで、ラーズを倒すことはできないだろう。

だが、それでも希望を摑み取ることまで諦める必要はない。

もう二度と、平穏な日々への渇望を棄てることなど有り得なかった。

「リザ、文句を言わず聞いてくれ。あの化け物から、逃げ延びるための策を伝える」

相棒は一瞬のうちに表情を様々に変化させたあと、覚悟が宿った響きで答えた。

「全てを棄てて、ラーズと戦いたい自分がいるのも認めるよ。それが偽物の感情だとしても、もう私の一部なのは間違いない」

何かを振り切るように瞬きをしたあと、紅い瞳にはもう迷いなどなかった。

「でも今は、もっと大切なことがある」

「……了解の合図と受け取っても？」

「いいから、早く作戦を教えろよ」

リザが周囲の音を消したことを確認して、俺は死の淵で紡いだ策を告げる。

リザは呆れたように笑った。俺も皮肉めいた笑みを返してやる。どう考えても、確実性の高い策ではなかったのだ。

思えばいつもそうだった。

弱き者たちが希望を掴み取るには、極大のリスクを背負うしかない。

「そんなの、本当に成功すると思う？」

「どう甘く見積もっても二割ってところだな」

「なら、神様に良心がないことを期待しないとね。悪人が報いを受けるのが道理なら、賽子が悪い方に転がってあんたも私もくたばる」

「神なんてもんを信じてねえから、俺もお前もこんな地の底にいるんだろ」

「はっ、確かに」

天に救いを求めるには、俺もリザもとっくに汚れすぎている。神に唾を吐いた罪人たちは、己の手で希望に続く道を切り開かなければならないのだ。

覚悟を決め、俺は攪乱用の爆薬を足元に叩き付けた。

破裂音とともに巻き上がった黒煙を隠れ蓑にして、俺たちは乗り棄てられた車が密集する方向へと駆け出していく。

「音を消して遮蔽物に隠れるのがお前たちの戦い方なのか？　あまり失望させるな」

苛立ちとともに吐き棄て、ラーズは手近にあった車の屋根に飛び乗った。

高い位置から俺たちを探すつもりなのだろうが、あれでは的にしてくれと言っているようなものだ。

俺は奴の背後に回り込み、短機関銃の引き金を引き絞った。

射線上にあった窓ガラスが音もなく砕け、フレームから生じた火花が虚空を舞い踊る。しかしラーズは身体を捩って銃撃を躱しきり、屋根を蹴って次の車に飛び移っていた。

リザの能力で、奴に物音は聴こえていない。死角にいた俺の位置を捕捉できたわけでもないだろう。

つまりラーズは、俺を誘導するための罠を張っていたのだ。

敢えて銃撃で狙いたくなるような挙動を見せ、馬鹿がつられて撃ってきたところで、銃弾の方向から居場所を特定する。確かに定石通りの戦術ではあるが、こんな近距離でそれを実行できる化け物など想定できるはずがない。

「そこか」

やはり、銃撃の方向から俺の位置は完璧に把握されていた。獣じみた殺意を滾らせて、ラーズがこちらを振り向いてくる。

その刹那、黒い影が車の影から飛び出していった。

音の消えた世界に、金属が甲高く弾(はじ)けるような幻聴が響く。

首筋を狙って放たれた刃は、背後に向けて伸ばされた短剣によって防がれてしまう。しかしラーズが身体(からだ)を捻(ひね)って反撃に移ろうとしたときには、リザはもう別の車の陰へと逃げ込んでいた。

「……何だこれは」

俺とリザは銃撃と斬撃で交互にラーズを狙い、反撃を受ける前に後退するという流れを繰り返していた。車の屋根が斬り飛ばされ、銃撃で穴を穿(うが)たれたガソリンタンクから透明の液体が流出していく。俺たちは辛抱強く、ラーズとの距離を一定に保ち続けた。奴にこちらの狙いを悟られてはならない。

「ふざけるな、リザ。あのとき俺が種を蒔(ま)いたのは、お前にこんな戦い方をさせるためじゃない。断じて違う」

死角から投擲(とうてき)されたナイフを難なく躱(かわ)しながら、ラーズは続ける。

「何故(なぜ)だ、もっと楽しめばいいじゃないか。俺たちは闘争に飢えた者同士、もっと純粋に殺し合うことができるはずだろう」

二方向からの挟撃を嫌ってか、ラーズは海へとせり出す高架道路の、円弧の外側へと位置取りを変え始めた。あの位置なら俺たち二人の動きを同時に把握できるだろう。退屈な戦いに焦(じ)れた戦闘狂は、そろそろ本格的に反撃してくるつもりなのだ。

太陽はもう水平線に墜ちかけており、空は橙色に染まっていた。海に沈む夕日に輪郭を象られたラーズが、戦神と呼ぶに相応しい姿になって言う。

「いい加減に目を覚ませ。俺と同じ盤面にまで上がってこい」

「目ならとっくに覚めてんだよっ！」

挑発に応えて飛び出したリザの刺突は、交差させた短剣によって軽々と受け止められる。リザにはもう音を消す能力を発動させる余裕などないのだろう。鋭い金属音が、橙に染まる高架道路に響き渡っていく。

続けて放たれた三段突き、そこから派生する流麗な剣舞も、ラーズは全て片手で捌いていく。リザの剣舞に僅かに生じた綻びを突いて、ラーズはもう一方の短剣でリザの腹部を狙った。必死の形相で身を捩って躱したリザは、車体を全力で蹴りつけて後方に飛翔する。

「回避を前提とした、臆病な剣だ。そんなもので俺を斬れるとでも？」

「いいんだよ、これで」リザは凶暴に笑った。「あんたは灼かれ死ぬんだから」

世界を焦がすような咆哮が、夕空に響き渡った。

爆炎が立ち上がる。

炎は獰猛に吠えながら一瞬で拡散し、紅蓮の檻の中にラーズを閉じ込めてしまった。

リザと斬り結ぶことに奴が集中していた隙に、俺はガソリンを垂れ流す車へと火炎瓶を投擲していた。

車が密集する場所で当たる見込みのない銃撃を繰り返していたのは、全てこのための布石だった。銃撃が狙っていたのはラーズではなく、乗り棄てられた車たちのガソリンタンクだったのだ。

「小賢しいな」

炎上する戦闘服を剝ぎ取りながら、ラーズが炎の中から飛び出してきた。身体にはまだ炎がかなり残っているが、奴の台詞には焦燥など一切含有されていない。

「どんな化け物だよ！」

異常な光景に戦慄しながらも、頭だけは冷静だった。車上を転がって炎を消しているラーズの方向へと、計画通りに手榴弾を投擲する。

追撃を予測していたラーズが、消火もほどほどにその場から飛び退いた。殺傷範囲から逃れることはできずとも、車の陰に飛び込んでしまえば即死は避けられるという判断だろう。

「逃げてんじゃねえよッ！」

着地地点を予測していたリザが、飛燕の速度で襲い掛かった。

地面と水平に放たれた初太刀を辛うじて受け止めたラーズは、衝撃を殺し切れず後方へと転がっていく。

今ごろになって手榴弾が炸裂し、鉄片を爆風に乗せて周囲にバラ撒いていった。粉々になって吹き飛ぶ車の残骸が、決闘者たちの間を通り抜けていく。

それでも、二人の目にはもはやお互いしか映っていないようだった。

硝子片(がらすへん)や鉄屑(てつくず)が肌を裂くのにも一切構わずに、リザは体勢を崩したラーズへと追い縋(すが)る。

「そうだ、来い！　お前の、闘争への渇さを見せてくれ！」

強者の言葉とは裏腹に、ラーズが苦し紛れに放った斬撃は空を切る。リザが走行速度を僅かに変化させ、男の予測を乱したのだ。

両腕が後ろに流れ、ラーズは無防備な上体を晒(さら)してしまった。

これ以上の好機は、この先絶対に訪れないだろう。

ここで勝負を決めなければならない。

一切の迷いを排除して、リザは男の眼前に力強く踏み込んだ。

「甘いな」

ラーズの口許(くちもと)には笑み。余力を残していた老兵は、そのまま無理矢理地面を蹴って空中へと退避する。

「あんたがね」

それでも、リザは老兵の動きを完全に読み切っていた。

膝を撓(たわ)めた姿勢で一拍だけ待ち、ラーズの両足が完全に宙に浮いた瞬間を狙って刀を振り上げたのだ。

女の悲鳴のような高音が、大気を引き裂いていく。

高周波によって万物を切断する一撃を、短剣で防御することなどできないだろう。そして今ラーズがいるのは回避行動が取れない空中。この時点で、勝負は完全に決した。

——ただそれは、相手が尋常の範疇にいる存在であればの話だ。

リザの攻撃はラーズに届かなかった。刀の先端が最高速度に達する寸前に、刃の側面を蹴られて軌道が逸れてしまったのだ。

奴の身長から考えれば足が届く道理はない。目を凝らすと、ラーズは戦闘用のブーツを脱いでおり、足の指でそいつを摑むことで蹴りの射程を伸ばしていたのだ。

この状況になることを最初から読み切り、事前に備えておかなければ有り得ない動き。もはや未来視にも等しい所業だった。

「惜しかったな。だが、まだ俺には届かない」

「はっ」それでも、リザの動きは止まらなかった。「あんたなら、このくらい防いでくれると信じてたよ」

リザはいとも簡単に刀を手放し、もう片方の手でコンバットナイフを抜いていた。

ここでも、ラーズの反応は恐ろしく早かった。

ラーズは空中で身体を丸め、膝や腕で急所を覆い隠す。たとえナイフを突き刺したとしても、主要な臓器には絶対に届かない。それどころか、攻撃後にリザが無防備になったところへ反撃を食らう可能性もある。あそこまで接近してしまえば、相棒であっても回避や防御を選択することはできないだろう。

地形を利用した連携によって隙を作り出し、狂気を孕んだ駆け引きで出し抜いたとしても、刃をラーズの心臓に届けることはできないのだ。

人の身で神に触れることを罪と呼ぶのなら、ラーズに挑んだ時点で俺たちは処刑台に上っているようなものだった。戦神が立つ盤面は、俺たちにはあまりにも遠すぎる。

——だが、それでも俺たちは希望を摑むことができる。

一人では届かないなら、徒党を組めばいい。

二人でも届かないなら、盤面ごと吹き飛ばしてしまえばいい。

「後ろを見ろ、タコ野郎」

リザが選び取ったのは、ナイフによる刺突ではなかった。

リザは急所を防御している腕を蹴りつけ、ラーズの身体を後方へと吹き飛ばしたのだ。

高架道路の壁面で受け身を取ろうとする老兵の瞳に、理解の色が広がっていく。

——壁面は既に、俺がさっき放った手榴弾によって吹き飛ばされていた。

「……そうか」為す術もなく空中に投げ出されたラーズは、寂寞を纏った表情で呟いた。「お前の渇きは、闘争の世界にはないというのか」

崖に向かって手を突き出そうともせず、ラーズは海へと垂直に墜落していく。

リザはその有様を目に焼き付けながら、微かに聞き取れるほどに小さな声で呟いた。

「やっとまた見つけたんだ。……もう、邪魔してくるな」

ラーズを倒せないことを認めて、全ての戦力と策略を、奴を盤面から退場させることだけに注ぎ込む。シエナを連れて人工島の外に逃げるには、それ以外に手などなかった。

だが、以前のリザなら決して聞き入れてはくれなかったはずだ。銀の弾丸が創り出した偽物の感情に支配された化け物には、決して選び取れなかった選択肢だったはずだ。

リザの内側で生じた変化を指摘してやるほど、俺は無粋にはなれなかった。

代わりに、放心しているリザの肩を軽く叩く。

「六〇メートルの高さからの垂直落下だ。いくら奴が銀使いで、墜ちるのが水面だとしても、無傷でいられるレベルじゃない。……シエナを連れて今のうちに船着き場に急ごう。人工島を出てしまえば、それで俺たちの勝ちだ」

「……解ってる。急ごう、ラルフ」

リザは消えない業を背負ったまま前に進む決意を固めた。

根拠を携えた推測ではない。ただ、横顔がそう言っているように見えただけだ。

それでも俺は、紅い瞳に宿る感情の確かさを信じていたかった。

◆

愛車を適当な場所で乗り棄て、三人でマンホールの中へと入っていく。リザの能力で警戒していたが、追っ手の気配は全く感じられない。

梯子を伝って地下水路の側面に降りていくが、足場の幅は三〇センチほどと極めて狭く、壁に背を預けて慎重に進まなければならないほどだった。

「ラルフ、もうちょっと早く進んでくれる？」シエナを挟んで最後尾にいるリザが、声を上げてきた。「後ろがつかえてるんだけど」

「この出血量で水路に落ちたらマジで死ぬ。慎重になっても仕方ねえだろ」

「やる前から諦めないでよ。早く水に飛び込んで道開けて？」

「だったらお前が泳いで先に行けよ。船着き場への行き方を知ってるならの話だけどな」

カイからの情報では、船着き場へは通常の手段では辿り着けないらしい。情報はまだ共有していないので、流石のリザも大人しくなるより他になかった。

「……そんな傷だらけなのに、よく喧嘩してられる元気があるね」

シエナが溜め息混じりの感想を呟いた。誰かに殺意を向けてなければ気を失ってしまいそうなほどに全身が痛いだけなのだが、無用な心配をさせる必要もない。

血の匂いに誘われて飛んできた蠅を手で払いながら進んでいると、カイからの情報にあった地点へと辿り着いた。

そこは一見すると、何の変哲もないコンクリートの壁面だった。だが、懐中電灯を照らしながら検めてみると僅かな窪みが見える。そこを手で押すと、壁面内部でロックが解除されるような音が響いた。

「二人とも、ついて来い」

壁面は回転扉になっていたようだ。俺たち全員が内部に入ると、扉は自動的に再施錠されて元の無機質な壁面に戻る。

内部は狭い通路になっていたが、しばらく進むと目的地が見えてきた。

橙色の照明に照らされている、開けた空間だった。

凹状に突き出たコンクリートの足場と、そこから前方の暗闇へと延びている水路。三隻ほどの小型ボートが、足場に設置された支柱にロープで繋がれている。

木箱の上に座って煙草を吹かしている浅黒い肌の男と目が合った。

「……またお前らか」

「感動の再会だな。まあ、向こう岸までよろしく頼むよ」

俺たちをイレッダ地区から連れ出してくれる救世主は、以前シエナを人質にして逃避行を繰り広げていた際に出会った〈舟渡し〉のジェイムズだった。露骨な舌打ちで不満を表明しつつ、男は苦々しく吐き棄てる。

「先にボートに乗って待ってろ。すぐに出航準備を終わらせる」

俺たちは言われるがままボートに乗り込んでいく。屋根付きの運転席を除けば四人乗るのがやっとの狭さだが、特に問題はないだろう。波を受けて不規則に揺れ動く船体に身を預けていると、安堵からくる副作用で空腹を思い出した。

そういえば、丸一日以上何も腹に入れていなかったのだ。俺は三人分の携帯食料を出して、リザとシエナに投げ渡してやる。

「とにかく、長い戦いだった」袋から取り出した固形物を齧る。「何だこれ、全く味がしねえ」

「え、別に普通だと思うけど？　確かに美味しくはないけど」

「死にかけだから味覚がおかしくなってるんでしょ。ほら、死臭を嗅ぎ付けて蠅が集ってきてるし」

「……マジかよ。こりゃ、向こうに着いたら病院に直行だな」

「霊安室に？　じゃあそろそろお別れの挨拶でも考えなきゃ」

「縁起でもねえこと言うなよ。お前こそ、病院じゃ色々と手遅れだから改造手術でも受けてきたらどうだ？　もちろん頭の」

「うっわ、そんなに苦しそうな顔されたら見てらんない。今すぐ安楽死させてあげるから安心してね」

「目を輝かせながら言うな！　ちょっ、ナイフ下ろせ！」

新たな生命の危機に抗う俺を尻目に、シエナが声を出して笑っていた。重力の呪いから解放されたような、実に軽やかな笑い声だった。

「……シエナ。笑ってる暇があったらこのバカの猟奇殺人を止めてくれ」

「ああ、ごめん。ただ、何ていうか……」シエナはほとんど涙すら流していた。「戻ってきてよかったな、って思って。……この、生温い時間にね」

準備を整えた様子のジェイムズが、荷物を抱えてボートに戻ってくる。男の体重で僅かに沈んだボートの上で、俺は言った。

「でも、まだ俺たちは約束を果たしてない。いつか、白い砂浜に連れて行ってやるって言ったよな？」

「……ありがとう、ラルフ。覚えててくれたんだ」

「当たり前だろ、その歳で泳げないお前を猛特訓してやらねえといけないんだから。まあ覚悟しとけよ。俺の特訓は厳しいから」

「はは、お手柔らかにね」

エンジンが起動し、ボートは小刻みに振動を始める。

薄明かりに照らされたシエナの表情は安堵に満ちていた。檻の中に閉じ込められ続けてきた彼女の、こんな表情を見るのは初めてかもしれない。

もちろん、成れの果てから逃げ出した後も、俺たちの前には様々な困難が立ち塞がるだろう。

だがそれでも、目の前に聳える壁を一つ一つ吹き飛ばして進んでいこう。

平穏な日々への渇望を棄てることはもう二度とない。

どんな手段を使ってでも、たとえ醜く敗走することを選んだとしても、真に大切なものだけは守り抜かなければならないのだ。

それこそが、弱者が世界に対してできる唯一の抵抗なのだから。

「そういえばシエナ、これをお前に返さないと」

俺たちへの手掛かりを残すため、彼女が地下室に置いてきた文庫本と音楽プレーヤーを懐から取り出す。

「あ、わざわざありがとう」

「これがなかったら、お前を助け出せなかった」

「……リザのおかげだよ。リザがこれをプレゼントしてくれたから、私たちは人工島から抜け出せるんだ」

リザは照れ隠しなのか本当に不機嫌なのか、わざとらしく舌打ちをして顔を背けてきた。

——思えば、答えは既に出ていたのかもしれない。

銀使いが偽物の感情を植え付けられ、殺戮という愉悦を追い求める化け物になるのは真実なのだろう。だがそれでも、心を完全に喪ってしまうわけではない。リザは今回の戦いに至る前から、自分にとって切り離せないものが何なのか気付いていたのだ。

「リザ、次は私が何か貸してあげるから」

小さく笑いながら、シエナは小さな手を差し出してきた。俺は文庫本と音楽プレーヤーを重ねて、掌の上にそっと載せる。

——そこで、世界は音を立てて崩れ落ちた。

今この瞬間まで目の前にいたはずの、シエナ・フェリエールの姿が、ボートの上から忽然と消え去ってしまったのだ。

行き場を失った文庫本と音楽プレーヤーが、濡れた底面に落ちて間抜けな音を立てた。

8

Hope of Deathdealing

MAD BULLET UNDERGROUND

不意に訪れた空白。

シエナは初めからそこに存在しなかったように、一切の痕跡を残さずに消え去ってしまった。

思考を正常に紡ぐことなどできない。

どう甘く見積もっても異常事態だった。

沈黙と静寂に包まれたボートの上で、俺たちは立ち尽くしているしかない。

「ラルフ、見なよ」

同じように放心しているリザが、辛うじて指先をどこかに向ける。

その先を追うと、操縦席に座っているジェイムズがこめかみから血を流して絶命しているのが見えた。赤黒く染まった穴から溢れ出した血液と脳漿が絡まりあい、男の首筋を蚯蚓のように這っている。

銃声は聞こえなかった。

周囲を見渡してみても、狙撃手の姿などは確認できない。そもそも、外界から隔絶された波止場に隠れる場所などがあるはずもない。

ここにはただ、シエナを失った間抜けな化け物が二匹と、脳味噌をブチ撒けた死体と、波に揺蕩う小型ボートがあるだけだった。

「どうなってる？　シエナはどこに行った！」

「……何も聴こえない！　本当に消えてしまったとしか……」

リザの能力をもってしても位置を摑(つか)めないとなると、この一瞬で襲撃者とシエナは遥(はる)か彼方(かなた)まで移動していることになる。瞬間移動、物質透過など様々な可能性を模索する。これはどう考えても銀使い(シロガネ)が引き起こしたおとぎ話だ。

「お二人とも、こっちですよ？　どこ見てるんですか」

丸みを帯びた穏やかな声が、壁面や天井に反響して鼓膜まで届いてくる。

声の出処は船着き場の上だった。

無機質なコンクリートの足場の上で、グレーのスーツに身を包んだ優男——ハイル・メルヒオットが微笑(ほほえ)んでいたのだ。

間違いなく、奴は何もない空間から突如姿を現した。

まるで、何時間も前からそこにいたような自然さで。

ハイルの傍(かたわ)らには、さっき海に突き落としたはずのラーズもいた。右手には硝煙を吐き出す拳銃を握り、もう片方の腕でシエナのか細い身体(からだ)を拘束している。状況から察するに、ジェイムズを撃ち殺したのはこの男なのだろう。

銀使い(シロガネ)の腕の中にいるシエナは、泣きそうな表情でこちらを見ながら、過呼吸気味に酸素を貪っている。こめかみには無機質な銃口が突き付けられていた。

つまり、俺たちはここから一歩も動くことができないということだ。

主導権を完全に握ったことを確認して、ロベルタ・ファミリーの最年少幹部は檸檬色(れもんいろ)の瞳を

歪(ゆが)ませた。

「ズルしちゃ駄目ですよ、ラルフさん。せっかく魔女の関係者の存在を教えてあげたのに、まさか勝手に人工島から逃げ出そうとするとは……。わざわざ教えてあげたヒントも、薔薇の女王との取引も全部無視してしまうなんて、大胆不敵としか言いようがない。ああ、別に褒めてるわけじゃないですよ？　まったく、これまでどんな教育を受けてきたんですか」

思考が事態に追い付いていかない。

並べられた情報を正常に処理することができない。

こいつはどうやってシエナを奪い取った？

何もない場所からどうやって現れた？

なぜ俺たちとジェーンの取引を知っている？

……いや、そもそも、どうしてこの場所が解(わか)ったんだ？

「ああ、困惑してるみたいですね。流石(さすが)に可哀想(かわいそう)なので、特別に教えてあげましょう。実は先日の……ウェイドさんの一件で、ドナートさんに盗聴器が仕掛けられていたことには僕も気付いてたんです」

ハイルは相変わらずの柔和な笑みを浮かべたまま続ける。

「そこで僕は閃(ひらめ)きました。ヘリの中で魔女の関係者についての情報を提示してあげれば、面白いことになるんじゃないかって。まあ、あのとき情報を漏らしたのはドナートさんでしたけどね。彼が何も言わなかったら、僕の口から切り出していたところでしょう」

シエナが人質に取られているという現実を受け止めることに必死で、ハイルの言葉を上手に咀嚼することができない。俺たちはただボートの上で無様に立ち尽くし、演説の続きを待っているしかなかった。

「なぜお二人に、魔女の関係者を追うよう誘導したのか解りますか？」

ハイルは穏やかに微笑みながら続ける。

決定的な欠落を感じさせるには充分すぎるほどに、人形めいた表情だった。

「全ては、あなたたちに会いたかったからですよ。目障りなフィルミナードの目が届かない場所で、こっそりとね」

「……どういう、意味だ」

「ご存知の通り、僕はシエナさんが欲しい。悪魔を完全に召喚させるための鍵として。でもフィルミナードが厳重に警護している彼女を連れ出すのは至難の業だ。匿われている場所も解りませんでしたし、厄介な護衛も常時付けられているはず。……そこで思いついたのが、あなたたち二人がシエナさんを組織から攫うように誘導してみるというプランです」

反論も、この状況から抜け出せる策も、何一つ浮かんでこない。

薄暗い船着き場では、俺たちにまつわる全てが完全に行き詰まっている。

「いや、実際大変だったんですよ？　フィルミナードがあなたたちに構っていられなくなる状況を作るために、他の五大組織を巻き込んで戦争を起こしてみたり。あなたたちがどさくさに紛れてシエナさんの元に向かえるように、魔女の関係者の情報を使って戦争の影響が及ばない地下街へとエスコートしたり。……ああ、あなたたちが接触した施術士——スピヴェットさんには、それなりの報酬を渡して台本通りに喋って貰ってました」

自らの膝が震えているのを、はっきりと感じる。

これが波の影響ではないことくらい、検討する必要すらないだろう。

「でも、グレミーさんの方が先にシエナさんを連れ出した時は本当に焦りましたよ。プランを修正しなきゃいけないのかとも思いました」

ハイルは透き通った瞳で俺を見つめた。

「それでも、あなたたちは無事シエナさんを取り返してみせた。しかも、ラーズさんを退けてここまで逃げてくるなんて……。いや、本当に素晴らしい。あ、今のはちゃんと褒めてますよ」

魔女の関係者の情報。重要な手掛かりを握っていた施術士。そして、五大組織を巻き込んだ戦争——それら全てが、この状況を作るためだけの布石だったのだ。

こいつは間違いなくイカレている。

いや、そんな形容では生温いだろう。

大戦争を引き起こし、成れの果ての街の秩序を破壊するという前代未聞の所業を、俺たちをこの場所に誘導するためだけに実行した男なのだ。

ハイルの精神構造を理解するのは、俺には到底不可能だった。

「……あんたの計画はおかしいよ。だって私らの居場所を常に把握してなきゃ、こんなの初めから成立しないんだから」

衝撃に打ちひしがれながらも、リザは冷静に指摘した。

こいつの言う通りだ。

俺たちにフィルミナードを裏切らせ、シエナを連れ出すように誘導したとしても、こちらの現在地が解(わか)らなければ何の意味もない。

リザの能力で尾行に気付かないはずはない。

盗聴器の類が仕掛けられている気配もなかった。

ハイルたちが今この場所にいること自体が、まったくもって道理に合わないのだ。

「ああ、その心配は無用ですよ」ハイルは言った。「尾行なら、一ヶ月以上前からずっとつけさせていただいています。覚えてます？　あなたたちが僕の部下のトビーさんを殺してしまった時からですよ」

「ふっざけんな。そんなに長い間尾行されてて、私が気付かないわけが」

「気付かなかったから、今こんな状況になってるわけでしょう？」

こいつが言っていることは破綻している。リザの能力を掻(か)い潜(くぐ)り、一ヶ月以上も尾行を続けることなどできるはずがない。いくらそいつが銀(シロガネ)使いであったとしても、気配すら摑(つか)ませないなど不可能に決まっている。

目の前をチラつく蝿を手で払いながら、俺は反論した。

「意味のない嘘を吐いて惑わしてくるつもりか？　ハイル、それがお前の常套手段だ」

「そんな、僕は本当のことを言ってるだけなのに」

ハイルは何かを思い出したように続けた。


「ところで、さっきから蝿がうるさくないですか？」


「蝿？　いったいそれが何の……」

眼前に飛んでいる蝿は確かに目障りだが、なぜここで言及する必要があるのかは解らない。

俺は何となく、不快な羽音を撒き散らすそいつを凝視した。

そこで、呼吸が瞬時に断絶した。

背筋を氷刃が走り抜け、足元がぐらついていく。

世界を根底から覆され、自らの存在すらも揺るがされてしまう。

「……ああ、やっと気付いてくれた」

目の前を飛んでいる蝿は、明らかに通常とは異なる姿をしていた。

複眼があるべき箇所には目を凝らさないと解らない大きさの電子機器が埋まっている。それはカメラと集音器が組み合わさったような形状に見えた。

そして、俺たちは生物を改造して操ることができる化け物に会ったことがある。

俺たちの行動は、モニカという銀使いが操る蝿によって悉く監視されていたのだ。

「ああ、自分を責めないでください。仕方のないことじゃないですか。街中に死臭が漂う〈成れの果ての街〉に蝿がいくら飛んでいようと、不思議に思えるわけがない。ちょうど今は夏ですしね。ラルフさん、あなたは何も悪くありませんよ」

俺はこの一ヶ月に起きたことを必死に思い返していく。

この蝿はいったい、俺たちの日常の、どの場面まで覗いていたんだ？

ウェイドとの戦いの前、賭博場の待合室で食べ残しのピザに集っていた蝿はもしかしてこいつだったのか？

魔女の関係者を探しに訪れた地下街に飛んでいた蝿はどうだ？

グレミーからシエナを奪還した際には飛んでいなかったか？

もちろん俺が認識できていない場面もあるだろうし、全ての蝿がモニカに操られた生体機械というわけでもないだろう。

結局のところ、俺たちがこいつに気付くことは不可能だったのかもしれない。その事実が、凄まじい力で首を絞め上げてくる。

「……モニカさんを地下街に差し向けたのは、まあちょっとした戯れだったんですよ。ヒントないでしょう?」

をあげてみた、とでも言いましょうか。だって、彼女の能力すら教えないのは全然フェアじゃないでしょう?」

「ふざけるな……」あまりにも無意味な反論だけが、喉元から溢れ出してくる。「ゲームでもやってたつもりなのか、てめえ」

「はは、当然でしょう? 初めから勝ちが見えてる戦いなんて、少しも楽しくない」

朗らかな表情が一転、檸檬色の瞳に深い陰影が生じる。

「……でも結局、あなたたちは正解に辿り着けなかった。何一つ疑問に思わずに、僕の可愛いスパイをここまでエスコートしてくれた。あんな出来すぎなタイミングでモニカさんやラーズさんが登場したことをおかしいとは思わなかったんですか? えっ、少しも? ……はは、だとしたらちょっと間抜けだなあ。そんなだから、大好きな少女娼婦を奪われてしまうんですよ」

ハイルは、怯えるシエナの頭を愛おしそうに撫でてみせた。

敗北感と憎悪が綯い交ぜになって、脳内を掻き回していく。短機関銃を喚び出そうとして、シエナを人質に取られていることを思い出す。

俺は解りやすいほどに混乱していた。

情けないほどに打ちのめされて、正常な思考を紡ぐことができなくなっている。

牙が届くことはないと知りながら、哀れな負け犬として絶叫するしかなかった。

「ハイルっ！　シエナを放せ！　頼むから……解放してくれ」

「ああ、無様さもここまでくると流石に笑えないですね。僕には彼女が必要だって何回も言ってるじゃないですか」

考えろ。シエナを助け出し、この人工島から脱出する手段はなんだ。

シエナに銃口が向けられている以上、俺たちはここから一歩も動けない。

リザの能力を掻い潜ってここまでやってきたトリックも解らない。

そもそも、ラーズのような化け物とまともに戦って勝てるはずがないのだ。

完全なる敗北。

一片の救いもない、絶望に覆われた結末だった。

その事実を認めたくないという感情すらも、微かな波のさざめきに掻き消されてしまうほどに脆くなっている。

「……ハイル」シエナを拘束しているラーズが、厳めしい声で言った。「この臆病者どもを殺さないのか？　いつまで無駄話をしているつもりだ？」

「ちょっと待ってください、ラーズさん。また面白いことを思い付きました」

「付き合ってられないな」

「まあそう言わずに。あの人も、観測者が一人くらいは欲しいって言ってましたしね」

ハイルは新しい玩具を与えられた子供のような無邪気さで、檸檬色の瞳を輝かせた。

「ラルフさん、リザさん。ここで耳寄りの情報です」

ハイルは万能感に満ちた表情で笑っていた。

いや、まるで笑っているような表情に見えた。

「……実行は明後日の正午。そこで、世界が完全に書き換わる予定になっています。あ、先に謝っておきますけど、その時にはもちろんシエナさんには死んで貰うことになりますね」

「ふざけるなっ！　そんなことは……」

「はは、人の話はちゃんと最後まで聞いてください。……もし僕を止めたいなら、二日後にイレッダの深淵――この人工島の、全てが始まった場所で会いましょう。探し出せる頭脳が……いや、その覚悟があるのなら」

それだけ言い残すと、ハイルは俺たちの目の前から消えていった。

文字通り、跡形もなく消えていった。

シエナと、彼女を捕えていたラーズも例外ではない。全てが幻のように消失し、哀れな負け犬どもだけが薄暗闇に取り残された。

掴みかけた希望が失われたとき、それが誰かの罠でしかなかったと知ったとき、人はこうも無力感に苛まれるのだ。

全てを懸けてでも手に入れたかった平穏な日々。

そこには深い霧がかかり、あてのない渇きだけが残った。

全ては、俺たちの弱さが引き起こした事態だ。

イレッダ地区を血で染め上げる紛争も、ハイル・メルヒオットが残したメッセージも、ジェーン・ドゥとの取引も、全ては避けて通れないものだった。自由を掴(つか)み取(と)るためには、定められた盤面上の問題を全て片付けて、一片の穢(けが)れもない勝利を掴(つか)み取(と)るしかなかった。そうするだけの力が無かったから、俺たちは全てを失ったのだ。

結局、自由に続く秘密の抜け道(ショート・カット)など存在しない。たった二匹の賞金稼ぎに、強者(つわもの)たちを欺いて成れの果てから抜け出すことなどできはしない。

だから俺たちは、ハイルが組み上げた策略の檻(おり)の中で、予定調和のように踊り狂うことしかできなかったのだ。

——そんな間抜けどもが、誰かを地獄から連れ出せるはずがない。

一通り己自身を罵倒したところで、全身を蝕(むしば)む痛みと、身体(からだ)から流出していく血液のことを思い出した。

なだれ込むように、血塗(ちまみ)れの身体(からだ)が仰向けに倒れていく。

「……くそったれ」

無力な言葉に伴って、閉幕のブザーが脳内で鳴り響く。

幕が下りていく間、様々な映像が、音声が、無数の断片となって降り注いでくる。

翡翠色(ひすいいろ)の美しい瞳に、白金色の長い髪。背負っている絶望を疲れきった笑顔で隠す気丈さと、その奥に見える少女らしい脆さ。喪失を知っているからこその優しさと強さ。

命を救われたことも何度かある。

そして何より彼女は、俺が境界線の内側に踏み止まる理由だった。

その理由を失ってしまったら、俺は自分の生を肯定できなくなるだろう。足元に引かれた境界線を飛び越え、怪物たちが巣食う虚無の世界へと混じり合ってしまうだろう。

もはや、呼吸をすることすらも億劫だった。罪深い俺に吸引され、体内で炭素原子と結合させられてしまう酸素たちにも申し訳が立たない。

銀使いは死んだあと地獄に堕ちると言われているが、目の前に横たわっている地獄とどちらがマシなのかは解らなかった。

「……何を寝ぼけてんだよ、貧弱野郎」

突然の力に胸倉を摑まれ、俺は空中に持ち上げられる。

無意識のうちに召喚していた拳銃が手から零れていく。拳銃で自分が何をしようとしていたのかも判然としないまま、俺はボートの外へと投げ出されていく。

冷たい液体と泡の群に抱擁され、三半規管が掻き回される。

無様にも俺は水中で足掻き、生き汚くも水面から頭を出してしまった。

酸素を貪って冷静になった頭が、ここが腰までの深さしかないことを教えてくれた。これでは深淵へと沈んでいくことはおろか、溺れ死ぬことすらもできない。

ずぶ濡れの俺を、ボートの上に立つ相棒が怒鳴りつけてきた。

「まさか、あんたの汚い死体の処理を私にやらせる気？　死ぬなら誰も見てないところで、ひっそり死ねよ」

「……すまない。どうかしてた」

「死ぬなら全部が終わった後にしろ。……あんたの協力がなきゃ、シエナは助け出せない」

紅い瞳には一切の迷いがなく、この地の底よりも遙かに遠い場所を見据えていた。

「私は戦う。あんたはどうする？」

リザが水中の俺に手を差し伸べることはない。

それが今は有難かった。

ボートの縁を掴み、無様にも悪戦苦闘しながら身体を持ち上げる。なんとかして船上に滑り込み、息を切らせながら立ち上がる。

リザは振り返ることもなく、ボートを下りて波止場の出口へと歩き始めていた。

俺もリザの背中を追いかける。

踏み出した右膝が崩れそうになる。罵声とともに膝を押さえつけて、もう片方の足を引き摺るように前へと進める。一歩ずつ、重力に抗うように進んでいく。絶望に足首を掴まれても、恐怖が眼前に横たわっていても、構わず進んでいく。

「俺の、前を歩くな、リザ。地図も読めないくせに」

「死にかけのバカは大人しく後ろを歩いてなよ。私の視界に入らないように」

「本当にいいのか？　不運にも背後から撃ち殺される可能性もあるぞ」

「……はっ」リザは僅かに肩を揺らした。「虚勢を張る余裕があるなら、もっと早く歩きなよ」

立ち止まっている時間は無駄だ。

感傷に浸ることも、戻らない過去を思い返すことも等しく無価値だ。

それに今は、どんな言葉も口から離れた瞬間に嘘になってしまうだろう。

だから俺は、唾棄すべき悪い運命とやらへの殺意を連れて、足を前に踏み出した。

何とかリザの横に並び、乱れる呼吸を隠して不敵に笑ってやる。リザはこちらを見もせずに、不愉快そうに鼻を鳴らした。

それでいい。俺たちの関係性に、余計な配慮などは必要ない。

「そういえば、さっきの問いへの答えがまだだったな」

「いいよ、聞いてやる」

「俺も戦う。……いいから黙ってついてこい、相棒」

The Singularity

8.5

MAD BULLET UNDERGROUN

数年前に患った病の後遺症で動きが鈍くなった右足を引き摺りながら、老人が闇の中を歩いていく。月から漏れる蒼い光だけでは彼の姿を鮮明に浮かび上がらせることはできないが、それでも、薄暗闇の中で黄金色の瞳だけが炯々と輝いていた。

やがて老人は立ち止まり、満月の夜に想いを馳せる。

それは、これまで犯してきた罪についての追憶だった。

老人はかつて、魔女が遺したとされる文献の数々を、何の疑問も抱かずに研究し続ける日々を送っていた。銀の弾丸とは女神が地上に産み落とした奇跡に外ならず、その起源や目的を知ろうとすることは禁忌だったからだ。全体の意思に従うだけの盲目的な人形として、当時の彼は不満の一つも抱かずに日付を食い潰していた。

若手のひとりが協会に持ち帰ってきた資料で、全てが根底から覆った。

それは確かに魔女が書いた手記ではあるものの、書かれていた内容は学術書というよりは散文詩に近いものだった。当然ながらその資料に価値を見出した者は誰一人としておらず、研究対象になることはただの一度もなかった。

しかし、偶然にも手記を熟読した彼だけが、その価値に気付いてしまったのだ。

散文詩の中に巧妙に隠されていたのは、銀の弾丸の施術方法でも、まして悪魔にまつわる情報などでもない。

それは宗教裁判にかけられて火炙りにされる直前に、魔女が書き殴った世界への怨嗟だった。

これまで発見された〈施術書〉には記されていない、銀の弾丸と悪魔にまつわるおとぎ話だった。協会が隠蔽し続けてきた真実にも繋がり得るものだった。そしてそれは、やがて現れる未来の同胞に向けて綴ったメッセージでもあったのだ。

魔女の同胞となった彼は、己の生涯の全てを費やして、魔女が果たせなかった計画を引き継ぐことに決めた。

強烈な使命感が何処から押し寄せてきたのかは解らない。

とにかく彼は、形容できない衝動に従ってひとりの仲間とともに手記を奪って協会から逃走したのだ。

追っ手を躱すために、仲間とともに地の果てを這い回った。

成れの果ての街の奥深くで、長い時間をかけて準備を重ねた。

犯罪組織に手を貸すことで資金を稼ぎつつ、幾度となく人体実験を繰り返した。

罪の意識は感じなかった。組織に裏切られて手術台に載せられた男の悲鳴も、ひと月分の食費のために親から売られた少女の涙も、彼の歩みを止めるには不十分だった。

全てが、大いなる目的のために必要な些細な犠牲としか思えなかったのだ。だから、良心の呵責に耐え切れずに仲間が離れていっても彼は実験を止めなかった。

ようやく真実を掘り当てたとき、彼は初めて後ろを振り返った。

背後に築いてきた死体の山が見えた。幾重にも連鎖する悲劇の数々が見えた。自らの異常性を簡単に受け入れてくれる、懐の深いイレッダという街が見えた。

彼はその時、唐突に理解したのだ。

この街の狂気はやがて赤黒い淀みとなり、世界を呑み込んでしまうだろう。

この先も、自分と同じような悪魔は際限なく生み出されるだろう。

もはや、世界は引き返せないところまできているのだ。

業火に包まれながら、おとぎ話の魔女が強く願った通りに。

老人は、懐から取り出した純銀製の塊を月に翳す。

蒼い光に照らされて冷たく光る〈銀の弾丸〉を見つめながら、歓喜に震える声で呟いた。

「あと二日……、あと二日だ。これでようやく、貴女の悲願を叶えることができる」

月の一部が雲に隠れ、銀色の表面が微かに歪曲する。

焼き殺された魔女の憎悪を、彼女の同胞となった老人の覚悟と狂気を受け止めて、弾丸が妖艶に笑っているようにも見えた。

To Be Continued…

あとがき

マッド・バレット・アンダーグラウンドの第三巻は、決定的な喪失から目を背けるために自ら選んだ『偽物の感情』に、血を流しながら抗う者を描く物語だった。

人は、自らの許容量を超える悲劇と相対したときに、「都合のいい感情」というものをでっち上げることができる。


果てのない悲しみから身を守るために、適当に見繕ってきた相手に憎しみの矛先を向ける。

行き詰まった現実から逃れるために、居酒屋やネットの片隅で批評家としての優越感に浸る。

虐げられてきた過去を忘れるために、誰かを傷つけて自分が強者であることを確かめる。

悲しみを怒りに変換し、焦燥感や虚しさを巧妙に誤魔化し、自分を徹底的に騙し続けることで、人は何とか地獄を生き抜いている。


私も含めて、読者の皆様にも少なからずそういう部分はあるのではないかと思う。

銀の弾丸を心臓に埋め込んで、感情そのものを喪ってしまった化け物などはもっと重症だ。

彼らは自分がどんな悲しみを抱えていたのか、どんな感情を恐れていたのか、どんな感情を忘れたかったのかさえも思い出せない。


悪魔に感情を売り渡さなければ喪失を耐えることができなかった少女は、植え付けられた偽物の感情に支配され、悲しむことも恐れることもなく、空虚な殺戮を死ぬまで楽しむことになる。

　本人の主観がどうあれ、それが悲劇であることは明らかだ。

　とはいえ、偽物の感情に抗うという行為は地獄だ。

　自分の内側に満ちている愉悦を否定し、化け物になってまで忘れてしまいたかった悲劇を再び掘り起こさなければならない。やがて本物の感情を思い出したとき、自分自身の生を肯定できなくなる可能性すらあるだろう。

　それでも、血を流さなければ手に入れられないものがあるのかもしれない。

　偽物の感情を否定し、乗り越えるべき過去と向き合うことで、ようやく進むことができる地平があるのかもしれない。

　今巻を通して、それらを証明することができていれば幸いです。

（またまた2ページ分のスペースが与えられたので、本編とは全く関係のない話をします）

デビューしてからもうすぐ一年が経ちますが、作家として活動されている皆様と交流する機会がかなり増えました。ずっと体育会系の部活に所属し、デビューするまでは小説を書いていることすら誰にも伝えていなかった私にとって、作家仲間と創作の話ができるのは非常に幸せなことだと日々実感しています。

ただ、飲みの席などで初めてお会いする先生方に「もっと強面の人が来ると思った」と拍子抜けされてしまうことが非常に多いのが問題です。治安の悪い作風に福岡出身という強属性が加わることで、要らぬ期待を抱かせてしまっているのかもしれません。しかし私という人間はというと、煙草も吸わず髭も生やさず、ウイスキーなどよりも甘いカクテルの方が好きな上に、いまだに大学生に間違われることも多いという有様。ハードボイルド作家として、皆様の期待を裏切り続けていると言われても否定できません。

こんな自分を変えなければならない。そう思い立った私は、考え得る限り最もハードボイルドな行為——すなわち「一人でバーに行く」という試練に挑むことにしました。

重厚な扉を開けて中に入り、カウンター席に座ってバーテンと一言二言交わしてから、適当に酒を注文。落ち着いた雰囲気の店内を見渡して一息吐いたとき、私は衝撃的な事実に打ちのめされてしまいました。

――来店から約一〇分にして、もう既に帰りたい。てか何をしてればいいかわからない。

これには流石に驚きました。なるほど、そうきたかと。どうやら私は居酒屋で皆とワイワイするのは好きでも、一人で酒を嗜むという大人の楽しみ方はできない、非ハードボイルドな人間なのです。結局カクテルを急いで飲み干し、三〇分も経たずに店を出てしまいました。

やはり、本当の自分には正直にならなければならないということです。

無理に感情を偽って背伸びをしても、ロクなことにはならない。三巻で描いたテーマを、こんな形で実感することになるとは……。

最後になりますが、この本の出版に携わってくださった皆様に心よりお礼を申し上げます。

担当編集の阿南様、長堀様。完成までいつになく苦戦してしまった今巻ですが、最後まで辛抱強くサポートしていただき誠にありがとうございます。

引き続きイラストを担当してくださっているマシマサキ様。今回も素敵なイラストをありがとうございます。毎回、作者であることを忘れて歓喜しています。

三巻まで付いてきてくださった読者の皆様。温かいご感想やメッセージが何よりの報酬だと思っています。ご期待に添えるよう、今後も全力を尽くしてまいります。

お察しの通り、賞金稼ぎ二人組の物語は次巻に続きます。それではまた！

野宮　有

◉野宮　有著作リスト

「マッド・バレット・アンダーグラウンド」（電撃文庫）
「マッド・バレット・アンダーグラウンドⅡ」（同）
「マッド・バレット・アンダーグラウンドⅢ」（同）

本書に対するご意見、ご感想をお寄せください。

ファンレターあて先
〒102-8177　東京都千代田区富士見2-13-3
電撃文庫編集部
「野宮 有先生」係
「マシマサキ先生」係

読者アンケートにご協力ください!!

アンケートにご回答いただいた方の中から毎月抽選で10名様に「図書カードネットギフト1000円分」をプレゼント!!

二次元コードまたはURLよりアクセスし、
本書専用のパスワードを入力してご回答ください。

https://kdq.jp/dbn/　パスワード　e24ht

●当選者の発表は賞品の発送をもって代えさせていただきます。
●アンケートプレゼントにご応募いただける期間は、対象商品の初版発行日より12ヶ月間です。
●アンケートプレゼントは、都合により予告なく中止または内容が変更されることがあります。
●サイトにアクセスする際や、登録・メール送信時にかかる通信費はお客様のご負担になります。
●一部対応していない機種があります。
●中学生以下の方は、保護者の方の了承を得てから回答してください。

本書は書き下ろしです。

電撃文庫

マッド・バレット・アンダーグラウンドIII

野宮 有

2020年1月10日 初版発行

発行者 郡司 聡
発行 株式会社KADOKAWA
〒102-8177 東京都千代田区富士見2-13-3
0570-06-4008（ナビダイヤル）
装丁者 荻窪裕司（META＋MANIERA）
印刷 旭印刷株式会社
製本 旭印刷株式会社

●お問い合わせ（アスキー・メディアワークス ブランド）
https://www.kadokawa.co.jp/（「お問い合わせ」へお進みください）
※内容によっては、お答えできない場合があります。
※サポートは日本国内のみとさせていただきます。
※Japanese text only

※定価はカバーに表示してあります。

ISBN978-4-04-912905-2 C0193 Printed in Japan

電撃文庫 https://dengekibunko.jp/

電撃文庫創刊に際して

文庫は、我が国にとどまらず、世界の書籍の流れのなかで〝小さな巨人〟としての地位を築いてきた。古今東西の名著を、廉価で手に入りやすい形で提供してきたからこそ、人は文庫を自分の師として、また青春の想い出として、語りついできたのである。

その源を、文化的にはドイツのレクラム文庫に求めるにせよ、規模の上でイギリスのペンギンブックスに求めるにせよ、いま文庫は知識人の層の多様化に従って、ますますその意義を大きくしていると言ってよい。

文庫出版の意味するものは、激動の現代のみならず将来にわたって、大きくなることはあっても、小さくなることはないだろう。

「電撃文庫」は、そのように多様化した対象に応え、歴史に耐えうる作品を収録するのはもちろん、新しい世紀を迎えるにあたって、既成の枠をこえる新鮮で強烈なアイ・オープナーたりたい。

その特異さ故に、この存在は、かつて文庫がはじめて出版世界に登場したときと、同じ戸惑いを読書人に与えるかもしれない。

しかし、〈Changing Times,Changing Publishing〉時代は変わって、出版も変わる。時を重ねるなかで、精神の糧として、心の一隅を占めるものとして、次なる文化の担い手の若者たちに確かな評価を得られると信じて、ここに「電撃文庫」を出版する。

1993年6月10日
角川歴彦

電撃文庫DIGEST　1月の新刊

発売日2020年1月10日

魔法科高校の劣等生 司波達也暗殺計画③

【著】佐島 勤　【イラスト】石田可奈

榛有希に国防軍の軍人たちの暗殺依頼が届く。任務達成を目前に控えた有希たちの前に現れたのは、同じ標的を狙う謎の暗殺者。その正体は、有希の因縁の相手・司波達也が得意とする『術式解体』の使い手で——!

Fate/strange Fake⑥

【著】成田良悟　【イラスト】森井しづき
【原作】TYPE-MOON

女神・イシュタル。彼女の計略によって討たれ、最初の脱落者となったのは、最強の一角アーチャー・ギルガメッシュだった。そしてペイルライダーの生み出した世界に取り込まれたセイバーたちの運命は。

ストライク・ザ・ブラッド21 十二眷獣と血の従者たち

【著】三雲岳斗　【イラスト】マニャ子

異形の怪物と化した古城の暴走を止められるのは、十二人の〝血の伴侶〟のみ!　古城を救うために集結した雪菜たちの決断は!?　世界最強の吸血鬼が、常夏の人工島で繰り広げる学園アクションファンタジー、待望の第二十一弾!

乃木坂明日夏の秘密⑤

【著】五十嵐雄策　【イラスト】しゃあ

いよいよ始まる修学旅行——の前に、空港限定ソシャゲイベントを楽しむ善人と明日夏。そして、そんな二人を怪しむ冬姫は……。波乱の予感を抱えつつ、グルメに観光に恋の三角関係にと超ホットな冬の北海道ツアー開幕!!

つるぎのかなた3

【著】渋谷瑞也　【イラスト】伊藤宗一

神童・水上悠は再び「剣鬼」となった。その裏側で、少女たちの戦いもまた動く。相手は女子剣道の雄、剣姫・吹雪を擁する桐桜学院。勝つためなら、なんでもする——可愛いだけじゃ物足りない!　青春剣道譚、第三弾!

マッド・バレット・アンダーグラウンドⅢ

【著】野宮 有　【イラスト】マシマサキ

シエナを解放するためロベルタファミリーの幹部ハイルの誘拐を企むラルフとリザ。しかし、ハイルの護衛にはリザの昔の仲間たちを虐殺した男の姿が。因縁の相手を前にしたリザは——。

女神なアパート管理人さんと始める異世界勇者計画2

【著】土橋真二郎　【イラスト】希望つばめ

「似非の無邪気さじゃアパートを維持できないのです!」家賃を滞納し続ける住人たちにさすがの管理人さんも堪忍袋の緒が切れた!　今月の家賃代を稼ぐため、神代湊は"女性騎士団"に入隊することに……!?

新作 君を失いたくない僕と、僕の幸せを願う君

【著】神田夏生　【イラスト】Aちき

「そうちゃんに、幸せになってほしいの。だから、私じゃ駄目」想いを告げた日、最愛の幼馴染はそう答えた。どうやら彼女は3年後に植物状態になる運命らしく——。これは、互いの幸せを望んだ二人の、繰り返す夏の恋物語。

新作 最強の冒険者だった俺、ちいさい女の子にペットとして甘やかされてます……

【著】泉谷一樹　【イラスト】カンザリン

最強の冒険者だった俺は、引退して憧れのスローライフをおくるはずだった。しかし、店長はちいさい女の子でペット扱いして甘やかしてくるし、ドタバタばかり巻き起こるしどうなっちゃうの俺のスローライフ!?